正面には風車があり、水車が車輪となっている。

「ようこそ、パブロヘタラへ」
声が響いた。やってきたのは、
銀のドレスを纏った女だ。
「お初にお目にかかります。
この身はパブロヘタラの裁定神オットルルー。
オットルルーはパブロヘタラにおける
裁定を執り行います」

完成した魔王列車ベルテクスフェンブレムの姿があった。
車体のベースは古い時代に
アゼシオンを走っていた蒸気機関車で、

デルゾゲード深奥部には、

魔王学院の不適合者 11

MAOH GAKUIN NO FUTEKIGOUSHA

～史上最強の魔王の始祖、転生して子孫たちの学校へ通う～

著†秋
illustration†しずまよしのり

魔王学院の不適合者

登場人物紹介

レイ・グランズドリィ

かつて幾度となく魔王と死闘を繰り広げた勇者が転生した姿。

ミサ・レグリア

大精霊レノと魔王の右腕シンのあいだに生まれた半霊半魔の少女。

シン・レグリア

二千年前、《暴虐の魔王》の右腕として傍に控えた魔族最強の剣士。

イザベラ

転生したアノスを生んだ、思い込みが激しくも優しく強い母親。

グスタ

そそっかしくも思いやりに溢れる、転生したアノスの父親。

エールドメード・ディティジョン

《神話の時代》に君臨した大魔族で、通称"熾死王"。

【勇者学院】

ガイラディーテに建つ、勇者を育てる学院の教師と生徒たち。

【地底勢力】

アゼシオンとディルヘイドの地下深く、巨大な大空洞に存在する三大国に住まう者たち。

Maoh Gakuin no Futekigousha
Characters introduction

【魔王学院】

アノス・ヴォルディゴード

泰然にして不敵、絶対の力と自信を備え、《暴虐の魔王》と恐れられた男が転生した姿。

ミーシャ・ネクロン

寡黙でおとなしいアノスの同級生で、彼の転生後最初にできた友人。

サーシャ・ネクロン

ちょっぴり攻撃的で自信家、でも妹と仲間想いなミーシャの双子の姉。

エレオノール・ビアンカ

母性に溢れた面倒見の良い、アノスの配下のひとり。

ゼシア・ビアンカ

《根源母胎》によって生み出された一万人のゼシアの内、もっとも若い個体。

エンネスオーネ

神界の門の向こう側でアノスたちを待っていたゼシアの妹。

【七魔皇老】

二千年前、アノスが転生する直前に自らの血から生み出した七人の魔族。

【アノス・ファンユニオン】

アノスに心酔し、彼に従う者たちで構成された愛と狂気の集団。

§プロローグ【～創術家の魂～】

二千年前。

ディルヘイド南端、ファシマの群生林が広がる島ドムンフルス。

ファシマというのは細長い木で、枝葉が毒素や瘴気を吸収し、幹を通って濾過、浄化する。そんな自然術式が備わっている。またファシマの葉からとれる繊維で作った布は塗料と魔力のつきがよく、魔彩絵具のキャンバスに重用されている。樹液は絵の具の原料に相応しく、枝は画筆を作るのに最適だった。

それゆえ、ドムンフルスは絵を描くものの聖地とされ、同好の士が集った。魔族同士の内戦、人間や精霊たちとの戦に巻き込まれ、ファシマの群生林が焼かれることを避けるために、島を守る拠点を作ったのだ。

清浄な大気が満ちるファシマの木陰で、キャンバスに向かい合っている男もまた、群生林を守るためにドムンフルス島へやってきた一人だ。

創術家ファリス・ノイン。輝く金の髪は芸術的なポンパドールに仕上げ、ベージュを基調としたゆったりとした衣服を身に纏っている。淀みなく動く画筆は手足のように精密で、キャンバスに絵の具を塗れば、たちまちそこに魔力が宿った。

彼が空に炎を描けば、それは翼あるすべてを焼き尽くし、海に陸地を描いたならばたちまち島が現れただろう。恐るべき創造の魔力を、けれどもファリスはただキャンバスに封じ込める。

強大な力も、洗練された魔法技術も、すべては理想の絵を描くための副産物にすぎない。その一枚の白い空間こそが、彼の魂の在処だった。

一心不乱に筆を走らせていたファリスがふと息をつく。彼は背後に気配を感じた。

「邪魔したか？」

ファリスが振り向けば、そこに黒衣の青年が立っていた。妙なことに、顔が見えない。いかなる魔法か、暗い影が落ち、青年の素顔と魔力を覆い隠しているのだ。

「いいえ。ちょうど一息ついたところですので」

「美しい絵だな」

青年は歩みを進め、ファリスの真後ろに立った。キャンバスに描かれているのは、葉を除いた樹枝である。抽象画だ。枝も幹も無数に分かれ、今にも光り出さんばかりだった。

「お前の魔眼にはこの群生林が、こう見えるというわけだ」

「なぜ群生林だとおわかりに？」

青年の言葉に興味を覚えたように、ファリスは問うた。キャンバスの絵は樹木には見えるかもしれないが、林と解釈するには規模が小さい。にもかかわらず、青年はファリスがなにを描いたか、ピタリと当てた。

「なに、視線を追っただけだ。お前の魔眼は先程からずっと目の前の木ではなく、林を俯瞰している。面白いものだ」

影から僅かに口元が覗き、青年が笑っているのがわかった。

「なにが面白いと仰るので？」

「この群生林の深淵を覗きながらも、お前が描いた絵がこれだ。つまり、お前はファシマの深淵を覗きながらも、深淵を見てはいないのだ」

ファリスは感心した。その指摘は正しい。彼が描いたものの本質は樹木ではない。

「私がなにを見ているのか、おわかりに？」

「さて。絵のことは疎くてな」

「当てられましたら一枚、あなたの望む絵を描いて差し上げます」

「ほう」

今度は青年が、興味深そうな視線を発した。

「この島の魔族ではないでしょう。創術家や絵描きでなければ、ここへやってくるのは侵略者。あるいは私どものパトロンになろうという方ぐらいですので」

「招かれざる客と言いたげだな」

「私ども創術家の力をお求めになる方は、決まってろくでもない野心をお持ちです」

「手厳しいことだ」

ファリスはじっと青年を見据えた。先程より近くにいるが、やはり顔は判然としない。

創術家は魔眼に優れている。創造魔法を高度に操るには、物事の本質を見極めることが肝要であるからだ。希代の創術家とまで呼ばれたファリス・ノインにして、その正体が看破できないということは、それだけで彼が只者ではないことを表していた。

ファリスは魔眼に魔力を集中し、更に深く、影の奥に潜む根源を覗いていく。青年は言った。

「船が欲しい。破壊の空を飛べる船が」

「ご冗談を。《破滅の太陽》が輝く空を、飛べるものなどありません。いかなる飛空城艦を持ち出そうと、翼を灼かれ、たちまち地に堕とされることでしょう」

「ただ一つを除いてな」

ファリスは真顔で青年を見返した。

「この島の地下にあるだろう。お前が一〇〇年の歳月をかけて描き続け、まもなく完成する、飛空城艦ゼリドヘヴヌスがな」

青年がそう口にすれば、ファリスは驚いたように言葉を失っていた。数秒の沈黙がただ流れていき、彼はようやく口を開く。

「……どこで、それを……？」

「小耳に挟んだものでな。昨日、忍び込んで確かめた」

ファリスが視線を険しくする。魔眼に優れた創術家たちの拠点に、まさか忍び込める者がいるとは思ってもみなかったのだ。

「……なにをなさるおつもりで？」

「破壊神を堕とす」

こともなげに青年は言ってのけた。まるで城を落とすぐらい、当たり前のことのように。

「帰ってくれ」

鋭い声が青年の背後から飛んだ。同時に、群生林の影からわらわらと魔族たちが姿を現す。皆、ファリスと同じく創術家だ。

「どうも勘違いしているようだが、こいつのゼリドヘヴヌスは兵器じゃない。作品だ」

初老の男、ヴァンが言った。彼はこの島に結成された創術家や絵描きたちの組織、アトリエ・ドムンフルスのマスターだ。

「知っている」

「条件によっては我々も力を売る。船を創れというなら、一考しよう。だが、作品というのは、創術家の魂だ」

「その魂を売ってくれと言っている」

青年の言葉に、創術家たちが鋭い視線を返す。彼らは皆、魔法陣を描き、現れた魔筆を手にした。その魔眼(め)には、ありありと敵意が覗(のぞ)いている。

「単身で島に乗り込んだあげく、その物言い、さぞお強い魔族なんだろう、あんたは。だがな、アトリエ・ドムンフルスは魂は売らん。力尽くでも帰ってもらうぞ」

彼らは筆先にて、《創造建築(アイリス)》の術式を描く。青年が動きを見せれば、それらは一斉に牙を剝(む)くだろう。

「……マスター・ヴァン。お止めください」

ファリスが言った。彼の顔には、明らかに焦燥の色が見てとれた。

「心配するな。ここは我らの聖域だ。土足で踏みにじろうとするならば、ただではおかん」

ヴァンが筆にて、魔法陣を描く。青年が緩やかに指先を動かした瞬間、ヴァンは《創造建築(アイリス)》の魔法を使った。だが、発動しなかった。

ヴァンの描いた魔法陣が、真っ白な絵の具で塗り潰されていた。ファリスの筆が、一瞬にして《創造建築(アイリス)》の術式を上描きしたのだ。

「お止めください、マスター・ヴァン。下手に争えば、この聖地は沈みます」

「……それほどの相手か？」

ヴァンが問う。静かに、ファリスは告げる。

「退廃なる美は、香り立つかな。姿が見えぬゆえ、よりいっそうと」

「なっ……!?」

ヴァンが絶句する。ファリスの言わんとすることを、理解したのだ。

「……魔導王ボミラスを討ち、ディルヘイドを支配しつつあるという、あの、魔王アノスか……？」

影の向こう側を看破し終えたのだろう。確信に満ちた口調でファリスは言う。

「そうでしょう？」

「大した魔眼だ。神々に勘づかれるわけにはいかぬのだが、姿を見せぬのは非礼であったな」

アノスが纏った影が消え、その姿があらわになった。途端に、創術家たちがガタガタと震え出す。まるで自分の体が言うことをきかないといった風に、勝手に脅えているのだ。魔眼に優れた彼らは、彼の深淵を覗けるがばかりに、その莫大な魔力を理解し、戦わずしてその恐怖を感じとってしまった。膝を折り、今にもひれ伏しそうな有様だ。

マスター・ヴァンでさえも、立ちつくすのが精一杯。唯一まともに動けたのは、ファリスただ一人だった。

「どうぞ、この体をどこへなりともお連れください。我が命を差し上げましょう、魔王アノス。ですが、このアトリエと魂だけはお売りできません」

「許さぬと言えば？」

「美しくあれ、というのが私の筆であり、魂であります。それを汚す力は確かにあなたにはおありでしょう。ですが汚れた魂は、朽ち果てるのみです」

迷いなき瞳で、ファリスはアノスを見つめた。魔王の機嫌を損ねれば、尊厳さえも徹底的に蹂躙される。そんなことは百も承知だっただろう。それでも、彼には譲れぬものがあった。

「ふむ」

アノスはファリスから視線をそらし、彼が描いていたキャンバスを見た。

「美しい絵だ。これは、お前の心の深淵にあるファシマの群生林なのだろうな。お前が見ているのは木であって、木ではない。ゆえに実物とは違うものが、こうして描かれる」

ファリスは魔王の言葉に黙って耳を傾ける。次の瞬間には、命を奪われるかもしれない。そんな緊張感が、その場にたちこめていた。

「絵には疎いが、お前の考えはわからぬでもない。これは願いだ。毒素を吸収し、浄化するファシマの群生林。この世界に蔓延る争いという毒が取り除かれ、清浄な時代が到来するようにと願いが込められている」

アノスは、ファリスを振り向いた。

「こんな絵を描かなくとも、よい時代がな」

ファリスの迷いなき瞳が、驚愕に塗り替えられる。暴虐の魔王とさえ呼ばれたその男が、自身の心底を見抜くなど彼は思ってもみなかったのだ。

「違うか？」

「……いえ」

戸惑いながらも、ファリスは答える。

「その通りでございます」

「では約束通り、一枚の絵を描け」

アノスは言った。

「これ以上ないというほどの平和の絵を。お前が真に描きたい絵を」

雷に撃たれたような衝撃がファリスを襲っていた。

彼は思った。もしかすれば、待ち続けていたそのときが、決して来るはずはないと考えていたその瞬間が、それでも希ったその機会が、今やってきたのかもしれない、と。

言葉を選ぶようにして、慎重に、ファリスは言った。

「……私の絵は、想像と実在が重なりあってこそ。平和の想像はできましょう。しかし、私は平和を見たことがありません……」

彼に平和の絵は描けない。描きたいと願い続けながらも、それは叶うことがない。そう思っていたのだ。

「だからこそ、破壊神を堕とす。あの神がいなければ、多くの者が生き長らえる。憎しみの連鎖を断ち切り、そして――」

堂々と魔王は言った。

「この大戦を終わらせる」

夢にも思わないことだ。そんなことは、誰にもできるはずがないのだから。

「……本気で仰っているのですか？」

アノスは問いかける視線を、まっすぐ受け止める。彼の瞳は揺るぎなく、泰然としていた。

「ファリス、お前の魂を買おう。ただでとは言わぬ。平和をくれてやる」

ファリスの瞳から、涙の雫がこぼれ落ちる。彼はそのままそこへ跪き、アノスに頭を垂れた。

悪名高き魔王アノス。けれども彼を、ファリスは微塵も疑いはしなかった。

描き続けたファシマの群生林。その真意を汲み取ったのは、後にも先にも、彼一人だけだ。

争いの絶えぬ神話の時代、敵を滅ぼすと気勢を上げども、魔族は誰も平和などという言葉を決して口にしなかった。終わらぬと、終わるはずがないと誰も彼もが諦めていた。いや諦めることはおろか、考えることさえなく、争うことが平常であると思い込んでいたのだ。

初めて、理解者を得た。彼の望む絵を描きたいとファリスは思った。創術家として、それこそがなによりの動機であった。

「必ずや、魔王陛下に平和の絵を進呈いたしましょう」

この誓いよりほどなくして、ファリスとそしてアトリエ・ドムンフルスは、この魔王が口にした平和への大望が本心であることを、少しずつ理解していった。彼は破壊神を堕として、世界から失われる命を減らし、そして創造神や大精霊、勇者たちと手を取り合う、和睦の道を歩み始めた。

ファリスは、飛空城艦ゼリドヘヴヌスの創造に没頭した。それが完成に近づくにつれ、アノスの計画もまた順調に進んでいった。

しばらくして――破壊神を堕とす絶好の機会が巡ってくる。ドムンフルス島へ出向いたアノスの目の前には、無数の砲門と強靭な翼を持ち、破壊の空すら自由に駆け巡る飛空城艦の姿があった。

「……陛下、いかがでございましょうか？」

「見事な出来映えだ」

飛空城艦ゼリドヘヴヌスの深淵を覗き、アノスは言った。

「しかし、一つ気になることがある」

アノスは飛空城艦の前面を指さした。それを見て、ファリスは思い詰めたような表情を浮かべた。

「……あの絵のことでしょうか？」

「ああ」

無数の術式がつながり、魔力が供給される一点に描かれているのは、ファシマの群生林の絵であった。その場所に、まともな術式を刻めば、ゼリドヘヴヌスの性能は多少なりとも向上する。破壊の空を飛ぶのはゼリドヘヴヌスとて至難だ。船の性能は限界まで上げておいた方がいいが、同時にファリスには譲れぬことでもあった。

飛空城艦ゼリドヘヴヌスは兵器ではなく、作品だ。砲門は取りつけた。外壁も強化した。だが、そこに不格好な術式を刻むことだけは、彼の信念が許さなかった。兵器として完全ではないのはわかっていたが、そのままにしてしまったのだ。

魔王軍に身をおいた今となっては、甘い考えなのだろう。それでも彼は、創術家だ。魂を汚しては、戦うことはできない。彼とともに行く部下たちは、皆その想いを酌んでくれた。死を賭してまで。

しかし、平和の大願を果たそうという魔王には見逃せることではない、とファリスは思う。直せと命じられるだろう。だが、ファリスが生きている限り、直せるものではない。ゼリドへヴヌスはこれで完成なのだ。

彼は処罰を覚悟した。ここまでゼリドへヴヌスができていれば、自分が亡き後にも、微調整ぐらいは容易くすますだろう。平和の絵は描けないが、魔王はきっと平和をもたらしてくれる。それは、彼ら創術家の悲願だ。仕方のないことだ、とファリスは思った。

「下手な絵だ。大方、いらぬことを考えながら描いたのだろう」

ファリスは目を丸くする。

「描き直しておけ。美しくな」

絶句しながら、彼はただ主君の顔を見つめた。

「不格好な船に命は預けられまい。飛べぬと思えば鳥も飛ばぬ」

ファリスは跪き、深く頭を下げた。

「明朝までだ。いいな」

「は、陛下」

このとき、ファリスは再び誓う。

なんとしてでも、この主君のために、平和の絵を描くのだ、と。

§1.【平和な破壊神】

朝。

そろそろ起きようとまぶたを開ければ、二つの碧眼と目が合った。驚いたようにビクッと小さな頭が震え、金髪のツインテールが俺の頬に触れる。顔を真っ赤に染めながら、その少女、サーシャ・ネクロンは言葉もなく硬直していた。

窓からは日の光が差し込んでいる。部屋のドアは開いており、そこから香ばしいパンの香りが漂ってきた。母さんが朝食の準備をしているのだろう。

「よう」

ベッドに寝転んだまま、俺は目の前の少女に声をかけた。

「……お……おはよう……」

中腰の体勢で、俺の顔を覗きながら、サーシャはぎこちなく挨拶する。なにかをする途中だったのか、彼女の手は僅かに上げられ、中途半端な位置で固まっている。

「今日は珍しく早起きしたようだな」

「……まあ、ね。朝は弱いけど、夜はそうでもないし、寝なければ平気だわ……」

どう取り繕えばいいかわからぬといった表情を浮かべつつ、サーシャは言う。

「俺が起きるのをそこで待っていたのか。気長なことだな」

そう口にすれば、サーシャの顔がますます赤くなった。

「……ち、ち、違うわっ！　夜は自宅にいたわよっ。ちゃんと朝になってから来たわ。お母様にも挨拶したものっ。ほんとよっ！」

「なにを弁解している？」

サーシャは言葉に詰まり、俺から目をそらす。

「俺とお前の仲だ。夜、部屋に忍び込んできたところで、咎めはせぬ」

「え……と……」

戸惑いながらも、サーシャは言葉を絞り出す。

「……き、来てもいいってこと？」

「ああ」

期待したような表情を浮かべる彼女に、俺は包容力のある笑みを返す。

「撃退はせぬ」

「…………………はい？」

サーシャが間の抜けた声を上げた。

「なによ、撃退って。不穏だわ……」

「しないと言っただろうに。眠っている間に見知らぬ魔力を感知すればそれなりの対処はするがな。お前の魔力を間違えはせぬぞ」

若干俯き、サーシャは警戒したように考える。

「でも、ほら、寝ぼけてたりしたら？」

「くはは。お前ではないのだ。魔王が寝ぼけるとでも思ったか？」

笑い飛ばしてやれば、サーシャは安心したように息をつく。

「せいぜい一度、カノンと間違えてディルヘイドを焼いたぐらいだ」

「尋常じゃないほど寝ぼけてるじゃないっ‼」

至近距離でサーシャが大声を上げる。

「一度きりだ。色々と悪条件が重なってな」

「悪条件で国を焼かれたら、たまったものじゃないわ」

「なに、今のお前ならば寝ぼけた俺の魔法ぐらいは軽く止められよう」

「そうかもしれないけど……」

「気軽に寝ぼけられる」

「たまったものじゃないわっ‼」

再びサーシャが耳元で声を張り上げる。

「ふむ。相変わらず威勢のいい声だ。すっかり目が覚めた」

ゆるりと俺は身を起こし、足元に魔法陣を描く。それが頭へ上っていくと、纏（まと）った寝衣が魔王学院の制服に変わった。

「人の声を目覚まし代わりに使うの、やめてくれるかしら？」

そうサーシャがぼやく。

「それで？　何用だ？」

「え……？」

「わざわざ俺が起きるのを待っていたのだろう。用があったのではないか？」

「あ、うん。え、えっと……えっとね……」

困ったようにサーシャが視線を泳がせる。そんなことを聞かれるとは思ってもみなかったといった様子だ。

「破壊の子は、お兄ちゃんの寝顔を夜通し見ていた」

「はぁっ⁉」

トン、トンと軽い足音とともに、姿を現したのは金の瞳の少女。襟首の辺りで切り揃えられた白銀の髪と、それに劣らぬほど白い肌を持ち、透明な空気を身に纏っている。俺の妹、アルカナだ。

「飽きることなく、微笑みをたたえ、見ていたのだろう」

「ほう」

サーシャに視線を配る。

「ち、違うでしょっ！　ちょっと、アルカナッ！　なに言ってるのよっ。わたしが来たのは朝だわっ。ちゃんと挨拶もしたじゃないっ！」

サーシャはずんずんとアルカナに詰め寄っていく。

「そう興奮するな」

後ろからサーシャの頭をつかみ、軽く押さえた。

「うー……だって……」

「破壊の子、わたしは」

感情に乏しい顔で、アルカナは言う。

「冗談を言いたいと思ったのだろう」

「はい？」

「お兄ちゃんや、父や母が、冗談を言う。破壊の子がツッコミというものを入れる。笑いが溢(あふ)れる。それを、羨ましく思ったのだろう。けれど、わたしには、まだ高い壁だった」

　神妙なアルカナに対して、サーシャは呆(あき)れたような表情だ。

「それならそうと先に言ってよね」

「先に言うのは冗談にならないのではないだろうか？」

「どちらかと言うと、言わない方が冗談になってなかったわ」

　アルカナが深刻そうに目を伏せる。

「壁は果てしなく高い……」

「そんなに気にしなくてもいいんじゃないの？　そもそも、お母様とお父様は普通に喋(しゃべ)ってるだけだし。アノスだって、冗談みたいな本気を言ってるだけだわ」

　サーシャの白けた視線が俺を刺す。あたかも、この一家は全員、平素から自(おの)ずとボケっぱなしだと言っているかのようだ。

「普通にしていてアレということは、冗談を言えばもっとすごいのだろうか？」

「え、ええと……そういう《獄炎殲滅砲(ジオ・グレイズ)》だと思ったら、《火炎(グレガ)》だったっていう話じゃなくて……」

「無論だ」

「無論じゃないわよっ！　話の腰を折らないでくれるかしらっ？」

　俺の冗談に、すかさずサーシャがつっこんだ。

「見ての通りだ、アルカナ。安心するがいい。こいつは破壊神だ。どれほど小さな冗談とて見逃さず、そして破壊する」

「意味がわからないんだけどっ！　大体、冗談を破壊したら、ボケ殺しじゃない……」

　サーシャがそうぼやく。

「わからぬか、サーシャ？　お前が破壊するのは冗談ではない。腹筋と顔だ。すなわち腹筋を滅ぼし、破顔させる。それがこの平和な世界において、破壊神に課せられた役目」

「今初めて聞いたんだけどっ⁉」

　サーシャが叫ぶ。なに食わぬ顔で俺は言った。

「なあ、サーシャ。これで世界はますます平和になるぞ」

「今思いついたでしょっ！　絶対、今、思いついたことを口にしただけよねっ？」

「破壊神は笑いを司るということだろうか」

　アルカナが言う。

　俺は鷹揚にうなずいた。

「ボケたくばボケよ、アルカナ。いかに言葉が拙く、冗談にならずとも、腹筋の破壊神が笑いに変えてくれる」

「ちょ、ちょっと待ってっ！　そんなことっ――」

　できるわけがないと言わんばかりにサーシャが声を上げる。

「腹筋の子。我はボケに背理する、まつろわぬ芸人」

「笑わせる気あるわけっ⁉」

アルカナはきょとんとした。

「……笑わせる気？」

「きょとんとするのやめてくれるかしら……」

「わたしは冗談を言いたいと思っているのだろう。だけど、笑わせるつもりはなかったのかもしれない」

「そんな気持ちで冗談を言っても、冗談にならないわ」

「腹筋の子は、冗談に厳しい」

アルカナは悲しげにうつむく。

「も、もう。そんなに落ち込まないでよ。大丈夫だわ。冗談なんて、言うだけなら、それほど難しいものでもないし。一緒に考えましょ」

ふむ。なんだかんだで面倒見のいいことだ。

「いいのだろうか？」

顔色を窺うようにアルカナが尋ねる。サーシャは笑顔で応じた。

「遠慮しなくていいわ。どんな冗談が好きなの？」

「わたしは、自分の気持ちがよくわからない。だけど、たぶん、きっと、わたしは――」

深く考えながらも、彼女は言った。

「一言で皆が爆笑する鉄板ネタというものが欲しいのだろう」

「初めてのくせに高望みしすぎじゃないっ⁉」

ふふっ、と笑い声が聞こえた。振り向けば、ドアの方にミーシャが立っていた。窓から入ってきた風に、プラチナブロンドの横髪がそよぐ。柔らかい髪は、よりいっそう軽やかに見えた。

その青い瞳が、こちらに微笑(ほほえ)みかける。

「アルカナは面白い」

「そうだろうか？」

「ん」

ミーシャがうなずくと、アルカナは僅かに頬を緩ませた。

「うまくいった。腹筋の子のおかげだろう」

「お礼を言うんだったら、腹筋の子はやめてよね……」

「すまない。鉄板の子」

「馬鹿なのっ!!」

なんとも平和な朝に俺はくつくつと喉を鳴らす。

「朝食か？」

「ん。お母さんがそろそろだって」

ミーシャがそう返事をする。

「では、行くか」

俺たちは部屋を後にし、一階へ下りていった。

§2.【母さんの石窯と父さんの助言】

「おはよう、アノスちゃんっ！」

キッチンへ顔を出すと、母さんがこちらを振り向く。ミトンを両手につけ、満面の笑みを浮かべながら、小麦のパンを載せた鉄皿を持っている。こんがりと焼けた美味しそうな匂いが漂っていた。

「おはよう」

「今日はミーシャちゃんが新しく作ってくれた石窯を使ってみたの。お料理が沢山入るし、お母さん助かっちゃうわ」

「へー。いつの間に作ったの？　どうりで見慣れないと――」

サーシャがキッチンの石窯になんとなく視線を向け、言葉を切って二度見した。額に手をあて、嫌な予感がするといった表情を浮かべる。

「……ねえ、それ、もしかして？」

「エクエス窯」

ミーシャが淡々と答える。かつて世界の歯車であったエクエスを解体、再構築し、創られた石窯である。

「だ、大丈夫なの？」

「なに、もはや以前の力は欠片もない。絶望を火にくべ、希望のパンを焼き上げる石窯だ。使えば使うほど、世界は希望に満ちる」

もっとも、それほど劇的な効果はない。ほんの些細な力だ。しかし、続けていけばいつか大きな希望に変わるだろう。

「安心安全」

ミーシャが言うと、サーシャはほっと胸を撫で下ろす。

「なら、いいけど、まさかお母様が使う石窯にするなんて思いもよら――」

『ぐ、ぎぎ……』

キッチンに響いた声に、サーシャは怪訝な顔つきになった。

「ねえ、今、なにか聞こえなかった……？」

「少々かつての意識が残っているようでな。まあ、所詮は歯車だ。パンを焼き続けていけば、己の役割を理解しよう」

「百歩譲ってそうだったとして、こんなのお母様だって気持ち悪くて使いたくないでしょ……？　大体――」

母さんがエクエス窯のフタを閉めようとすると、消えていたはずの火が勢いよく燃え上がった。

『これっぽっちの――』

エクエス窯から声が響く。

『これっぽっちのパンを焼かせて、希望に変わると思っているのか』

「まあ！　まあまあまあっ！」

母さんが声を上げて、にっこりと微笑む。

「ふふふー、エクエスちゃんは働き者だもんね。これっぽっちのパンじゃ焼き足りないわよねっ！　でも、大丈夫、そう言うと思って」

母さんが隅の方に置いてあった鉄皿を持ってくる。形が整えられたパン生地がいくつも載せられていた。

「じゃーん、沢山、用意しておいたのっ！」

『ち、ちがぁっ……！　パンを焼き足りないという意味ではがぼぼぉぉっ……！』

石窯に鉄皿を次々と突っ込まれ、エクエスは苦しげな声を発する。

「沢山焼いて、沢山平和にしてね、エクエスちゃん」

『覚えていろ、女ぁっ！　この石窯の火は、いずれ絶望の炎となり、なにもかもを焼き尽くすのだ』

「まあ！　まあまあまあまあっ！」

再び母さんが満面の笑みを浮かべる。

「そんなにすねちゃって。大丈夫、エクエスちゃんが沢山焼きたいって言ったのちゃんと覚えてるわ！　今朝はお客さんが沢山だから、グラタンとお野菜とお肉とお魚もあるの！」

母さんが新たな鉄皿をいそいそと運んでくる。

「ふふふー、なにもかもたーくさん焼き尽くしちゃってねぇ」

『ち、ちがぁっ……！　私は、そういう意味ではぁ……！』

「はいはい、遠慮しないの。お母さん、話し相手ができて嬉しいわぁ。エクエスちゃんがいたら、沢山お料理作れちゃうっ！」

母さんは手際良く、次々と鉄皿を石窯へ入れていく。

『ぐうぅっ……ああ……燃える……絶望がぁ――』

「よかったね。楽しんで焼いてね」

にっこりと母さんが笑う。バタンッとフタが閉められ、エクエスの声が消えた。

「それで、サーシャ。なにか言いかけていたようだが？」

「……安心安全だわ……」

こくこくと隣でミーシャがうなずいていた。

「アノスちゃん。ごめんね、もうちょっとだけお時間かかるから、そっちでゆっくりしててくれるかな？」

「ああ」

俺たちはキッチンとつながっているリビングへ移動した。

「あれ？　そういえば、アルカナは？」

サーシャが辺りを軽く見回す。

「工房の方だろう。あまりこちらが賑やかだと、父さんが寂しがるからな。納期の近い仕事があると言っていたのだが、放り出しかねぬ」

言いながら、俺は椅子に座る。ミーシャがサーシャに顔をよせ、耳元で言った。

「できた？」

サーシャは少し顔を赤くしながらも、俯く。

「別に、どうしてもしたいってわけじゃなかったし……」

ミーシャがぱちぱちと二回瞬きをした。

「なにかあった？」

「ちょっと遅かったっていうか……間が悪かったわ。それだけ」

ミーシャはサーシャの頭にそっと手をおき、優しく撫でた。

「よしよし」

「特に気にしてないわ」

軽い調子でサーシャは言う。強がっているようでもあった。

「ふむ。なんの話だ？」

「……べ、別に……その……なんでも」

言い淀み、彼女は視線を斜め下にそらす。ミーシャが言った。

「サーシャがアノスを起こしたいって」

「あーっ、あぁぁーっ、あぁぁ――っっ」

慌てふためき、サーシャはミーシャの口を手で塞ぐ。

「なっ、なんでもないわ……！」

「そうか」

真顔でサーシャに視線をやる。

「だから、違うのっ！　ミーシャはたまにアノスを起こしてたじゃない。わたしは朝弱いから起こしたことないってなんとなく言ったら、ミーシャが今日起こすといいって勧めてくるから、

そこまで言われたら断るのもなんだし、だから……」

　早口でまくしたてるサーシャの顔を見ていると、彼女は言葉に詰まり、再び困ったように視線をそらした。

「だから、ただそれだけで……」

　サーシャに口を塞がれたまま、ミーシャが瞬きをした。

「それで寝ずに朝を待っていたわけか」

「だっ、だから、半分はミーシャのせいだわっ」

　ミーシャが不思議そうに小首をかしげる。サーシャはそれを強引に元に戻し、手でこくりとうなずかせた。

「つ、次はわたしの番って、寝かせてもらえなかったし……だから、それだけだから……」

「ふむ。それで起こす前に俺が勝手に起きたため、落ち込んでいたわけか」

「……おっ、落ち込んでなんかないわ……そもそも、ミーシャに言われたからだし……わたしは、別にどっちでも……」

「なら、構わぬがな」

　サーシャはミーシャの肩に額を寄せる。

「わかる！」

　と、大きな声が響いた。

「わかる、父さんわかるなぁ。サーシャちゃんの気持ちも」

　渋さに重点を置いた低音が放たれる。

「アノス、お前の気持ちもな」

振り向けば、いつになく優しげな表情をした父さんが歩いてきていた。

「いいねぇ、青春だな。でも、父さんから見たら、ちょっと二人は眩しすぎるかな。ははっ」

父さんの位置はちょうど逆光だ。朝日を直視すれば、さぞ眩しいに違いない。

「あのな。これは父さんのいらないお節介かもしれないけどな。俺の経験から話しておくと、二人とも、もうちょっと素直になった方がいいかもしれないな。じゃないとほら、後悔することになるかもしれない」

「ふむ。素直でないように見えたか？」

父さんは理解ある眼差しで、うんうんとうなずきながら言う。

「アノスは魔王だからな。知らず知らずのうちに、自分でも制限しているところがあるんじゃないか？　まあ、立場ってものはそういうもんだしな」

「ほう？」

「でも、本当のお前は、そうじゃないって父さんわかってるぞ」

ふむ。本当の俺の気持ち、か。確かに、心は環境や境遇に左右されるものだろう。未だ平和を満足に知らぬ俺の本当の気持ちが、父さんにはわかったということか。

「そりゃ、世界を救った暴虐の魔王に比べりゃ、父さんなんて大したことないけどな。それでも、父さんはお前の父さんだからな。長い間、ずっとお前を見てきた。お前の気持ちぐらいは理解してるつもりだ」

妙に達観した表情で父さんは言う。それがあのときの——二千年前の父に、ダブッて見えた。

「まず一つ。サーシャちゃんが可哀相だから、そのうち叶えてやろうってアノスならそう思うんじゃないか？」

するると、サーシャが問いかけるように視線を向けてくる。笑みを返して、俺は言った。

「さて、どうだろうな？」

「そんでもって、そうしたら、今度はミーシャちゃんが寝ずに待ってて可哀相だってアノスは思う」

父さんが気取った表情で、俺を撃ち抜くように指さす。ミーシャが不思議そうに小首をかしげた。

「なぜミーシャの話になった？」

「わかってる。父さん、わかってるぞ」

父さんは俺の耳元に顔をよせ、内緒話のように言った。

「英雄、色を好む」

父さんがウインクをする。

「父さん、もういいと思うぞ。そりゃ世間体とか、色々ある。父さんだって色々考えたよ。でも、結局、お前の幸せが一番大事なんだ。父さんは味方だ。いつでもお前のな。だから、もう細かいことは言いっこなしだ。今度はどっちか待たせるなんて言わず、夜の暴虐の魔王になって、二人とも救って、な」

どんっと背中を叩かれ、包容力に溢れた顔が近づく。

「お前の、本当の気持ちを大事にな」

父よ。仕事せよ。

§3.【新世界の学院生活】

デルゾゲード魔王学院。

俺たちは廊下を歩いていた。ふと賑やかな話し声が聞こえてくる。なんとなしに魔眼を向けてみれば、第二教練場では、黒服と白服の生徒たちが輪を作っていた。

「――ていうかさ、世界が転生するとか、わけわかんないことが起きたんだから、あと半年ぐらい休校でもよくないか？」

「マジでそれ。世界が滅びる寸前だったのって、ついこないだだろ。命懸けで戦った俺たちに、労いとかあってもいいんだけどな」

「正直、どんだけ休んでも疲れが全然とれないっていうか。ぶっちゃけ、俺ら死にすぎたんじゃねえ？」

「わかるわかる。あたしも朝、全然起き上がれなかった。なんかあっち側に引っぱられてる感覚だよね」

「《蘇生》が下手なのかなぁ？　そうだっ。アノス様に頼んで、白服は全員、お休みにしてもらうとかできないっ？」

「あー、いいねっ、それ。エレンたちから言ってもらえば、案外なんとかなるかも？」

「おいおい。なんで白服だけなんだよ？　黒服も休みにしてくれよ」

「えー、だって、ほら、白服はか弱いしー。黒服は始祖の血を完全に受け継いでるから、回復力抜群」

「カンケーねえしっ。皇族と回復力に因果関係なんにもないしっ！」

「あー、皇族批判だあ」

「先生に言いつけちゃおっと」

「差別とかよくないよねぇっ！」

　どっと教室中に笑い声が溢（あふ）れた。

「まあ、でも、ほんと平和になってよかったよな」

「どしたの、しみじみして？」

「いや、だってさ。よくよく考えたら、これまでの学院生活、絶対過酷すぎただろ」

「アゼシオンに行ったら、人間の兵士たちに監禁されて戦争になるわ。神が教師になったかと思えば、今度はアハルトヘルンに遠征だわ」

「地底じゃ天蓋が落ちてくるし、二千年前の魔導王とかいうのと戦う羽目になったり、あげくのはてに神と戦争だもんなぁ」

「マジ死ぬかと思った。ていうか、一〇回は死んだ」

「勝った。あたし一一回」

「勝負してねえ……」

「それもこれもアノス様が生徒だったり、教師だったりしたからだけど、平和になったからに

は、さすがにもう魔王学院にはいらっしゃらないだろ」

「これでもう地獄みたいな授業を味わうことはないんだなっ！」

「ああ、俺たちも灰色の青春とはおさらばだっ！」

「さようなら、魔王様！　お元気で、暴虐の日々っ！」

「おかえりなさい、薔薇色の青春っ！　初めまして、日だまりの学院生活っ！」

ガタッ、とドアを開く。俺が教室に足を踏み入れると、黒服の生徒たちが恐怖に引きつったような顔で、こちらを見ていた。

「……あ……が……げ、げぇぇ……！」

「ま……ま、魔王……あ、あ、アノス様……」

「ど……どうし……て……ここに……？」

「……う……お……ぁ……と、とんだ失……失礼を……ぁ……ばば……」

歯の根の合わぬ音を響かせながらも、狼狽を極めた声がそこかしこから漏れる。入り口で呆れたような表情を浮かべるサーシャを、俺は振り返った。

「どうした、サーシャ。なにを突っ立っている？」

サーシャが入り口を塞いでいるおかげで、ミーシャもアルカナも中に入れぬ。

「もうちょっと待ってあげればいいのにって思っただけだわ。脅えてるじゃない」

嘆息しながら、サーシャが教室に入ってくる。後ろにミーシャとアルカナが続いた。

「ふむ」

二千年前とは違い、常に有事に備えねばならぬ状況でもない。多少、羽目を外した程度で、俺が責めるはずもないだろうに。

「まあ、そう固くなるな。少々はしゃいだところで、怒るとでも思ったか？　お前たちがディルヘイドのために戦った功績を俺は忘れてはおらぬ」

　びくびくと震える生徒たちにそう伝えてやる。

「……こ、功績が……」

「これで帳消しに……」

「次にミスれば……」

「即、死っ！」

　皆、恐怖のどん底に突き落とされたような表情を浮かべ、息を呑む。

「くはは。なにを誤解している？　お前たちの愉快な声は、なんと心地よいことか。この平和の響きに、胸がすくような思いがする」

　そう優しく笑いかけてやれば、先程よりも遥かに彼らは体を硬直させた。

「……し……死すら生ぬるい……」

「俺、滅ぶのか……」

「いや、いやっ、世界を支配していた歯車の集合神でさえ、水車小屋に変えるような御方だぞ、アノス様は……」

「つまり……」

「滅びすら、生ぬるい……」

　ごくり、と黒服の生徒たちは唾を飲み込む。これは、どうやら少々言い回しが古かったか。

誤解せぬようもっと率直に言っておくとしよう。

「そんな顔をするな。俺は優しい。わかるな？」

「は、はい」

「もちろんでございます」

「アノス様ほどお優しい御方は、この世に存在しません」

「なら、笑え。先程のようにな」

は、ははは、と黒服の生徒たちは声を漏らす。しかし、笑みはどこか引きつっている。

「どうした？　遠慮するな。笑え。それとも、俺の前では笑えぬか？」

「い、いえっ。そんなことは……は、はははははははっ」

「アノス様、万歳っ！　ディルヘイド、万歳っ！　はははははははっ！」

「平和っていいなぁぁぁっ！　魔族っていいなぁぁっ。あはははーっ！」

生徒たちは、これでもかというぐらい盛大に笑った。

「ふむ……まあ、こんなところか。どうだ、サーシャ？」

「完全に独裁国の光景だわ……」

呆れたような彼女の視線が、俺を突き刺していた。

「アノス様っ」

白服の生徒が八人、俺の席に集まってくる。エレンたち、アノス・ファンユニオンだ。

「今日は授業をお受けになるんですか？」

「もしかして、これからずっと授業にお出になるとかっ？」

彼女たちは期待するような眼差しを向ける。

「今回は特別だ。俺が教壇に立つわけではないが、居合わせた方がよさそうな内容なのでな」

「そうなんですねっ」

「でも、一緒に授業を受けられて嬉しいですっ」

ジェシカとマイアが言う。

「聖歌隊の公務はどうだ？　まだまだお前たちには学ぶことが多い。学業が疎かになりそうなら、調整するように手配しておくが？」

「いえっ、大丈夫ですっ！　ありがとうございますっ！」

「授業も公務も、両方ともやり遂げてみせますっ！」

びしっと気をつけして、二人はそう返事をする。

「励むことだ」

「「はいっ、アノス様っ！」」

声を揃えて言った後、彼女たちは弾むような足取りで自席へ戻っていく。

「どうしようどうしようっ、予定外にアノス様のお言葉を賜っちゃった！」

「今日はアノス様が気づかってくれた、なんでもない日の励め記念日でよくないっ？」

「それ、賛成っ！　なんでもない日に励めって言ってくれたってことは、もう毎日アノス様が応援してくれてるようなものだよねっ！」

「毎日励めなんて言われたら、ファンユニオンの活動が捗っちゃうよぉぉおっ！」

「そこっ、授業と公務を頑張るところじゃないのっ⁉」

きゃーきゃーと騒ぎながら、彼女たちは大いに盛り上がっていた。

「賑やかだね」

教室に入ってきたレイとミサが俺の席へとやってくる。

「あいつらの元気がなくては、逆に心配というものだ」

「あはは……エレンたちのことだから、野放しにするとどこまでも際限なく盛り上がっていきそうで、ちょっと大丈夫かなとも思いますけど……」

励むことだ、と口々に俺の真似をしているファンユニオンの少女たちに、ミサはそこはかとなく不安そうな視線を向ける。

「でも、魔王聖歌隊として立派にやってますから、あたしなんかよりもずっと偉いですよね、みんな」

「なにを卑下している？　望むなら、それなりの仕事をくれてやるぞ。お前にしかできぬ大役をな」

「え、いえ。む、無理です、無理っ。あたしはまだ、もうちょっと勉強したいっていうか……」

素早く手を振って、ミサが遠慮を示す。

「お前に学院で学ぶことがそれほど多くあるとは思えぬが？」

「知識や魔法技術は、それは真体になれば十分あるんですけど、あたしはずっと統一派の活動ばかり続けてきて、でも、それが今はもう殆ど叶っちゃいましたから……」

皇族と混血により、ディルヘイドは長らく二分されていた。無論、なんの問題もなく完全に統一されたとも言いきれぬが、先の白服と黒服の生徒たちのやりとりを見るように、その隔たりはなくなりつつある。少なくとも、混血ゆえに親と会えなくなるような制度はすべて撤廃され、彼女の悲願はほぼ叶(かな)ったといってもいい。

「だから、今度は新しい夢を見つけようと思うんです。あたしの夢を」

「そうか」

どんな境遇に置かれても、正しく前を向き、進んできた彼女だ。きっと、よい夢を見つけるだろう。

「君はこれからどうするんだい？」

前の席に座り、レイがこちらに顔を向けてくる。

「思うところはあってな。今日の授業にも関連することだ。暇なら、お前も手伝え」

「いいけど」

爽やかに笑い、軽い調子で彼は答えた。

「そういえば、霊神人剣(れいしんじんけん)を知らないかい？」

「サージエルドナーヴェに刺さっているのを見たのが最後だが、どうした？」

「たぶん、終滅の光と《総愛聖域熾光剣(ラー・センシア・トレアロス)》の爆発でどこかに飛んでいったんだと思うんだけど、呼んでみても来なくてね」

レイが手をかざせば、そこに光が集う。しかし、普段ならば召喚されるはずの霊神人剣は現れなかった。

「もしかしたら、世界が転生したことによる影響なんじゃないかと思ったんだけど？」

ミーシャに視線をやれば、ふるふると彼女は首を横に振った。

「エヴァンスマナにはなにもしてない」

「さすがに霊神人剣も壊れちゃったのかしら？」

サーシャが疑問を向けると、レイは言った。

「それも考えたんだけど、滅びたんじゃなければ、そのうち自己修復するはずだからね。しばらく待ってみたんだけど、ちょっと時間がかかりすぎかなと思って」

「捜してみる？」

ミーシャが自分の魔眼を指さす。

「じゃ、授業の後で。急ぐわけじゃないしね」

霊神人剣はレイ以外に使えぬ。他の誰が見つけたところで問題にはなるまい。

「あれ？　ねえ、もうすぐ鐘が鳴るけど、ゼシアとエレオノールが来てないわ。あとナーヤも」

サーシャが教室を見回すと、ちょうど鐘の音が鳴った。ドアが開き、相変わらずの剣呑な視線を放ちながら姿を現したのは、シンである。彼は隙のない歩みで教壇に立った。

「……あれ？　シン先生だけか？」

「エールドメード先生は？」

と、そのとき、校舎の外から、ワオオオオォォンッと遠吠えが響き渡る。カラカラカラとなにかが高速で回転する音が、みるみるこちらへ近づいてくる。

「カカカカッ、カーカッカッカッカッ!!」

「きゃーっ、先生っ、熾死王先生っ、前を見てくださいーっ……!」

愉快極まりないといった笑い声と、女生徒の悲鳴。窓の外を見てみれば、空を駆けてやってきたのはカボチャの馬車だ。馬車というと少々語弊があるか。カボチャ型のキャビンを引いているのは馬ではなく犬だ。それもジェル状の体を持った犬である。さしずめ、カボチャの犬車といったところか。御者台ではシルクハットを被った熾死王エールドメードが、楽しげにムチを振るい、犬を走らせている。

犬が懸命に足を動かし、カラカラカラと木製の車輪が回れば、カボチャの犬車は膨大な魔力に包まれ、加速した。

「せ、先生っ! ぶつかりそうですっ!」

カボチャ型のキャビンから、ナーヤが顔を出す。

「カカカカッ、安心したまえ、居残り。ぶつかりそうではない。ちっともぶつかりそうではないぞっ!」

「は、はい。そ、そうですよね」

「ぶ・つ・け・る・のだっ。行きたまえ、犬ぅっ。突撃、突撃、突撃だぁぁーっ!!」

「えええええぇぇぇぇぇっ!?」

きゃあああぁぁぁぁ、と大きな悲鳴は、けたたましい破壊音によって塗り潰される。魔王城デルゾゲードが大きく揺れ、外壁をぶち破ったカボチャの犬車は、床を削りながらも、教壇の位置で止まった。

「オマエら。新しい世界、未知なる世界を満喫しているかね?」

　エールドメードが大きく両手を広げれば、どこからともなく現れた数羽のハトが窓の外へ飛び去っていく。その軌跡を辿るようにキラキラと紙吹雪とリボンが撒き散らされ、ジャンジャガジャラジャラと意味のない音楽が鳴り始めた。

「世界転生後の初日の授業は、これだぁっ‼」

　ダ、ダダダダダッとエールドメードが杖を黒板に打ち込み、そこに文字が浮かび上がった。

「大・世・界・教・練っっっ！！！」

「授業を始めます」

　冷静な声でシンが言った。

§4.【大世界教練】

　きぃ、と音を立て、カボチャの犬車のドアが開く。気まずそうに出てきたナーヤは身を小さくしながら、ぺこりと頭を下げる。

「お、おはようございます……」

　彼女は足早に自席へ向かい、着席した。

「では、講義の概要をざっくり説明しようではないか」

　エールドメードが話し始める。

「大世界教練は、この新たな世界の深淵に迫る教練だ。かつて歯車の集合神エクエスの意に従いクルクルと愉快に回っていたこの世界は、数多(あまた)の人々の想(おも)いを集めた《想司総愛(ラー・センシア)》、そして《優しい世界はここから始まる(アール・アント・エルトノア)》により転生を果たした。ここまでは、オマエらも知っての通りだが」

　彼は手遊びをするように、杖(つえ)をくるくると回転させる。

「具体的に、この世界にどんな変化が起こったのか」

　すっと手にした杖(つえ)の先端が、白服の男子生徒を指した。

「答えたまえ」

　男子生徒はじっと考え、しかしお手上げとばかりに言った。

「……その、僕の見てきた範囲ではこれといって変わったことは感じられず、ディルヘイドもミッドヘイズもそのままですし、世界が転生したというわりには、地形も殆(ほとん)ど変わっていないといった印象なのですが……」

「そうそう、そうだ。良(い)いことを言ったではないか！」

　熾死王に褒められ、生徒は僅かに表情を和らげた。

「一見してあまり変わっていない、というのは重要だ。なぜなら、世界を創り直したのは、そこにいる創造神の仕業だからだ」

　エールドメードは杖(つえ)でミーシャを指す。彼女はこくりとうなずいた。

「世界を大きく変貌させてしまえば、今生きている者にとって不都合が多い。未開の大地に人だけを放り出せば、土地や魔力資源の所有を巡って争いにもなりかねない。国の境をどうするかといった問題もある。よって、基本的には以前の世界と変わらないように創り直したのだ」

以前の世界と明らかに異なる場所も存在するが、それはおいおいわかるだろう。今回の大世界教練で伝えるべき要所は他にある。

「ならば、どこが変わったのかね？」

再び熾死王は生徒を見る。

「……どこが、ですか……」

「見える部分は大きく変わってはいない。ならば、どこが変えられる？」

白服の生徒は再び頭を悩ませる。

「見える部分でないのなら？」

「……目に見えない部分が、変わったんでしょうか？」

「そう。そうそうそう。近づいているぞ。目に見えない部分だ。つまり？」

「その……秩序、ですか？」

熾死王はニヤリと笑う。

「秩序！　そう、正解だっ！　世界の転生により、もっとも大きく変化したのは、世界の法則、この世の理、すなわち神族どもが秩序と呼んだ力だ。さて、それでは、秩序がどう変わった？」

「確か、アノス様がお話しされていたのは、旧世界は緩やかに滅びへ向かうのが秩序だったはずです。それがこの新世界ではなくなって……滅びと創造の整合は釣り合うようになった……ということですか？」

エールドメードは大きくうなずく。

「素晴らしい。正解ではないか」

創り変えた世界は滅びへ向かうことなく、生命は輪廻を続ける。神々の蒼穹では、もう火露を奪われることはない。

「ていうか、どうせなら、滅びなんてなくしてくれりゃよかったのに」

と、生徒の一人が口にした。

「確かに、そうだよな。俺たちが神族みたいに不滅になったら、最高じゃねえ？　難しいことを考えなくても平和になりそうだよな」

「カカカカ、オマエら。良い疑問ではないか！」

愉快そうにエールドメードは唇を吊り上げ、発言した生徒たちを杖で指す。

「さてさて、滅びをなくしてしまえというのはもっともな話だ。生命の終わりさえなくなれば、大抵の問題はどうにかなる。争ったところで誰も死なないなら、二千年前の大戦すらお遊戯だ。だが！」

熾死王は大きく跳躍して、ダンッと足を踏みならす。彼が両手をさっと上げれば、黒板に光が差し、大きく『不可』という文字が描かれた。

「できなかった！　そうだな、創造神？」

こくりとミーシャはうなずく。

「創造神の権能では、不滅の世界を創るのは不可能」

「さあ。聞いたか、オマエら。ここから先はテストに出るぞ。この世界を創った創造神の権能をもってすら、この世界を自由に創り変えることができない。邪魔なエクエスは解体し、《運命の歯車》はなくなっていたのにもかかわらず」

この上なく饒舌に、エールドメードは語る。

「なぜだ？　なぜ創造神が、自らが望む世界を自由に創ることができない？　ん？　思うがままの世界が創造できてもよかったではないか」

熾死王が生徒たちに視線を向ける。彼らは皆、真剣な表情で、その理由を考えていた。

「どうかね？　伝説の勇者」

エールドメードが、レイを指した。このことは、まだ俺やエールドメード、シンなど一部の者しか知らぬ。彼もこの授業で今、初めて耳にしただろう。

「創造神も、自らが創り出した世界の秩序に縛られるってことかな？　すでに世界が存在する限り、どうしてもその秩序の影響を受けてしまい、それを大きく逸脱するようなことはできない」

「正解だ。しかし、ここでまた愉快な疑問が生じる」

カカカ、と笑いながら、エールドメードはサーシャを指した。

「世界と創造神ミリティア、どちらが先に生まれた？」

「世界よ。ミリティアが生まれる前に世界は存在し、先代の創造神エレネシアがすでにいたわ。古い世界が限界に達すると創造神は滅ぶ。そのとき、滅びに近づいた根源が、最後の創造を行い、次の創造神を生み出すんだわ」

自らの誕生にまつわることだ。サーシャはすんなりと解答した。

「では、はじまりまで時間を遡ろうではないか。原初の創造神はどうやって生まれた？」

サーシャが返答に詰まる。ミリティアの母、先代の創造神エレネシアは先程サーシャが答えたように語った。しかし、一番最初の神――原初の創造神がどう生まれたかは知る術がない。

「……わからないわ……確かめようもないし……」

「カカカッ、確かに確かに。調べることは難しい。ならば、どんな仮説が立てられる？　神が先に生まれたのか、世界が先に生まれたのか？」

サーシャは頭に手を当てながら、口を開く。

「どちらかと言えば、神だと思うんだけど……」

「なぜかね？」

「だって、世界が最初に生まれたって、秩序が存在しなきゃその世界は崩壊するわ。偶然神が生まれるまでもつとは思えないもの」

秩序がなければ、世界は滅びる。神なき世界が長く続かないのは自明だ。

「では、神が先に生まれたのだと仮定しよう。創造神だけが生まれたのか、それとも他の神も一緒に生まれたのか？」

エールドメードはミサを指す。

「……えと、創造神だけだと思います。いくらなんでも、色んな神族が同時に生まれるのは、偶然でもなかなか起こらない気がしますし……」

「カカカッ、良い答えだ。ならば、最後の難問だが、創造神はいかにして生まれたのか？」

エールドメードは、杖でナーヤを指した。

「どう思う、居残り？」

「……ど、どうでしょう？　ぽ、ポコッて生まれたんでしょうか？」

一瞬の沈黙。噴き出したような声が教室中からどっと溢れる。思いも寄らぬ珍解答に、皆笑い、その中でもエールドメードが一番腹を抱えていた。

「カカカカッ、カーカッカッカッカッ！　ポコッと生まれたか、創造神が。ポコッとな。いやいや、居残り、なんの音だ、それは？」

「な、なんの音でしょうね？　なにかの音だと思うんですけど……生まれるときの……」

「な・る・ほ・どぉ」

くすくす、と生徒たちの笑い声が聞こえた。

「……す、すみません……」

「いやいや、正しいではないか」

「え？」

ナーヤはきょとんと熾死王を見た。ニヤリ、と奴は笑った。

「音があったかはわからないが、なにかがあったのは確かだ。なにもなければ、なにも生じない。つまり、創造神が生まれるためのなにかが、最初からあったのではないか」

エールドメードは杖をつき、両手に体重をかける。

「なにもない世界で、ポコッと音が鳴るにはなにが必要だ、居残り？」

「……音の秩序……ですか？　福音神のような？」

「そう、そうそう、秩序だ！　少なくとも、それに類する物がこの世界ができる以前に、初めから存在していた。そうでなければ、創造神が生まれるとは考え難い。いやいや、しかし、そう考えると困ったことになってしまうな」

　首を左右に振りながら、愉快でたまらぬといった風にエールドメードは笑みをこぼす。そうして、前を向き、彼は言った。

「この世界ができる前から、すでに秩序が存在するなら、他にも存在するものがあるのではないか？」

　ナーヤがはっとする。教室中がざわつき始める。先程までの和気藹々とした雰囲気から一転、この場に緊張感が立ちこめた。

「……神族が、いるんですか……？　この世界以外の……？」

　ナーヤが問う。正解とばかりに、エールドメードは笑った。

「そもそも、誰があの歯車をこの世界の神族に埋め込んだ？　偶然？　いやいや、もはや奇跡だと思うがね。ならば、起こしたのは誰だ？　奪った火露を消費したとエクエスは言ったが、本当にそうかね？　確かに、神々の蒼穹からも地上からも、火露は完全に消失している。だが、消えたのではなく、移動したのだと考えても辻褄は合う。なんの意図で？　誰がそんなことを企てた？」

　エールドメードは黒板に杖で魔力を送る。

「つまり、結論はこうだ」

　黒板に大きな円が描かれ、そこにミリティアの世界と書き込まれる。そして、その隣に、もう一つの円が描かれた。中心に『？』を書き、熾死王は杖でそこをダンッと叩く。

「この世界の外に、別の世界が存在しているのではないか」

§5.【魔王列車】

静寂が、教室中を覆っていた。別の世界が存在する、と耳にした生徒たちの心中はいかばかりか。少なくとも楽観している様子はなく、彼らは皆この大世界教練が平素の授業とはまるで異なることに気がついたようだ。

「……べ、別の世界って、先生、この世界みたいに、空があって、海があって、人や神族が住んでいる世界が他にもあるってことですか？」

ナーヤが問う。

「いやいや、どんな世界があるかはわからないぞ、居残り。胸が躍らないかね？　未知、未踏、未体験の世界が、この世界の外に広がっているかもしれないのだっ！　神族に埋め込まれた歯車、適合者、不適合者、世界の進化、火露の行方、エクエスの残した謎の答えが、恐らく、いやきっとそこにあるっ!!」

カカカカ、カーカッカッカと熾死王は両手を広げ、盛大に笑った。

「ああ、臭う、臭うぞ。かつてないほどの危険な臭いが」

口が裂けんばかりに唇を吊り上げ、熾死王は俺に視線を向けた。

「魔王の敵の臭いがする」

「まだそうと決まったわけではない」

俺が言うと、教室内に漂っていた緊張が僅かに和らぐ。

「その通り。だからこそ、これから確かめるのではないか。この世界の外に、いったいなにがあるのかを」

「……普通の方法じゃ行けないはずだよね？」

レイが言った。

「世界の外とは言うけれど、少なくともこの世界の外側なんていうものは、誰も見たことがない。異空間や異界にしたって、結局はこの世界の内側にあるもののはずだよ」

「ということだが、創造神？　この世界の果てがどうなっているのか、直々に説明してくれるかね？」

「わかった」

ミーシャが立ち上がり、前へ歩いていきながら、黒板に魔力を送る。

「空の上と地底の下には、黒穹が広がっている」

黒板に描かれたミリティアの世界の周囲に、黒い空——黒穹がつけ加えられた。

「この大地から遠ざかるほど、黒穹は引き伸ばされていき、なにもない無に近づく。それは無限に近い空、神界があるのはここ」

黒穹に『神々の蒼穹』が描き足される。

「どこまでも引き伸ばされる黒穹に終わりはない」

「黒穹が引き伸ばされる速度よりも、速く飛べばどうかね？」

「空から上へ飛んだときは、地底の下から出てくる」

「つまり、この世界の空間は一律ではなく歪みがある。まっすぐ上へ飛んだはずが自然と方向が変わり、世界をぐるりと回って下から出てくる。言わば、世界は秩序により球をなしているわけだな」

エールドメードが黒板の図に描き加え、世界を球体とした。

「この球の外に、オレたちの世界とは異なる秩序がまた違う球を作っていると考えられる。それが別世界ではないか？」

「レイの言う通り。普通の方法では、球の外には行けない」

「そこで、コレの出番だ」

エールドメードが、カボチャの犬車の車輪を杖（つえ）で叩（たた）く。

「なにかわかるかね？」

ぱちぱち、とミーシャは瞬（まばた）きをする。

「エクエスの車輪」

「正解だ。別の世界にいる何者かが、エクエスと《運命の歯車》をこの世界へ送り込んできたと仮定する。ならば、この車輪には世界を超え、別の世界に行く力が備わっているのではないかと思ったのだが」

エールドメードが首を左右に振りながら言う。

「いやいや、失敗、失敗、もう一つオマケに大失敗だ！　登校がてら試しに黒穹（こつきゅう）を散歩してきたが、車輪を回すだけでは世界の外側へ行くことができなかった」

「うーん、本当に世界の外側なんてあるのかしら？」

言いながら、サーシャが首を捻（ひね）った。

「あると信じて知恵を絞りたまえ、破壊神。エクエスを使い、どうやって世界を渡るか。それが可能だと証明できれば、少なくともアレが外から来たものだということがはっきりする」

サーシャは俯き、頭を悩ませる。

「どうだ、オマエら？　思いつきで構わないぞ。片っ端から試してみようではないか」

エールドメードはまた生徒を当てようとしているのか、吟味するように彼らに視線を向けている。

そのとき、勢いよくドアが開いた。

「あー、大遅刻だぞっ！」

しまったというような表情で、声を上げたのは長い黒髪の少女、エレオノールである。纏っているのは勇者学院の緋色の制服だ。

「……寝坊……しました……ごめんなさい……です」

エレオノールの背中に隠れながら、ひょっこりとゼシアが顔を出す。

「カカカ、ちょうどいいではないか。この球の外へ行く方法を考えたまえ」

「わーおっ。いきなりわけのわからない問題を出されちゃったぞ……！」

エレオノールが黒板を見て、ちんぷんかんぷんといった風に首を捻った。

「エル先生……」

舌っ足らずな口調で、ゼシアが怖ず怖ずと言う。

「……自己紹介は……いいですか……？」

「ああ、そうだったそうだった。やりたまえ」

ゼシアはぱっと顔を輝かせ、後ろを振り向いた。

「エンネ……自己紹介……です……お姉ちゃんが……ついてます」

すると、教室へもう一人の小さな女の子が入ってきた。ゼシアやエレオノールと同じく勇者学院の制服を身につけており、頭にふさふさの翼がついている。

エンネスオーネだ。一緒に学院へ通いたいというゼシアの希望により、本日より魔王学院で学ぶことになった。所属はエレオノールたちと同じく勇者学院であり、書面の上では学院交流生だ。

「……えと。知ってる人もいるけど、初めまして。今日から、一緒にお勉強するエンネスオーネだよっ。よろしく」

「……エンネは、ゼシアの妹……です……みんな、仲良く、お願い……します……」

ゼシアは姉らしくぺこりと頭を下げる。一緒にエンネスオーネもお辞儀をした。ぱちぱちと生徒たちから拍手が溢れる。エンネスオーネはどうしていいかわからず、頭の翼をきゅっと固くしている。

ふむ。少々緊張しているようだな。知らぬ顔ではないとはいえ、今日から学院に通い始めることもある。最初が肝要だ。クラスに溶け込めるよう、一つ場を設けるか。

「――じゃ、これは？　なんで球になってるんだ？」

「秩序を図解した」

エレオノールがこそこそとミーシャに黒板に描かれた図の説明を聞いていた。

「そっかそっか。んー、大体わかったぞっ！　わかったけど、これ、外に行くのは無理じゃな

いかな？　だって、世界の果てがこういう風にぐるぐる回るようになってるんだよね？」

エレオノールが至極真っ当な結論に至る。

「大丈夫……です……エンネといつもやってるアレで行けます……」

ゼシアが自信たっぷりに胸を張った。

「ん？　アレ？　どのアレだ？」

「エンネ……やるです……」

ゼシアが得意満面で小さく前へならえのポーズをとる。その両肩にエンネスオーネがつかまった。

「……魔王列車……発進です……」

「出発進行だよぉ」

両手を小さく回転させながら、「しゅっぽしゅっぽ」と口にし、ゼシアとエンネスオーネがとことこと教室中を練り歩き始めた。

「……あー、えーっと……ゼシア、エンネちゃん。それじゃ、無理だと思うぞ」

ゼシアとエンネスオーネがしょんぼりと肩を落とす。

「だめだって……」

「……魔王列車は……どこまでも……行ける……はずです……」

教室の真ん中で、二人はずーんと落ち込んでいた。

「ふむ。その手があったか」

俺が口にすると、生徒たち全員がこちらを振り向いた。

「存外、可能性はあるやもしれぬ。やってみるか」

「正気っ⁉　魔王列車をっ？」

　隣から、サーシャが鋭く問う。

「くはは。あるかどうかもわからぬ世界の外へ行こうというのだ。正気など気にしていてどうする？」

「それは、そうかもしれないけど……」

　俺は立ち上がり、ゆるりと歩を進める。そうして、落ち込み気味のゼシアとエンネスオーネの前に立った。

「俺が先頭を務めよう」

「魔王列車は……世界のお外……行けますか？」

「やってみよう」

　笑ってやれば、ゼシアとエンネスオーネに笑顔が戻った。くるりと踵（きびす）を返（かえ）し、俺は泰然と小さく前へならえをした。その後ろでゼシアとエンネスオーネが同じ姿勢になる。生徒たちは、皆、呆然（ぼうぜん）とこちらを見ている。

「なにを突っ立っている？　やるぞ」

「御意」

　これまで講義を見守っていたシンが即座に応じた。彼は冷たい表情を崩さぬまま、エンネスオーネの後ろについた。

「……ていうか、身長差……」

「デコボコ……？」

サーシャとミーシャが言う。

「お、おい……！」

「ああっ！　俺たちもっ！」

「ここで挽回しとかないとっ……！」

うなずき合い、黒服の生徒たちが一斉に席を立っては、シンの後ろについた。ファンユニオンはすでに八人で列車を作っており、「アノス様に連結連結っ！」などと言いながら、その後ろにドッキングする。

サーシャがミーシャに視線を向けると、「やる？」と彼女が首を傾ける。しょうがないといった風にため息をつき、二人は魔王列車の後ろにつく。レイやミサ、エレオノール、そして他の生徒たちも連なり、一本の長い列が出来上がった。俺は眼光を鋭く、前方を睨む。

「魔王列車、出るぞ」

「御意。出発進行です」

小さく前へならえをした両腕を回転させながら、俺たちはゆるりと出発した。

「しゅっぽしゅっぽ」

重たい声が響き渡り、魔王列車は堂々と教室内を練り歩いていく。

「……ねえ、アノスッ？　ちょっと聞きたいんだけど、こんなんでどうやって世界の外へ行くのよっ？」

「しゅっぽしゅっぽ」

「しゅっぽしゅっぽじゃないわっ!!」

「……真剣……」

俺の顔を見て、ミーシャが言う。

「ていうか、これで、世界の外へ行けるかもしれないってどういうことかしら……?」

サーシャが顔に疑問を貼りつける。

「あはは……ちょっとよくわからないですよね……でも、アノス様のことですから、なにか深い考えがあるんだとは思いますけど……?」

ミサが言い、サーシャが真剣な表情で俯く。

「……確かに、そうよね。あんなに真剣に『しゅっぽしゅっぽ』言ってるってことは、馬鹿なことをしているように見えて、これが世界の外へ行く鍵ってことね……」

「それじゃ、ボクたちも気合いを入れるぞっ！」

皆、真剣な顔つきになり「しゅっぽしゅっぽ」と声を揃える。回転する両手は車輪の如く、連なる体は車体の如く、俺たちはさながら列車と化していた。だが、まだだ。

「《魔王軍》」

魔法線をつなげ、より魔王列車に相応しい形をとる。

「……そっか。集団魔法だわ……。全員の魔力と魔法術式を合わせることで、世界の外へ行けるってこと……？」

「サーシャ、腕が下がっているぞ。ミーシャ、回転が遅れている。全員、俺に呼吸を合わせろ。よいか？　俺たちは列車だ。腕は車輪、ならば回転速度を一定に保て。つかず、離れず、列の間隔を揃えよ」

「「はいっ！　アノス様っ!!」」

生徒たちは必死に呼吸を合わせ、回転速度と列の間隔を合わせていく。机の間をレールに見立て、教室内を練り歩いていくごとに、最初はバラバラだった列車が次第に一つになっていく。

やがて心の車体は連結され、想いの車輪が勢いよく回転し始めた。汽笛が鳴る。鳴るはずのないそれは、皆の心の声だったのやもしれぬ。俺たちは今まさに、一両の魔王列車として走っていた。

「よし。いいぞ。その調子だ」

「……ずいぶんデリケートな術式ね……アノスが術者でも、わたしたちが合わせなきゃいけないって、いったいどれだけの大魔法を……？　あ……！」

俺が足を揃えたのを見て、サーシャがはっとする。

「……止まった……？」

魔王列車が止まり、《魔王軍》の魔法線が消える。サーシャがじっと魔眼を凝らす。

「見事だ。よくぞ列車になりきった。さすがにこればかりは俺一人の力ではできぬのでな」

「じゃ、これで……？」

「ああ」

静かに振り向き、配下の労をねぎらうように俺は言った。

「列車ごっこは終わりだ」

「世界の外側はどうしたのよっ！！？」

サーシャが興奮したように大声を上げる。

「そう急くな。これからだ。入学初日なのでな。まずはエンネスオーネがクラスに溶け込めるように取り計らった」

「そういうの、先に言ってくれるかしらっ⁉　てっきり、世界の外側に行く魔法を使うのかと思ったわ」

「くはは。世界の外側へ？　今の列車ごっこでか？　行けるわけないだろうに」

「……じゃ、結局、どうするのよ？　また一から考えるの？」

サーシャはなんとも言えぬ表情を浮かべた。

「いいや。なかなかどうして、今のは大きなヒントになった。創ってみる価値はあるだろう」

彼女は僅かに目を丸くする。

「ええと、列車を？」

「風車と水車を使ってな」

§6.　【希望水風車】

魔王学院裏門。

世界転生前とは違い、そこには銅の水車と風車が一定間隔で立ち並んでいる。回転するごとに、羽根車からは銅色の粒子が発せられ、水や風に流されていく。魔樹の森へ向かって、キラキラと輝く道ができており、壮観な光景に生徒たちは息を呑んだ。

「わおっ、水が反対に流れてるぞっ！」

「……不思議の……ふです……」

エレオノールとゼシアが興味深そうに、回転する水車と水路を見つめる。幾本もの水路はすべて、その源流を遡っていくと、地中へと続いている。坂を駆け上るように、水が通常とは逆向きに流れていた。

「……魔法じゃなくて……秩序かな？」

頭の翼をひょこっと動かし、エンネスオーネが俺に問う。

「希望水風車。エクエスと《運命の歯車》を材料に創ったこの世界の新たな秩序だ」

ミーシャに視線を向けると、彼女はこくりとうなずく。

「水路の扉」

ミーシャが小さく唱える。すると、水車の横に大きな魔法陣が描かれ、地面に巨大な扉が現れる。ゆっくりとその扉が開いていき、地下へ続く水路が見えた。

「中がどうなっているか、よく見ておけ」

そう言って、俺は地面の扉へ飛び込んだ。《飛行》を使い、水路を遡るように地下へ向かう。水流の上は飛んでいくだけの十分な空洞があるため、濡れる心配はない。皆、俺の後を追い、次々と扉の中へ入ってきた。

「中にも……水車と風車……いっぱい……です……」

希望水風車が気に入ったか、目を輝かせてゼシアが言う。

「エンネ……魔王水車……しますか……？」

「うんっ、やろうよっ！」

エレオノールが不思議そうに二人を見た。

「んー？　どうするんだ？」

「……ゼシアは、水車の羽根一……です……」

「エンネスオーネは、水車の羽根二だよっ」

二人は飛びながら、ぴんと気をつけの姿勢になり、お互いの腰と腰をくっつける。角度をずらせば、そのシルエットはあたかも×印のようだ。

「……カラカラ……カラカラ……」

二人はさながら水車のように、全身を回転させる。

「……お、おー、す、すごいぞっ。水車さんだっ」

エレオノールは褒めているが、努力の跡が滲んでいる。だが、その魔王水車の回転を、崇敬の眼差しで見つめる者がいた。

「すごい……」

誰あろう、我が妹アルカナだ。平素は感情に乏しいその声には、確かに感嘆の響きが混ざっていた。

「高度な芸をこんなに簡単に。わたしにはまだ真似できない」

「ん、んー？　アルカナちゃん、なに言ってるのかな？　真似しなくても大丈夫だと思うぞ」

エレオノールがにっこりと笑い、人差し指を立てる。

「子福の子。わたしは、冗談を極め、芸を会得したいと思っているのだろう。それが、人らしい生き方なのだと思ったのだと思う」

「おー。そっかそっか。アルカナちゃんは、目標を見つけたんだ」

「そうなのだろうか？」

自分の気持ちがわからないといった風に、アルカナが問う。

「そうだと思うぞ。あと、子福の子は知らない人に聞かれたら、ちょっとボクでも恥ずかしいかな」

アルカナはきょとんとした。

「いいことではないのだろうか？」

「そうなんだけど、ちょっとだけストレートすぎるかな。他の渾名はないのかな？」

アルカナは俯きながら、ゆっくりとエレオノールへ近づいていく。

「多産の子」

「もっとストレートになったぞっ‼」

困ったように、アルカナは目を伏せる。

「普通にエレオノールとかどーだ？」

「わたしは、命名に背理する、まつろわぬ名付け親だったのだろうか……」

彼女は落ち込んだ様子だ。

「あ、あー、そ、そんなことないと思うぞ。じゃ、ほら、性格とかから名づけてみて欲しいなっ」

「いつものんびり、笑顔でいる」

アルカナはじっとエレオノールの全身を見つめつつ、特徴を挙げた。

そうして、思いついたように言ったのだ。

「平和の子」

「あー、うんうんっ。ちょっと照れくさいけど、それがいいぞっ」

エレオノールの同意が得られ、アルカナははにかんだ。

「性格から名づけるといいのだろうか」

そう言いながらも、アルカナは再びなにやら考え始めた。

「争いの子」

「なんでエレオノールが平和で、わたしが争いなのっ⁉　全然性格と違うしっ、まったく誰のことかわからないわっ！」

遠くにいたサーシャが文字通りすっ飛んできて、激しくつっこんだ。

「……誰かわかったから、文句を言いに来たのではないのだろうか……？」

考えるようにアルカナが呟くと、サーシャが痛いところを突かれたとばかりに絶句する。

「……と、ともかくっ！　いつも通り、破壊の子でいいわ……！」

背に腹は代えられぬとばかりにサーシャは言う。破壊の子ならば、性格を意味しないとの判断だろう。

「アルカナ。ゼシアも……渾名、欲しいです……」

水車の如くエンスオーネと一緒に回転しながら、ゼシアはアルカナに寄っていく。

「姉妹の数が多い」

アルカナは、ゼシアの特徴を挙げる。

「数の子」

反射的にエレオノールが大きな声を上げていた。

「ニシンの卵だぞっ!!」

「……ということは、平和の子は、ニシン？」

「こーら。良い名前を思いついたみたいに言わないの」

エレオノールが笑顔ですごんで、アルカナを窘める。すると、ミーシャが間に顔を出した。

「ちゃんと見てる？」

彼女は小首をかしげる。俺が中をよく見ておくように言ったので、注意しに行ったのだろう。

「ゼシアは……見てます……！」

「エンネスオーネも見てるよっ……！」

水車の如く回転しながら、二人は堂々と言った。

「すまない、創造の子」

「ちゃ、ちゃんと見るぞ。ゼシアたちにも見るように言っとくから」

ミーシャの前で、アルカナとエレオノールは気まずそうに言った。

「残念だが、見るのは後だな。もう着く」

俺がそう言うと、目の前に開け放たれた巨大な門が見えてきた。真白の光が放たれるその向こう側へ水路は延々と続いている。

球形の室内には風車が並べられ、静かに回転していた。

「見たこと……ある場所です……」

「デルゾゲードの深奥(しんおう)かな？」

ゼシアとエレオノールが言う。

「ああ、黒穹(こっきゅう)にあった神界の扉を持ってきた」

「それじゃ、この水路は神々の蒼穹(そうきゅう)につながってるのかい？」

隣に来たレイの問いに、俺はうなずく。

「神々の蒼穹(そうきゅう)にて具象化される数多(あまた)の秩序、その内の絶望にて回転するのが希望水風車の仕組みだ」

部屋の足場に、俺は着地した。同じく着地した生徒たちの方へ振り向き、説明を続ける。

「これは元々エクエスであり、《運命の歯車》ベルテクスフェンブレムでもある。奴(やつ)がこの世界の外から来たのだとすれば、帰る道が用意されていると考えるのが妥当だ。そうでなければ、火露をこの世界から移動させることもできぬ」

ぱちぱち、とミーシャが瞬(まばた)きをした。

「神族に埋め込まれた歯車は、わたしの神眼(め)にも映らなかった」

「な・る・ほ・どぉ」

愉快そうにエールドメードが唇を吊(つ)り上(あ)げる。

「つまり、世界の外側へ続くレールがすでに存在し、それはエクエスと《運命の歯車》にのみ反応するというわけだな？」

「この希望水風車を列車に創り変える。いかなるレールをも通ることのできる魔王列車にな」

世界の外へ続くレールがあるとして、それがどんな仕組みになっているかはわからぬが、それならそれでどんな仕組みにでも対応できるように創ればいいことだ。一つずつ総当たりで試していけば、通ることはできるだろう。本当にレールがあるのならば、な。

「できるな？」

ミーシャはこくりとうなずいた。

「創り直すことは可能。だけど、動かすのは大変」

「なに、ここに優秀な人材が揃っている」

そう言ってやると、生徒たちはあんぐりと口を開けて、驚きをあらわにした。

「……あ、アノス様……もしかして、俺たちも……」

「世界の外へ行くんですか？」

「……座学だけじゃなくて……？」

「無論だ。そのための大世界教練、そのための魔王列車だ。未知の世界へ一歩を踏み出す体験は、国を治める魔皇となった後も必ずや役に立つことだろう」

彼らは気が遠くなったような顔をした。

「マジかよ……」

「国を治める方が簡単なんじゃ……」

「だって、アノス様も行ったことない場所なんだろ……」

尻込みするような声が漏れる。

「なに、足手まといはおいて行くつもりだ」

俺の言葉に、生徒たちが即座に反応する。

「俺の班以外の者に問う。恐い者は正直に手を挙げよ」

一瞬の沈黙。他の者の出方を窺うように生徒たちが目配せする。

「……ど、どっちだこれは……？」

「恐いなんて言ったら、もっと恐いものを教えてやるパターンか？」

「それとも、本当に足手まといだからおいて行ってもらえるのか……？」

彼らは小声でこそこそと話す。すると一人が、すっと手を挙げた。ナーヤだ。

「……す、すみません……」

生徒たちは今しかないとばかりに揃って手を挙げた。彼らに向かい、俺は満足げに言った。

「よくぞ全員手を挙げた。合格だ」

「は？」

「へ？」

「はい？」

「前人未踏の領域に足を踏み入れるのだ。むしろ、なんの心配もないと考える方が逆に危険というものだ。恐れを知るお前たちこそ、未知の世界へ旅立つ資格がある」

生徒たちは、死んだといった顔つきになった。

「良い顔だ。生きよう生きようと思えば、恐怖が先に立ち、今度は体が動かぬ。恐れを抱きつつも、死を覚悟するぐらいがちょうどよい」

ますます彼らの目から感情が消えた。もはや、やるべきことをやるしかないといった表情だ。エールドメードの指導もあってか、なかなかいい具合に仕上がっているな。この心根があったからこそ、エクエスとの戦いも乗り越えたか。

今回も俺の期待に応えてくれるだろう。

「ミーシャが今から魔王列車を創る。その後、操縦訓練だ。飛空城艦と同じく、全員の力を合わせ、列車を制御する。ただし、操縦は困難となろう。一週間以内に乗りこなせ。いいな」

「「「はいっ、アノス様」」」

生徒たちは威勢よく返事をする。

「すぐに取りかかれ」

§7.【投炭訓練】

数時間後。デルゾゲード深奥部(しんおう)には、完成した魔王列車ベルテクスフェンブレムの姿があった。車体のベースは古い時代にアゼシオンを走っていた蒸気機関車で、正面には風車があり、水車が車輪となっている。

それら羽根車は、絶望の秩序や《運命の歯車》に類する力を受け回転する。つまり、目に見えぬ『歯車』を捉える感知器のようなものだ。その他、車体にはどんな悪路をも走破できるようありとあらゆる魔法のギミックが備わっている。かつて破壊の空を飛び抜けた飛空城艦ゼリドヘヴヌスに、勝るとも劣らぬ出来映えと言えよう。

「カカカカッ、投炭がなってないではないか。缶焚き、火夫、それでは魔王列車がまともな速度を維持できんぞ、ん？　空の藻屑に消えたくなければ、一分で六トンの石炭を投げ入れろ」

魔王列車の機関室にて、エールドメードが言った。缶焚き、火夫とはどちらも蒸気機関車の火室にスコップで石炭を投げ入れる係のもので、黒服の生徒二人がその訓練を行っている。

「ええと、スコップ一杯で二〇〇キロだから……？」

「一分で三〇回っ？　そんな無茶な……!?」

「ていうか、なんでこんな原始的な仕組みなんだよ……。飛空城艦みたいに、魔法で直接動かせないのか……」

ぼやきながらも、缶焚きと火夫の二人は手にしたスコップで必死に石炭室から石炭をすくい、火室に投げ入れている。無論、それはただの火室ではなく、ただの石炭でもない。

「この魔王列車は魔力だけではなく、神の権能で動く。言わば、走る神域だ。オマエたちにも操縦ができるように、わざわざ創造神が原始的な仕組みで創ってくれたのではないか。魔力で動かそうと魔法線をつなげば、オマエたちの根源など一瞬で焼き切れるぞ」

カカカカ、と愉快そうにエールドメードは笑う。

「投炭の精度が低いですね。次は右下隅E六へ。秩序石炭は、決して片寄りが出ないように」

生徒二人の後ろで、シンが魔眼を光らせる。石炭を均等に投げ入れなければ、効率的に燃焼せぬ。結果、魔王列車は本来の力を発揮できぬだろう。

「……って言われても、石炭は重いわ、火室前は熱いわで、そんなうまく投げ入れられないっていうか……」

「このスコップからして、持ってるだけで馬鹿みたいに魔力を消耗するし……」

魔王列車完成から、ずっと訓練を続けているからか、缶焚き（かまた）と火夫の二人は肩で息をしている。これ以上はあまり効率も上がるまい。

「一度休みたまえ。代わりに、そうだな、勇者カノン、お手本を見せてやれ」

黒服の二人は疲労困憊（ひろうこんぱい）といった様子で、スコップを置くと、機関室から下りて床にへたり込んだ。他の生徒が駆けより、彼らに回復魔法をかけていた。残りの生徒たちは皆、機関室とはまた別の場所で魔王列車の操縦訓練を積んでいる。

「それじゃ」

入れ代わりで機関室にレイが入った。

「レイさんって、やったことあるんですか？」

開け放たれた扉から、休憩中のミサが機関室を覗く（のぞ）。

「アゼシオンの乗り物だからね。普通の蒸気機関車なら、一人でも動かせるよ」

「へー、そうなんですね。今度、アゼシオンに行ったら、レイさんが運転する列車に乗ってみたいです」

その言葉に、レイは笑みを浮かべる。

「もちろん――」

ザンッとスコップがレイの足元に突き刺さる。僅かでもズレていれば、足の指が落ちていただろう。

「どうぞ、お手本を」

殺気がこもったシンの視線が、レイに向けられる。彼がスコップを手に取ると、シンはまた後ろに下がった。

「……あ、あれ……？　ちょっとは打ち解けたのかなって思ってたんですけど……？」

小声でミサが言う。苦笑しながら、レイは答えた。

「大丈夫だよ」

言うや否や、慣れ親しんだ所作でレイはスコップを構えた。

「ふっ‼」

ドドドドドドドッと一瞬の間に、三〇杯の石炭が火室へ投げ入れられた。しかも、そのすべてが見事に等間隔に並んでいる。火室の炎が勢いよく燃え上がり、魔王列車の煙突から夥しい量の煙が溢れ出た。

「っていう具合かな」

レイが、黒服の生徒二人を振り返る。

「簡単に言えば、スコップは剣みたいなものなんだよ。だから、剣を扱うように振れば、速度も出る」

「剣を扱うようにって言われてもなぁ……」

「いや……全然参考にならねえんだけど……」

「ええ。まったく参考になりませんね」

レイの背後に立ち、シンが言った。

「見たところ、秒間六トンというところですか。私なら、その一〇倍、六〇トンは入れてみせます」

「……さすがに、六トンが限界じゃないかい？」

レイは火室をちらりと見て、訝しげに首を捻る。三〇杯以上の石炭は入りそうにない、と思ったのだろう。

「アゼシオンの乗り物だからと期待していましたが、六トンが限界ですって？」

シンがスコップを両手で握り、さながら剣を扱うが如く、切っ先を火室へ向ける。横目で鋭い視線を、レイに向けた。

「投剣円匙、秘奥が壱――」

シンの魔眼が光る。

「投炎圧縮」

魔力を帯びたスコップ、すなわち投剣円匙にざっくりと石炭を乗せる。目にも止まらぬ速度でスコップの先端が加速すると、みるみる内に石炭が圧縮され、十分の一の大きさになった。瞬きをする間に、無数の剣閃が走り、夥しい量の石炭が投げ入れられる。火室は圧縮された石炭でぎっしりと埋め尽くされていた。ちょうど六〇トンだ。

途端にゴオオオオオォォォッと火室が猛火に包まれ、もくもくと黒煙が煙突から噴出される。機関室は並の魔族ならばそこにいるだけで溶けてしまいそうなほどの熱気に包まれていた。

「先程、スコップは剣みたいなものと言われていましたが」

陽炎ができるほどの熱気を浴びながら、シンは涼しい顔でスコップをレイの眼前に突きつけた。

「スコップは剣です。それがわからないあなたの蒸気機関車に、娘を乗せるわけにはいきません」

鐘の音が鳴った。本日の授業はこれで終了である。

「続きは、また明日」

シンは機関室から出て、颯爽とこの場を立ち去っていく。

「スコップは剣、か……」

「ご、ごめんなさい。お父さんはああ言ってますけど、あんまり気にしなくて大丈夫ですよ？　蒸気機関車ぐらいで、心配しすぎなんです。大体、脱線したってへっちゃらですし」

慌てたようにミサがそう言うと、レイは苦笑した。

「そういうわけにはいかないよ」

ミサは目をぱちくりとさせる。

「君のお父さんだからね」

嬉しそうにミサは笑った。

「じゃ、あたしも一緒に戦いますっ……」

今度はレイが驚いたようにミサを見る。

「あ、えーと、つまり、話し合って、態度が軟化するようにしてきますっ」

「聞いてくれるかな？」

「ふふー、あたしだって、色々成長したんですよー？　期待しててくださいね」

ミサは一瞬、シンの背中を見る。

「ちょっと行ってきます」

そう口にして、ミサはシンの後ろを追いかけていく。

「お父さーん、待ってくださいよー。一緒に帰りましょうよ」

シンは足を止め、静かにミサの方を向いた。

「ミサ。学院では先生と」

「だって、授業は終わったじゃないですかー」

言いながら、ミサはシンの腕にしがみついた。彼の眼光が鋭さを増した。

「……それもそうですね……」

「でも、知りませんでした。お父さんって、蒸気機関車を動かせるんですね」

「昔、我が君の命で少々。あえて口にするほどのことではありません。嗜む程度の腕ですから」

「でも、すごいですよー。今度、みんなで旅行に行きましょうよー」

甘えるようにミサが言う。シンは魔眼を光らせ、深淵を覗くように彼女を見た。

「ミサ。私も伊達に魔王の右腕と呼ばれてはいません。あなたの心底は――」

「お父さんの蒸気機関車に乗りたいなぁ」

「考えておきます」

腕を組みながら、仲良く親子は帰っていく。最初にシンの蒸気機関車に乗ってさえしまえば、レイの蒸気機関車は二番目になる。そうすれば、態度は軟化すると判断したのだろう。

「ふむ。最初はぎこちなかったが、ずいぶんと親子らしくなったものだな」

「ていうか、シン先生、親バカじゃないかしら……？」

俺の隣でサーシャが呆(あき)れたように言った。

「あー、サーシャちゃん、わかってないんだ。親は、子供に甘えられたら、なんでもしてあげたくなっちゃうものなんだぞ」

つん、とエレオノールがサーシャの肩を指でつく。すると、それを聞きつけたゼシアが、嬉(うれ)しそうにとことこと走ってきた。

「……ゼシア、ママの……お料理……好きです……」

「おっ、じゃ、可愛(かわい)いゼシアには、美味(おい)しい野菜コロッケと野菜スープを作ってあげるぞっ。今晩はごちそうだっ」

「……嘘(うそ)つき……です……！　草の話は……してません……！」

ゼシアがぽこぽことエレオノールを叩(たた)いている。

「レイ」

ミーシャが機関室から下りてきたレイに声をかけた。

「見つけた」

「霊神人剣かい？」

こくりとミーシャがうなずく。

「アゼシオン大陸の北東。氷の山脈の中」

ミーシャが一度瞬(まばた)きをすると、彼女の視界に《遠隔透視(リムネト)》の魔法陣が描かれる。氷の山脈が映っており、その深部に霊神人剣が埋まっているのが見えた。

「早速、行ってくるよ」

「不思議なことがある」

ミーシャは《転移（ガトム）》の魔法陣を描く。転移先は氷の山脈の中、霊神人剣のそばだが、しかし魔法が発動しなかった。

「……神眼（め）に見えているのに、《転移（ガトム）》が使えない？」

レイが尋ねる。

「原因はわからない」

本来ならば、神眼（め）に見えているならば、転移は可能なはずだ。魔力場が大きく乱れているならともかく、その様子もない。

「誰かが邪魔している可能性は？」

「ある。だけど、人の姿は見えない」

レイは真剣な表情で考え込む。

「お前の神眼（め）をすり抜けているのだとすれば、只者（ただもの）ではあるまい」

ミーシャの後ろから声をかければ、彼女は上を向いて俺を見た。

「まあ、霊神人剣に手を出しているわけでもなし、単純にここを縄張りにしているだけやもしれぬ」

「だとしたら、迷惑をかけたかもしれないね」

縄張りに、聖剣が突っ込んできた形になる。レイ以外には抜くことができぬのだから、困ったものだろう。

「誰かいたら、謝ってくるよ」

そう言って、レイは《転移》の魔法陣を描く。近くには転移できぬため、氷山の外へ行き先を定めている。

「気をつけろ。念のためな」

そう口にして、《魔王軍》の魔法線をレイとつないだ。

「そうするよ」

笑顔で応じて、レイは転移していった。

§8.【捨てられた子】

ミッドヘイズの往来を、俺はのんびりと歩いていた。隣にはミーシャとサーシャがいる。アルカナは、ゼシアとエンネスオーネの水車芸が気に入ったようで、デルゾゲード最奥部に居残り、三人でなにやら遊んでいた。

「そのまま下降、突き当たりを左に」

『了解』

ミーシャは《思念通信》でレイを誘導していた。霊神人剣が埋まっている氷の山脈は、内部が迷路のように入り組んでいる。最短距離をぶち抜いた方が早いが、何者かの縄張りかもしれぬゆえ、事を荒立てぬ方がいいだろう。ミーシャの神眼に見えている以上、迷う心配もない。

「人の気配は？」

『特に今のところはないね。呼びかけても返事はないし、誰かが暮らしてるような痕跡も見当たらないよ』

レイは氷の山脈の中を進みながら、《思念通信》を返す。

「そもそも、そんななんにもないところに誰か住んでるのかしら？」

サーシャがそう疑問を呈す。

「さてな。世捨て人のような暮らしをしている者がいたとて、別段驚かぬが」

魔族にはそういう手合いも多かった。大抵が強い力を持っている者だ。

「次の別れ道を右に」

ミーシャの指示に従い、レイは歩いていく。

「もう少しでつく」

『だけど、ここまで近づいたのに、霊神人剣の魔力を全然感じられないっていうのも、少し不思議だよね』

思案するようにレイは言う。《転移》が使えぬことと関係があるのか？　勇者学院がかつて神殿に安置していたときでさえ、近づけばその魔力が漏れ出ているのがわかった。エヴァンスマナが少々損壊しているとしても、その力が感じられぬのは妙な話だ。ミーシャにも見えぬ。さすがにレイが近くまで行けば、なにかわかると思っていたが、気配すら感じられぬとはな。

なにが潜んでいる？

新世界になって間もない。《転移(ガトム)》が使えぬのも、霊神人剣の魔力が感じられぬのも、単純な見落としをしていないとも限らぬが、しかし警戒するに越したことはあるまい。

「慎重に進め」

『そうするよ』

最大限、辺りを警戒しながらレイは氷の迷路を先へ進んでいく。と、そのとき、駆けよってくる足音が聞こえた。レイがいる氷の山脈からではない。足音が響いているのは、俺のすぐそばだ。

「アノス様っ……どうか、お待ちを……！」

一人の男が、そう声をかけてきた。顔は知らぬが、この街の者だろう。魔力にはどことなく覚えがある。

「どうした？」

「私はノロス家のドラムと申します。おみ足を止めてしまった非礼をお詫(わ)びいたします。恐れ多くも、アノス様の配下、ネクロンのお二方に用があって参りました」

ミーシャとサーシャが不思議そうに顔を見合わせる。

「なに？」

淡々とミーシャが尋ねる。

「実はお母様のことで折り入ってお話が。誕生パーティの贈り物につきまして、ご相談したくございます」

ああ、と合点(がてん)がいったようにサーシャが言う。反応からして、ドラムとは知らぬ仲でもなさそうだ。

「ずいぶん気の早い話ね。それって、アノスの足を止めるほどの大事かしら？　せめて、わたしたち二人のときに出直してきたらどう？」

　サーシャが言う。すると、ドラムはその場に膝をつき、深く頭を下げた。

「……誠に申し訳ございません。我がノロス家の存亡に関わりますゆえ、このような不作法を。処罰はなんなりとお受けいたします。どうか、どうかほんの少しだけでも、お時間をいただくことはできませんでしょうか？」

　困ったようにサーシャが俺を見る。

「行ってやれ。レイの方は俺が見ておく」

　そう口にして、《魔王軍(ガイズ)》の魔法線をミーシャとつないだ。

「神眼(め)を借りるぞ」

「ん」

　ミーシャとサーシャは、頭を下げたままのドラムのそばまで歩いていく。

「今回は特別よ。今度からはせめて三日前には知らせなさい」

　安堵(あんど)したような表情で、ドラムはサーシャを見る。そうして、再び頭を下げた。

「ありがとうございますっ！」

「それで、どこでなにをすればいいのかしら？」

「ご案内します。どうぞこちらへ」

　ドラムは立ち上がり、ミーシャとサーシャを案内していく。

「レイ。そこを上だ。人一人通れる穴が空いている」

ミーシャの視界を覗(のぞ)きながら、そう指示を出す。直接、レイがミーシャの神眼を使えればいいのだが、創造神の視界は広すぎる。俺ですら持て余すほどだ。レイが知覚しようにも、逆に付近の気配を見逃すことになりかねぬ。

「そこをしばらく道なりに進め」

口にした瞬間、魔眼の裏側に火の粉がちらつき、薪が燃える音がした。エクエス窯の火が勝手についたのだ。

『……どうかしたかい？』

「なに、こっちのことだ。気にするな」

俺は自宅へ魔眼を向けた。

工房には誰もいない。父さんとイージェスは仕事で出ているようだ。

カランカラン、とドアベルが鳴った。

「いらっしゃいませ！」

母さんが笑顔で客を出迎える。鍛冶・鑑定屋『太陽の風』に入ってきたのは、くたびれた幽鬼のような男だ。隻腕だった。左腕の筋肉は、分厚く膨れあがっている。纏(まと)っているのは見慣れぬ制服だ。

色は灰色。肩に髑髏(どくろ)の紋章を、胸には泡と波の紋章があった。軍隊か、あるいは学院の校章のようにも思えるが、見覚えがない。どこの者だ？

「なにかご入り用でしょうか？　見たいものがあったら、お取りしますから、遠慮なくおっしやってくださいね」

隻腕なのを気遣い、母さんがそう声をかける。男は一瞬店内の剣や槍に視線をやると、「貧弱極まりない」と呟いた。

「……どうしました？」

訝しむ母さんのもとへ歩いていき、男はゴトッとテーブルにある物を置いた。赤く鋭い刃だ。柄など持ち手はついていない。

「覚えがあるか？」

「鑑定ですね。少々よろしいでしょうか？」

そう断り、母さんは白い手袋をつけて、その刃物を手にした。

「変わった刃物ですね……刃物というより、生き物の爪に似ていますが……」

「爪だ」

低い声で隻腕の男は言った。母さんは、ルーペを手にして、その赤い爪を丁寧に見ていく。

だが、心当たりすらないようで、困ったような表情を浮かべた。

「思い出せないか？」

「すみません。うちではちょっと……なにか手がかりでもつかめればと思ったんですが……」

母さんがテーブルに赤い爪を置く。

「もっと大きなお店をご紹介しましょうか？」

「いや」

無骨な声が響く。ギラついた視線で、隻腕の男は言った。

「それは貴様しか知らない」

一瞬、不穏な沈黙が流れる。母さんは不思議そうに、その男の顔を見た。

「まだ思い出せないか？　貴様が捨てた子のことを」

驚いたように母さんは目を丸くする。隻腕の男は、赤い爪を手にして、眼光を鋭くした。平民でもわかるほどの強い殺気を受け、母さんが後ずさる。

「これはな」

男が赤い爪の先を母さんへ向けた。

「こう使うものだ」

赤い爪が母さんの腹を狙い、恐るべき速度で走った。その刹那、キッチンから放たれた激しい猛火に男は包まれる。

「エクエスちゃんっ……！」

『おのれぇぇぇ、なぜ私がぁ、許さぬぅぅぅ……!!』

絶望を燃やすエクエス窯は、不穏な足音を聞けば、それをたちまちに焼き払う。この新世界の秩序であり、母さんの守護者だ。

しかし――

ズガンッと男が足を踏みならせば、その音だけでエクエス窯の炎がかき消えた。

「主神が仕えているとは。人違いではなさそうだな、災禍の淵姫（さいかのえんき）」

「――ふむ。知らぬことばかりを言う。お前はどこの誰だ？」

隻腕の男が、視線を後ろへ向ける。奴（やつ）が炎をかき消した隙に俺は転移し、その背後をとっていた。

「ゴミが、邪魔をするな」

問答無用とばかりに、男は裏拳を放つ。それよりも早く、後頭部を掌で打ち抜いた。

「……がっ……ぶ……!?」

男は頭から倒れ込み、鈍い音を立てて顔面を床にめり込ませた。

「それだけの力を持っていながら、俺を知らぬか。おかしなものだな」

「小癪――がぶっ……!」

すぐさま起き上がろうとした奴の頭を、足で踏みつける。

「質問に答えよ。洗いざらい吐けば、火あぶりで許してやる」

§9.【恨み】

「レイ。そこを左だ」

隻腕の男を足で押さえつけながら、ミーシャの神眼で氷の山脈を覗き、《思念通信》を送る。

男はこちらにぎょろりと視線を向けた。

「気にするな。お前には関係ない」

奴は探るような魔眼で、平然とこちらを見ている。顔面を床に打ちつけられたのを、まるで意に介してはいないようだ。

「……貴様が元首か？」

「質問するのはこちらだ。俺の顔も知らずに、なぜ俺の母を狙った？」

するると、なぜか男の顔色が変わった。

「……な……………に……？」

「聞こえなかったか？　なぜ俺の母を狙った？」

なんとも言えぬ表情だった。憤怒と歓喜、蔑みと狂気をない交ぜにした、ひどく醜い顔だ。

く、くく……と不気味な笑い声がこぼれた。

「くくく、くふふふふふふふふふっ！　そうか！　産んだか！　とうとう産んだか！　抗い続けた貴様も、ついに災禍に身を委ねたがばはぁっ……‼」

思いきり踏みつけてやれば、奴の顔が再び床に埋まった。

「立場を弁えよ。そんな下品な笑い声を聞かされては、母さんが怯える」

ぬっとその隻腕が伸び、頭を踏みつけている俺の足首をつかんだ。奴の視線が、ねっとりと俺にまとわりつく。

「そう言うな。兄弟」

男の全身から漆黒の粒子が溢れ出す。凄まじいまでの魔力の奔流が、結界に覆われた自宅をガタガタと揺らし始めた。

「一人占めするつもりか？」

その手が俺の足首をきつく握り締め、ミシミシと骨が軋む。

「あいにく俺はまだ八ヶ月でな。母を一人占めするのは当然の権利だ」

《破滅の魔眼》にて、奴の魔力を封殺していくも、漆黒の粒子は際限なく溢れ返り、室内にみるみる魔力が充満していく。

「しかし、俺の他に子がいたとは聞いておらぬ。新手の詐欺ではないだろうな？」

奴の力を押さえつけるべく、俺の体に漆黒の粒子が纏う。

「くっくっくっく、言葉を取り繕おうと魔力は隠しきれていないぞ。うまく変質させているようだが、己にはわかる。貴様にもわかるはずだ。己たちが、同種の魔力を持っているということが」

ギィン、ギギィ、と妙な耳鳴りが聞こえた。確かに僅かではあるが、俺の根源は奴の根源に共鳴するような反応を見せている。同種の魔力というのも、あながち間違いではないだろう。

「世の中には同じ顔の者が三人いるという。たまたま似通った魔力の持ち主がいたからといって、兄弟とは限らぬ。そもそも――」

奴の手が更に俺の足首に食い込んだ。なかなかどうして、アナヘムと同じか、それ以上の膂力だ。俺が足に魔力を集中した瞬間、奴は素早く手を放し、床に落ちていた赤い爪を母さんに投げつけた。

《四界牆壁》を張ったが、赤い爪は黒き防壁に触れた途端にそれを取り込み、力に変えた。黒きオーロラを纏った爪が、母さんの眼前に迫る。奴の頭を蹴り飛ばすと同時に後退し、赤い爪をこの手でつかみとった。

バチバチと激しく火花を散らして暴れるそれを、力任せに押さえつける。エクエス窯の秩序に守られている俺の家でなければ、辺り一帯が吹き飛んでいたところだ。

「万一、同じ腹から産まれていようと、お前のような親不孝者は兄弟とは呼べぬ」

ようやく解放された奴は身を起こしており、猛然と俺に肉薄した。

「《根源戮殺》」

「《根源死殺》」

使った魔法は異なるが、互いに手を漆黒に染めた。奴の手刀がまっすぐ突き出され、俺の掌がそれを受け止める。強力な魔法同士の衝突に、魔力の火花が辺りに撒き散らされ、家の柱が悲鳴を上げる。

「ふむ。これだけの力を持っていながら、どこに隠れていた？」

「それは貴様の方だ、兄弟。どうやって隠していた？」

「なんの話だ？」

「とぼけるか」

俺と奴の押し合いに耐えきれず、両者の足がズガンッと床にめり込む。瞬間、その隻腕に黒き粒子が集う。

不自然だった。奴の右腕は、肩から先がない。だが、存在しないその右腕にこそ、より強力な魔力が宿っているように見えた。禍々しいその右腕の魔力が奴の隻腕に力を与えている。男の力が異常なほど高まり、俺の体が押された。足が床を滑っていき、俺の背中が壁につく。

「己の隻腕を、片手で押さえようとは。魔眼が悪いようだな、兄弟」

「ああ、実は最近、小さいものがよく見えぬ」

背中の壁に、ヒビが入った。

「特に小者など目に入らなくてな」

俺の挑発に乗ったか、隻腕を中心に黒き粒子が渦を巻く。奴は勢いよく地面を蹴り、俺の体ごと、壁をぶち抜いた。

「アノスちゃんっ……!?」

母さんの声が響く。隻腕の男はそのまま俺を押しやり、キッチンへと移動した。

「ふん。力の深淵も覗けぬ分際で口だけは達者だ。対等な条件で力を見せつける気だったか知らぬが、己の隻腕は片腕ではなく、腕二本分だ。さっさと右腕も使わねば、後悔するぞ」

「なに、腕一本で釣り合いは取れている。なにせお前は」

更に一歩後退し、俺は言った。

「頭が足りぬ」

掌の力を抜き、奴の手刀を受け流す。たたらを踏み、つんのめった奴の後頭部を《根源死殺》の手でわしづかみした。

「こんな時間に、これ以上の力を出しては近所迷惑というものだ」

奴が前進した勢いを殺さず、頭をつかんだまま、勢いよく投げつける。その先に待ち受けているのは、火の入ったエクエス窯だ。

「……ごっ、がぁっ……!!」

頭からエクエス窯に突っ込み、その炎が奴を焼く。素早く奴は反魔法を展開し、左腕で石窯の縁をつかんだ。

「往生際の悪い」

勢いよく奴の尻を蹴り飛ばしてやれば、半分出ていた体がエクエス窯に入った。

「……ぬっ……！」

「《獄炎殲滅砲(ジオ・グレイズ)》」

頑丈なエクエス窯の中へ、漆黒の太陽を連射する。国を焼くほどの威力の《獄炎殲滅砲(ジオ・グレイズ)》が、次々と着弾し、石窯の内部に漆黒の炎が荒れ狂う。

「答えよ。お前は何者だ？　なぜ母さんを狙った？」

ゴオオオオオオォォォと黒く炎上するエクエス窯の奥へ、俺は問う。

「…………とぼけるのが上手(うま)いな、兄弟……」

「ふむ」

《獄炎鎖縛魔法陣(ソーラ・エ・ディプト)》にて奴(やつ)の体をがんじがらめに縛りつける。

「……ぐむっ……!?」

「話す気になったら出してやる」

バタンッとエクエス窯のフタを閉めた。ダンッ、ダンッと中から暴れる音が響く。とはいえ、エクエス窯を元にして創った石窯だ。滅多なことでは壊れはせぬ。

奴(やつ)は絶望をもたらす、そうエクエス窯は判断した。ゆえにこの石窯には、大量の燃料が投じられたに等しく、内部ではみるみる燃焼が広がり、刻一刻と温度が上昇していく。いずれは耐えられなくなるだろう。

椅子を引き寄せ、腰かけようとして、ふと視線を感じた。天井を見上げ、透視する。空には誰もいない。

視野を狭め、魔眼に魔力を込めて、細く遠くへ視線を飛ばす。空の果てにもまだいない。それは空の遙(はる)か彼方(かなた)、黒穹(こっきゅう)に長い三つ編みの少女がいた。肩には髑髏(どくろ)の、胸には泡と波の紋章をつけ、日傘をさしている。女物だが、隻腕の男と同じ制服だろう。

彼女は瞳を閉じている。だが、それでも知覚しているのか、遙(はる)か地上にいる俺へ日傘の先端が向けられ、そこに魔法陣が描かれた。

《森羅万掌(イ・グネアス)》にて、俺は右手を蒼白(あおじろ)く染めた。

「あいつの仲間か？」

《思念通信(リークス)》を飛ばす。

『一応ね』

日傘の先端から漆黒の光弾が放たれた。《四界牆壁(ベノ・イエヴン)》を多重に展開し、家の外を覆う。同時に、母さんの周囲にも《四界牆壁(ベノ・イエヴン)》を張り巡らせた。瞬間、その《四界牆壁(ベノ・イエヴン)》は消え、漆黒の光弾が母さんの目の前に現れていた。入れ替えられたのだ。

「え……」

母さんの呟(つぶや)きとともに、大爆発が起きた。外壁と天井が吹き飛び、ガラガラと音を立てて自宅が崩れ落ちる。

「せっかく頑丈に創り直したというに」

母さんを抱き抱え、爆発が広がるより早く、俺は脱出していた。条件はわからぬが、魔法と魔法を入れ替えるのだとすれば、そばを離れるわけにはいくまい。

ガタッと爆破された家から音が鳴る。唯一原形を留(とど)めているエクエス窯のフタが開いた。今の爆風で留め具が外れたのだろう。

「これからが本番だ」

隻腕の男がエクエス窯から這いずり出てきた。奴は片手で魔法陣を描き、俺を睨む。こちらの相手は容易いが、黒穹にいる女が厄介そうだな。

『退いて』

日傘の女から、隻腕の男に《思念通信》が飛ぶ。隠すつもりはないようで、傍受するまでもなく聞こえていた。

「目的はまだだ」

『それ以上の収穫があった。退きなさい』

高圧的に女は言った。

『ここは向こうの領域でしょ。すぐに応援が来る。君の隻腕も使えない』

「五秒だ。それで目的を果たす」

言うや否や、隻腕の男は俺に飛びかかり、《根源戮殺》の手刀を高速で振るう。母さんを抱き抱えながら、俺はその悉くを難なく避け、反対に奴の顔面を蹴り飛ばした。

「ぐっ……！」

「手が塞がっているなら、与し易いとでも思ったか？」

「なんの痛痒にもならん打撃でよく言う」

隻腕の男が、その手を、右腕の切断部に当てた。そこに、禍々しい魔法陣が浮かぶ。

「手加減をしていれば、あまり調子に乗るなよ」

漆黒の粒子が溢れ返った次の瞬間、男の姿が忽然と消えた。代わりにぽとりと地面に落ちたのは、片腕のない小さな人形である。

「ふむ。類似点があれば入れ替えられるといったところか」

頭上を見上げ、遥か黒穹に視線を飛ばせば、日傘の少女の隣に隻腕の男が浮かんでいた。静かに母さんを下ろし、俺は問うた。

「お前たちはどこの者だ？」

『今、話すことはなにもない。君が見つかるとは思わなかった。次に会うとき、私たちは君の味方かもしれないし、敵かもしれない』

「他人の家に土足で上がり込んで、そんな理屈が通じると思うか」

『ただの事実だよ。私は君に恨みはないし、今更、母親なんか——』

女ははっと気がついたような表情を浮かべる。先程からずっと閉じている目に違和感を覚えたように、右のまぶたに手をやった。

「ようやく気がついたか」

俺は手を開き、空に見せてやる。そこにガラス玉が乗っていた。義眼だ。先の攻防の際、《森羅万掌》の手にてそっと奪い取ったのだ。

「目を開かぬのはどういうわけかと思ったが、その男の隻腕といい、この義眼といい、お前たちの力の秘密は、欠けている体にあるといったところか」

『……君の名前は？』

冷静だった女の声が、僅かに震えている。

「さて、名乗らぬのはお互い様のようだが」

『コーストリア・アーツェノン』

　吐き捨てるように、女は言った。俺は不敵に笑ってみせる。

「アノス・ヴォルディゴードだ」

『……アノス……』

　怒りに震えながら、彼女は言った。

『……許さない。君が敵になっても味方になっても、関係ない。その義眼を持っていなさい。私の名を覚えてなさい。コーストリア・アーツェノンは君の一番大切なものを奪ってやる……』

「ほう。こいつがそんなに大切か？」

　ぐしゃり、と義眼を握り潰す。コーストリアが驚いたように口を開いた。

「つい先刻、お前がしようとしたことだ。逆恨みをする前に、己の身でしっかりと味わい、悔い改めよ」

　コーストリアの左のまぶたが開く。怒りに染まった義眼が俺を睨みつけた。

『覚えてなさい。君はいつか、いつか必ず滅ぼしてやる……！』

「いつかと言わずに今やればどうだ？」

　彼女は歯を食いしばり、怒気をあらわにする。だが、挑発には乗らず、隻腕の男に声をかけて黒穹を更に上昇していく。

　さすがにこれ以上魔眼で追うのは、ミーシャでもなければできぬな。

すると、すぐそばに二つの魔法陣が描かれ、シンとイージェスが転移してきた。

この騒ぎを知り、駆けつけたのだろう。

「ご命令を」

シンが言う。

「しばらく待つ。賊に《追跡(エノイ)》を仕掛けた。逃げ帰る場所で、どこの手の者かわかるだろう」

仕掛けたのは、隻腕の男を蹴ったときだ。まだ気がつかれてはおらず、現在奴(やつ)らは黒穹(こっきゅう)を高速で移動中だ。どこに戻ろうと、俺の魔力ならば、世界の果てまで追跡できる。

「……ほう？」

「どうした？」

険しい表情で、イージェスが問う。

「《追跡(エノイ)》が途絶えた」

「気取られたか」

「魔法になにかされたなら、そうとわかるはずだがな」

仕掛けた《追跡(エノイ)》は破壊されることも、遮断されることもなく、ぷっつりと途絶えた。まるで有効範囲の外へ出たかのように。

§10．【死者に仕える者】

ノロス家の邸宅。

煌びやかな絨毯の上を、ドラムに先導されながら、ミーシャとサーシャは歩いていた。ネクロン家と交流があるだけあり、ノロス家は名家のようで、屋敷は豪奢な造りである。通路には美麗な調度品や美術品が並べられていた。

「こちらでございます」

足を止め、ドラムが指し示したのは大きく頑丈そうな扉だった。造りはディルヘイドによくあるものだが、魔法陣が描かれ、強力な結界をなしている。

「……ずいぶん厳重ね」

サーシャが魔眼を向けるも、室内にある魔力が感知できない。扉が維持している結界の魔力が大きすぎるためだ。

「贈り物を用意しておりますもので」

「ふーん」

ミーシャとサーシャは軽く目配せをする。贈り物一つのために、これほどの結界を用意したのを疑問に思っているのだろう。そして、それ以上にノロス家にこれを構築できる術者がいたかというのが大きな疑問だった。二千年前とて、見劣りせぬほどの魔法結界だ。

「それで？　もう用意してあるんだったら、なんの相談があるのよ？」

「お母様に喜んでいただけそうな物をお二人に選んでいただければ、と」

言いながら、ドラムは扉に手をかざす。彼が魔力を送ると、音もなく扉が開いていく。

「どうぞ。お入りくださいませ」

ドラムの後に続き、二人は中へ入った。

広い室内には、所狭しと様々な品々が並べられていた。宝石から装飾品、衣服や小物、絵画、骨董品など、よくもまあそれだけ集めたものだと感心するぐらい多種多様な物があり、しかもそのどれもが一目で一級品だとわかる。ミーシャは室内を俯瞰するように、ぼんやりとその神眼を向けていた。

「選ぶのはいいんだけど、その前に事情を聞かせてくれるかしら？」

真剣な表情で、サーシャが言った。

「これだけの贈り物を用意するのもそうだし、ノロス家の存亡に関わるって穏やかじゃないわ」

「かしこまりました。実は――」

言いかけて、ドラムは困惑したような表情を浮かべた。考え込むように、彼はなかなか口を開かない。

「どうしたの？」

「……いや、それが……」

ドラムが言い淀む。

「……わかりません……」

「はあ？」

「……思い出せない……なぜ私は、こんなことを……？　確かにさっきまでは……」

ミーシャとサーシャが顔を見合わせる。すると、室内から実直な声が響いた。

「失礼した。彼には、偽の記憶を植えつけさせてもらった。害はない」

部屋の奥に人影が見える。二人の前に姿を現したのは、制帽を被った男だ。

纏った制服の色は孔雀緑、肩と制帽には炎の紋章が、胸には波と泡の紋章がついている。

彼はいかにも軍人といった面構えで、まっすぐミーシャとサーシャの前まで歩を進めた。

「なっ……何者だっ⁉」

ドラムが声を上げた瞬間、制帽の男は彼に指先を伸ばした。

「サーシャ」

「わかってるわ！」

ドラムに魔法陣が描かれた瞬間、魔法が発動するより先に、サーシャは《破滅の魔眼》でそれを破壊した。

「下がって」

ドラムを庇うように、ミーシャとサーシャは彼の前に立つ。

「害心はない。用が済んだので、彼の記憶を戻す」

「信用できないわ」

ぴしゃりとサーシャが言い放つと、制帽の男は手を下ろした。

「失礼した。数日待てば自然と戻る」

「わたしたちに用？」

ミーシャが淡々と問う。

「肯定だ。自分の名は、ギー・アンバレッド。所属は明かせない。その他、一切の質問にも回答しない。ミーシャ・ネクロン、サーシャ・ネクロン、二人に依頼があり、ここへ来た」

「頼みがあるのに、質問に答える気はない？　ずいぶん勝手な言い分ね」

サーシャが《破滅の魔眼》をあらわにしながら、ギーを睨む。攻撃するつもりはないとはいえ、並の者なら目があった瞬間に卒倒するだろう。だが、その男は真っ向からその破壊の視線を受け止めた。

「不作法は承知している」

ミーシャはじっと彼を見つめ、そして言った。

「頼みはなに？」

「男に言わせた通りだ。この中から、母親への贈り物を選んでもらいたい」

実直な口調で、ギーは言った。サーシャが訝しむ。

「意味がわからないわ。ネクロン家を敵に回すような真似をしておいて、お母様へのプレゼントを選べなんて。なにか企んでるんじゃなかったら、頭がどうかしてるんじゃないかしら？」

「どちらも否定だ。選ぶのは、お前たちのかつての母への贈り物だ」

僅かに、ミーシャが神眼を丸くした。

「……創造神エレネシアのこと？」

「肯定だ。選べば、早々にここを立ち去る。危害を加えないことを約束する」

ミーシャは考え、そして言った。

「母は滅びた」

「肯定だ」

「どうして贈り物を？」

「質問には回答しない」

ミーシャとサーシャは互いに目配せをする。ギーの目的がまるでわからなかった。

「理由を教えてくれたら選ぶ」

「言えないなら、残念だけどお引き取りいただくわ」

無愛想な顔でギーはそこに直立している。考えているのか、表情一つ変えずにじっと沈黙を続けた。やがて、彼は口を開く。

「自分はエレネシアの従者だ。主人のもとへ帰るのに土産がいる」

「……それって、死ぬってこと？」

「質問には回答しない」

サーシャの質問に、とりつく島もなくギーはそう答えた。先代の創造神エレネシアの従者だとすれば、ミリティアが生まれる前の世界に生きていた者ということになる。

確かに、魔力の波長が異質だ。人間とも、魔族とも、竜人とも違う。精霊でもなければ、神族でもない。だが、深淵を覗けば、そのすべてを混ぜ合わせたかのようにも見える。

「わかった」

ミーシャが言い、辺りに置いてある品々の物色を始める。サーシャはギーを警戒しながらも、妹についていった。

「……いいの？　得体が知れないわよ？」

「贈り物のことは、嘘じゃないと思う」

「じゃ、それ以外は？」

「わからない」

二人に見向きもせず、直立不動のギーにミーシャは視線を向ける。

「強い意思で、心を隠してる。贈り物のことを口にしたときだけ、本心が少し見えた」

「エレネシアの従者だったっていうのは、本当ってこと？　う〜ん、生命が完全に滅びる前に世界が創り直されてるから、記憶が残ってる人もいるのかもしれないけど……」

サーシャは信じがたいといった表情を浮かべる。

「わたしも初めて見た」

はじまりからこの世界を見守り続けてきた彼女がそう言うのなら、相当稀なことだろう。

「……贈り物っていうか、要するに、死者に捧げる供物みたいなものでしょ……？　なんでこんな回りくどいことをしたのかしら……？」

ミーシャは小首をかしげた。

「前の世界のルールがある？」

「……確かめようもないわね。まあ、選ぶだけ選ぶのは構わないけど。あいつの目的もはっきりするだろうし」

「これにする」

ミーシャが手にしたのは、羊皮紙の手紙だ。

「……なにか書くの？」

こくり、と彼女はうなずく。

「ありがとうって」

僅かに目を丸くした後、サーシャは微笑む。こんなときでも、真面目にエレネシアが喜びそうな物を選んだからだろう。

「ミーシャらしいわ」

「サーシャも書く？」

「胡散臭い奴に渡すのはちょっとどうかなって思うんだけど……」

「だめ？」

「まあ、いいわ。母への贈り物っていうのは本当みたいだし」

サーシャはすぐそばにあった魔法具の羽根ペンを手にする。

「一緒に書きましょ」

「ん」

二人はその羽根ペンで羊皮紙に文字を綴り、封筒に入れ、《封蠟》を施す。宛名の本人以外は見ることのできない封印魔法だ。古来よりディルヘイドでは、故人への言葉を綴るとき、手紙に《封蠟》を施す風習がある。そうすれば、亡くなったその者に届くのだと言われている。

「できた」

ミーシャはギーに手紙を差し出す。一緒に、サーシャはたった今使った羽根ペンを差し出す。

彼女は警戒を緩めず、制帽の男を睨んだ。

「協力、感謝する」

手紙と羽根ペンを受け取ると、すぐにギーは《転移》の魔法を使う。足元に魔法陣が現れ、彼の姿は消えた。

肩すかしを食らったような顔で、サーシャはしばし呆然とした。

「……本当にただ贈り物を選んでもらいに来ただけだったの？」

「みたい」

§11．【黄金の柄】

アゼシオン大陸の北東。名もなき氷の山脈。

『──そこを左だ』

俺が送った《思念通信》を聞き、レイは分かれ道を左に曲がる。しばらく先へ進めば、目の前に大きな氷塊が見えてきた。そのそばまでレイは歩いていき、視線を傾けた。氷の内部には、霊神人剣エヴァンスマナが埋まっている。

彼は魔法陣を描き、中心から一意剣シグシェスタを抜いた。

「ふっ……！」

氷塊が斬り刻まれ、音を立てて崩れ落ちる。残心しながら、彼は周囲に視線を配る。なんの仕掛けもなく、やはり人の気配はない。だが、それならば、なぜ《転移》が使えなかったのかという疑問が残る。

レイは油断なく歩いていき、氷の床に突き刺さっているエヴァンスマナのもとに辿り着いた。損傷は見られない。霊神人剣はこれまでと変わらず、神々しい光を発していた。彼は、その柄に触れ、握った。

すると、蒼白の電流が聖剣全体に走り、荒れ狂った。レイは咄嗟にエヴァンスマナから手を放す。柄が一部分、僅かに欠け落ちた。

「……なにが起きているんだい、エヴァンスマナ……？　教えてくれるかい？」

すると、剣身が刺さった箇所を中心として、床に魔法陣が描かれた。また一部、ボロリと聖剣の柄が欠け落ちる。

今、霊神人剣にはなにかが起きている。ゆえに、レイの召喚に応じなかったのだろう。レイは聖剣に意識を集中し、再び柄に手を伸ばした。

「触るな」

咎めるような声が響く。レイが振り向けば、奥に見える道から一人の男が姿を現した。

身につけているのは、上質なベストと金の刺繍が入ったジャケット、首元のジャボ。背に大弓を背負っている。貴族とも、狩人ともとれる格好だが、恐らくは制服だ。肩には剣の、胸には泡と波の紋章がついている。肩の紋章はどこか霊神人剣に似ていた。

「薄汚い泥棒め。真の姿に戻ろうとしていることもわかるまいか」

上から目線で男は言う。エヴァンスマナのことを知っているような口振りだ。

「無礼な。泥棒風情が、五聖爵の私に名を問うか。貴様に名乗る名などない。黙って従えばよかろう」

「君は誰だい？」

高圧的に男は言う。

「そこをのけ。その聖剣はもはや返してもらった」

「話が見えないんだけど、説明してくれるかい？」

「よいから、のけ。三度目はないぞ。この剣の錆にしてくれる」

五聖爵を名乗る男は、腰に下げた剣に手をやった。脅すように睨みを利かせるそいつに、レイは爽やかに微笑みを返した。

「どかないよ」

刹那、剣閃が走り、金属音が鳴り響く。五聖爵の男が鞘から抜き放った剣を、レイはシグシエスタで受け止めていた。

「盗っ人猛々しいとは、よく言ったものだ」

「盗んだつもりはないんだけどね。霊神人剣が他の誰かを選んだなら、僕はそれでもよかった」

鍔迫り合いをしながら、二人は視線を交錯させる。一合で決着がつかぬとは、五聖爵の男も並の使い手ではない。

しかし、まるで知らぬ顔だ。五聖爵というのも、聞き覚えがない。

「ならば、エヴァンスマナを鍛えた剣匠の名を述べてみよ」

「人間の名工――ということしかわかっていないはずだよ。二千年前の時点で、名は失伝していた」

鼻で笑うように男は更に問う。

「剣を祝福した神の名は？　宿っている精霊は？」

「君は知っているのかい？」

「当然のことっ！　しかし――」

五聖爵の男の全身に魔力が満ち、レイの体を剣ごと弾き飛ばす。

剣の切っ先が、レイに向けられる。

「お前は、語るに落ちたっ!!」

閃光よりなおも速く、刹那の突きが繰り出された。鼻先に迫ったその刃を、レイは一意剣にて打ち払う。即座に次の突きが、今度はレイの喉もとを狙う。まるで限界を知らぬとばかりに、男は突きを繰り出すごとに加速していき、巻き起こる風圧がレイの背後の壁に穴を穿つ。

剣戟の音が、氷の山脈を揺るがすほど激しく鳴り響き、僅か数瞬にして、二人が交わした刃の数は百を超えた。

「フォーッ!!」

甲高い奇声を発し、男は渾身の突きを繰り出した。刃と刃が斬り結び、レイの一意剣が宙を舞っては天井に突き刺さった。それは誘いだ。彼のすぐ隣には霊神人剣が突き刺さっている。

丸腰だと思い、斬りかかってきたところを、逆に仕留める算段だろう。

五聖爵の男はレイの懐へ飛び込む――と思ったが、奴はすっと剣を引き、棒立ちになった。

「来ないのかい？」

「見くびるな。このバルツァロンド、たとえ相手が罪人であろうとも、伯爵の名にかけ、丸腰の者を斬ることは断じてない。さっさと拾うがよいわ」

「へえ」

レイは跳躍し、天井に刺さったシグシェスタを抜く。

「でも、いいのかい？」

バルツァロンドは鼻で笑う。

「ふふん。剣を手にしようと結果は変わりはしない。貴様が私に勝てないのは自明の――」

「名乗る名前はないって言ってなかったかい？」

バルツァロンドは、しまった、といった表情を浮かべた後、取り繕うように真顔になった。

「口の上手い奴め。巧みに名を聞き出すとは、恐れ入った」

まるで誤魔化すように、奴の魔力が腕を伝って、剣を覆う。ミシミシ、と剣身が悲鳴を上げるほどの力がそこに集った。

「だが、剣の勝負では負けはしない」

失態を無理矢理なかったことにすると言わんばかりの気迫が、レイを貫く。剣を構え、バルツァロンドは言った。

「私の剣は、最速の刃。時をも斬り裂く、バルツァロンド流狩猟剣」

しん、と静寂がその場を覆いつくし、まさに時が止まったかのように錯覚した。なにもかもが静止した世界で、バルツァロンドだけが動いている。否、その男の剣があまりにも速すぎるのだ。

対して、レイのとった行動は肉を斬らせて骨を断つ。いかに速度があろうとも、一撃では七つの根源すべてを斬り裂けぬと判断し、あえて守らず大技の隙を狙う。バルツァロンドに遅れて、一意剣が奴の首へ疾走した。

「フォ――ッ！」

レイの胸元へ、バルツァロンドの剣が突き刺さる――寸前でボロボロとその剣身は砕け散っていく。剣速があまりに速すぎて、奴の剣では耐えられなかったのだ。バルツァロンドの首を刎ねようかという勢いで迫ったレイの一意剣が、ピタリと止められた。奴の首筋にうっすらと血が滲む。

「……まあ、待て。ストップだ……」

首に剣を突きつけられながらも、バルツァロンドは堂々と言った。

「仕切り直しを要求しよう。この剣ではだめだった。ここで戦うのは慣れていない」

「なにを言ってるんだい、君は？」

にっこりとレイは微笑むが、一意剣を奴の首筋から離そうとはしない。彼がその気になれば、一瞬の間にバルツァロンドの首を刎ねられるだろう。

「……く……卑怯な……」

「よくわからないけど、君の目的と霊神人剣のことを教えてくれるかな？」

男はぎりぎりと奥歯を噛む。そのとき、なにかが砕け散った音が響いた。レイが視線を向ければ、そこにあった霊神人剣の柄が弾け飛んでいた。まるで聖剣自らがそうしたように。

レイは視線を険しくする。そんなことは、これまでに起きたためしがない。

「あれは、霊神人剣の本来の柄ではない」

バルツァロンドが言い、指先で魔法陣を描く。

「本物はここにある」

魔法陣の中心から現れたのは、黄金に輝く剣の柄だ。刃はなく、鍔部分に青い宝石が埋まっている。

すると、霊神人剣がひとりでに抜け、黄金の柄に引き寄せられるように飛来した。ちょうどレイの背後に霊神人剣が向かってくる格好となり、彼は咄嗟に飛び退いた。

飛来するエヴァンスマナを、レイはその手で捕まえる。バルツァロンドは、剣身のない柄を握っていた。

「お仕着せの役目を終え、エヴァンスマナが真の姿に戻るときが来た。返してもらおう」

神々しい光が、黄金の柄から溢れ出す。それは確かに、エヴァンスマナそっくりの魔力を放っていた。

「……どうやら、それが霊神人剣の柄っていうのは嘘じゃないみたいだね」

レイはシグシェスタと柄のないエヴァンスマナを構え、バルツァロンドを油断なく見据える。

彼が一歩を刻み、しかし、そこで動きを止めた。

『霊神人剣を渡してやれ』

そう、俺の《思念通信》が届いたのだ。

『考えがあるのかい？』

『同じ紋章をつけた者どもを見かけてな。外から来たのかもしれぬ』

『……世界の外かい？』

『そいつは少々抜けている。泳がせて尾行するにはもってこいだ』

そう伝えれば、レイは霊神人剣をバルツァロンドに向かって放り投げた。地面に刺さったその剣を見て、奴は言う。

「ほほう。抵抗しても無駄なことに気がついたと見える」

「霊神人剣が抜けるのなら、君が所有者だって認めてもいいよ。どのみち、それが必要な世界じゃなくなった」

「ならば、刮目するがよろしい！」

バルツァロンドは柄の壊れた霊神人剣を握り、それを抜き放つ。そのまま奴は、聖剣を頭上に掲げた。

「このバルツァロンドこそ、真に霊神人剣エヴァンスマナに選ばれし一人。勇猛果敢な狩人だ！」

所有者を選ぶ聖剣は、彼の手にありながら、力を示すように神々しい光を放つ。元々、奴が所有していたというのも嘘ではないのかもしれぬ。

「自分で言い出したことだ。文句はないだろうな？」

バルツァロンドの問いに、レイはうなずく。

「ふふん。殊勝な心がけだ。命拾いしたな」

そう口にするや否や、奴は黄金の柄を天に突き出す。そこから光が溢れたかと思うと、氷の天井を溶かしていく。

「さらばだ。泥棒にしてはなかなかの剣技だったぞ、お前は。褒めてやろう」

バルツァロンドは、光で大きく空けた穴から空へと飛び去っていった。

§12.【外の世界】

氷の山脈の上空に、俺とシンは転移した。

母さんにはイージェスがついている。念のため、アルカナにも戻るように伝えた。エレオノールたちも一緒に来るため、心配はいらぬだろう。

「バルツァロンドが世界の外から来たのなら、霊神人剣もそうなのかな？」

下方からレイが《飛行（フレス）》にて飛んできた。

「恐らくな」

奴（やつ）が手にしていたあの黄金の柄は、確かにエヴァンスマナと同調していた。霊神人剣の柄だという話は、嘘（うそ）ではあるまい。

「これぐらい離れれば十分だろう。追うぞ」

《幻影擬態（ライネル）》と《秘匿魔力（ナジラ）》で、姿と魔力を隠し、俺たちは上昇を続けるバルツァロンドを追跡していく。

「伝承では、エヴァンスマナは悪（あ）しき災いを滅ぼすための聖剣。剣を守っていた奉祀神（ほうししん）は、災厄の宿命を断ち切るため、太古の昔に人間と神と精霊が作ったと言っていた。そして、霊神人剣は君が現れて初めてその神聖なる光を発した」

レイが言う。霊神人剣は、暴虐の魔王を滅ぼすための聖剣に間違いない。実際、俺の滅びの根源に対しても、無類の力を発揮する。

「どうしてそれが世界の外から？」

「さてな」

俺たちは空を飛び抜け、黒穹に出た。

「我が君の母君を狙ったコーストリアと隻腕の男ですが、あの二人も世界の外から来たのでしたら、不可解ですね」

シンが言う。

「確かにな。霊神人剣を狙うにしても、俺の母を狙うにしても、今になってというのは疑問だ。機会はいくらでもあったはずだ」

霊神人剣ならば、勇者学院の神殿にある間に、母さんは俺が生まれる前に狙った方が確実だった。だが、バルツァロンドもコーストリアもそうしなかった。

「俺たちが世界の外の可能性に気がついたと同じ頃に、奴らはやってきた。偶然とは思えぬな」

「世界が転生したことと関係があるってことかな……？」

「世界転生後、奴らは初めてこのミリティアの世界を発見したのだとすれば辻褄は合うが――」

世界が生まれ変わったことで、外から見えやすくでもなったか？

「止まれ」

腕を広げ、上昇を止める。シンとレイも止まった。

「船か」

黒穹の彼方、バルツァロンドの視線の向こうに、大型船が見えた。三本マストの飛空帆船だ。砲門がある。軍船だろう。武装した兵の姿が見えた。船体からは魔力の粒子が溢れており、結界が船を球状に覆っている。かなり強力な魔法障壁だ。

わからぬのは動力だ。魔法で飛んでいるわけではない。深淵を覗いてもなにも見えぬが、確かにその帆船は黒い空を自由に飛んでいく。バルツァロンドは、近くまで来た飛空帆船に声をかけた。

「ご苦労。辺りにこの小世界の者はいない。無粋な魔法障壁を解除し、全員、私に注目するのだ」

奴がそう告げると、帆船の魔法障壁が解除された。

「さあ、刮目せよ。このバルツァロンドが、奪われし霊神人剣エヴァンスマナの剣身を取り返した！」

エヴァンスマナを頭上に掲げ、帆船に乗っている者に見せつけるように、バルツァロンドはゆっくりとその船の真上を遊泳する。

「バルツァロンドに誉れあれっ！　狩猟貴族の神に栄光あれっ！　ハイフォリア万歳っ！」

バルツァロンドが声を上げれば、船に乗っている者どもが唱和した。

「「ハイフォリア万歳！　ハイフォリア万歳！」」

　船員たちは、バルツァロンドの部下か。皆、奴と同じ制服を纏い、背には弓を、腰には剣を下げている。しかし、思った以上に抜けている男だ。

『船体にはりつくぞ。後に続け』

《思念通信》にて指示を出し、俺は帆船に向かって飛んでいく。魔法障壁は解除された。船員の視線は上方のバルツァロンドに向けられている。その反対側、船の下方から回り込むようにして、《森羅万掌》にて船底をつかむ。反対の手を伸ばせば、シンがそれをつかみ、シンの手をレイがつかんだ。

「パブロヘタラへ舵を切れ」

　マストに降り立ち、バルツァロンドが言った。

「イエッサーッ！　しかし、バルツァロンド卿、降りていただかないと……！」

「ふふん。潮の流れを見るにはここが一番だ。行け」

「い、イエッサーッ！」

　予想通り、船は黒穹の果てに舵を切り、みるみる加速していく。どれだけの速度で飛んだところで、この世界の秩序に従うならば、黒穹をぐるりと回り、反対側へ出てくるのみだ。

　世界の外へ向かうのならば、この船でなければならぬ理由がある。船底にはりつきながら、魔眼を凝らし、深淵を覗く。

　やはり、特別な魔法術式が展開されているようには見えぬ。だが、船全体を俯瞰してみれば、大きく帆が膨らんでいる。まるで魔眼には見えぬ風を受けているかのように。

なにかがある。エクエスの歯車同様に、魔眼には見えぬなんらかの力が働いているのだ。秩序に類するものか。いずれにせよ、なにかがそこにあるのなら、その深淵を覗く方法もあるはず――

様々に魔眼を変化させ、見えぬ力と波長が合わぬか探っていく。しかし、俺がコツをつかむより先に、目の前の黒穹に銀色の光が溢れ出した。

その銀の光へ向かい、船はまっすぐ進んでいく。次第に、少しずつ、黒き空が銀に染まる。なおも船は加速し、そして目の前に無数の泡が流れていったのが見えた。

『これは……？』

辺りの光景に、レイが息を呑む。シンでさえも驚愕を隠せぬように、視線を険しくしていた。銀色の光がこぼれる海の中に、俺たちはいた。背後を振り返れば、そこにあるのは果てしなく巨大な、銀の光を放つ丸い泡だ。

魔眼を凝らしてみれば、確かに創造神ミリティアの魔力が見える。この銀の泡が、俺たちがいた世界。つまり、その外へ出たのだ。

『ふむ。ミーシャに《思念通信》が届かぬな』

彼女とは《魔王軍》の魔法線がつながっている。にもかかわらず、殆どそれは機能していない。

『内と外では、少々勝手が違うようだ』

俺の言葉に、レイとシンの顔つきが変わった。ここから先は未知の世界だ。なにが待ち受けているかわからぬ上、向こうはどうやらこちらよりも多くのことを知っている。

『この先の予定は？』

レイが問う。

『ついでだ。このまま奴らの世界へつれていってもらおう。生身で引き返して、またミリティアの世界に入れるとも限らぬ』

『帰れないっていうのは勘弁して欲しいかな』

レイが微笑みながら言った。

『帰りは、船を奪うのが得策でしょうね』

シンが言う。

今はそれが最も確実だろう。大人しく息を潜め、俺たちは船が目的地に到着するのを待つ。

船を覆う球形の魔法障壁の外には、ひたすら海の水が広がっている。魔眼の働きも鈍く、殆ど先は見通せない。ただ銀の光だけが、あらゆる角度から降り注いでいる。

『世界を外から見れば、あの銀の泡に見えるとすれば、この光はすべてそれらが放っているのやもしれぬ』

『この光の数だけ、世界が存在するということですか』

シンは数多の光に魔眼を向けた。数えるのも馬鹿馬鹿しくなるほど、途方もない数だ。

『くはは。外がこんなに広かったとはな。うっかり迷子になりかねぬな』

『笑い事じゃないんだけどね』

レイが苦笑気味に言った。

そのまま数時間が経過し、やがて目の前が銀の光に照らされた。まるで光の道ができたかのようだ。それに導かれるように、船が更に進んでいけば、先程のミリティアの世界同様、巨大な銀の泡が見えてきた。

船はまっすぐその泡の中へ突っ込んでいく。目の前が今度は暗闇に包まれ、銀の水が消えていく。代わりに現れたのは、黒い空――我らが世界と同じく黒穹(こっきゅう)だ。船は更に下降していき、次第に太陽の明かりが目に映った。

空は赤く染まっている。夕焼けだ。眼下には、広大な森林、連なる山脈、広い湖や、小川、そして都市が見えた。紛れもなく、俺たちの世界とは違う、別の世界だった。

「――お前たち、あれはなんなのだっ⁉」

突如、船の上から怒声が響いた。バルツァロンドのものだ。

「あの泥棒どもがぶらさがっていることに、なぜ気がつかなかったっ⁉」

シンとレイが俺に視線を向けた。このまま奴(やつ)らの本拠地まで行ければと思ったが、さすがにそこまで抜けてはいなかったか。姿は消していたはずだが、《幻影擬態(ライネル)》と《秘匿魔力(ナジラ)》の働きが弱まっているようだ。反魔法でも使われたか？

「もっ、申し訳ございません……！　バルツァロンド卿(きょう)を讃(たた)えよとのご命令でしたので――」

「……むぐ……そうであったな。ええいっ、済んだことは仕方がない。振り落とせっ！」

「イエッサーッ！」

魔法障壁が解除されると、船体が速度を増し、急旋回する。強烈な加速度が俺たちを襲うも、《森羅万掌(イ・グネアス)》の手はそうそう離れぬ。

「しぶとい輩(やから)め。ならばこちらにも考えがある。舵(かじ)を切るな。全速前進だ」

「しかし、バルツァロンド卿。この先は、幽玄樹海が」

「あの空域に入れば、奴が……！」

「境界までだ。わかるな？」

部下の一人がはっとする。

「い、イエッサーッ！　全速前進っ！」

船の速度がますます上がり、強烈な風圧が俺たちを襲う。

「我が君」

シンが視線を向けた方向、その雲の向こう側に高く巨大な山があった。突如、船は急旋回を行い、その山頂に不時着する勢いで急降下した。ガ、ガガガガ、ガガガガガガッと船底が山肌と擦れ合う。

「ふふん。身の程知らずの密航者め。私の船を選んだ罰だ」

「──ほう」

目を見開き、バルツァロンドは頭上を見上げた。

「お前たちの世界では、密航はいかぬが、他国の領海に軍船で押し入るのはよいのか？」

俺とシン、レイが《飛行》にて船上へ舞い降りる。

「入って来るなら、相応の礼を尽くせ、蛮族」

§13.【井の中の蛙大海を知らず】

「ばっ、ば……ばばっ……」

バルツァロンドが目を見開き、衝撃を受けたような顔で、声を震わす。

「蛮族だとぉぉっ!? この、この私が、狩猟貴族の中でも誉れ高き五聖爵が一人、伯爵のバルツァロンド・フレネロスと知っての狼藉かっ!? 返答如何によってはただですましはしないっ!」

「バルツァロンド卿。恐れながら、奴らは浅層世界、それもできたばかりの第一層世界の住人。五聖爵を知らぬかと」

「……ぬっ……!?」

部下に進言され、バルツァロンドは悔しそうに歯をぎりぎりと鳴らす。

「おのれ……田舎者はこれだから……」

「愉快な座興だな、バルツァロンドとやら」

俺がそう口にすれば、奴は鋭い視線を向けてくる。臨戦態勢と言わんばかりに、部下たちは皆、剣を抜いた。

「そう死に急ぐな。お前たちは非礼極まりないが、霊神人剣を取り戻しに来たというのならば、一応の大義名分はある。話し合いに応じれば、大目に見てやろう」

バルツァロンドは、視線を険しくした。

「泥棒の分際で、上から目線で喋るものだ」

「それがそもそも間違いだ。その聖剣は出所が不明でな。いつからか、我が世界にあったものだ。誰かが盗んだのやもしれぬが、少なくとも身に覚えがない」

俺の言葉に、バルツァロンドは一応は耳を傾けている。

「犯人の名を言え。証拠があるなら、そいつをお前たちの前に突き出してやる」

「ほほう。身の潔白を証明すると言うのか。謀ればどうなるかわかっているであろうな？」

「煮るなり焼くなり好きにせよ」

俺がそう言うと、奴はフッと笑った。

「よかろう。こやつに証拠を見せてやれ」

バルツァロンドが言う。すると、部下たちがざわついた。

「どうした？　早くするのだ」

「……バルツァロンド卿。今回は、聖王の勅命のため、そのようなものは……」

一人の部下が駆けより、耳打ちするように言った。バルツァロンドの血相が変わった。

「証拠がないっ!?　馬鹿めっ、貴様らっ。証拠も持たずに、泥棒扱いしたというのかっ！　出立の前に、確かめておけと言ったであろうがっ！」

「い、いえっ！　決して証拠がないわけではなく、私どもには知らされていないだけでして……！　聖王陛下の言葉こそが、すなわち証拠であると」

「ええいっ、聖王陛下がどうしたっ!?　誰の言葉だろうと、なんの証拠にもならんわっ！」

「お、お言葉がすぎるのではっ……！」

「なにがどうすぎるのだっ!?　罪なき者を裁くなど、五聖爵の名に泥を塗るつもりかっ？」

「し、しかし……聖王の勅命ゆえ、それを疑うなど私どもには……」

バルツァロンドの剣幕に、部下はたじろぐ。聖王とやらの勅命の間で板挟みになったといったところか。

「もうよいっ！」

話を打ち切り、バルツァロンドは俺の前へ出る。

「申し訳なかった。罪なき者に罪を着せたようだ。部下の失態は、私の責。これは、お返ししよう」

バルツァロンドが霊神人剣を差し出す。

「バルツァロンド卿っ！　それはいけませんっ！」

「どのような処罰が下されるかっ！」

「黙れっ！」

一喝され、部下たちは押し黙る。

「お前たちは我が身可愛さに、他者に罪を押しつけるのか。狩猟貴族の名をこれ以上汚すな」

存外に、話のわかる男だな。まあ、最初に証拠を確かめておけばよかったのだから、少々抜けているのは確かだが。

「盗まれていないと決まったわけではあるまい。いずれにせよ、その聖剣は元々お前たちの手元にあったものだろう？」

「霊神人剣は意思を有する。エヴァンスマナ自ら貴公らの世界に赴いたのならば、私どもはその意思に従う。後日、盗んだ証拠が見つかったなら、そのときは改めて取り返しに参上する。それが人同士の礼儀というもの」

俺がレイに視線を向ければ、彼は数歩前へ出て霊神人剣を受け取った。

「改めて名乗ろう。私はバルツァロンド・フレネロス」

「アノス・ヴォルディゴードだ」

「不敬な行為を陳謝しよう。私にできることがあれば、言ってもらいたい」

「ふむ。いくつか聞きたいことがあるのだが」

俺は魔法陣を描き、中心に手を入れた。取り出したのは、隻腕の男が母さんに投げつけたあの赤い爪だ。

「これがなんだか知っているか？」

途端に、バルツァロンドが魔眼を見開く。

「バルツァロンド卿っ！」

「お下がり下さいっ！」

言葉と同時、バルツァロンドは警戒するように俺から距離を取っていた。

「こいつは、この男はっ……！」

部下たちが、全身から魔力を放出した。魔眼は最大限の警戒を見せ、俺たちがこの船に乗り込んだときとは比べものにならぬほどの気迫を見せている。

いや、気迫というより、殺気か。まるで奴らは凶暴な獣を前にした狩人のように冷酷な魔眼をしている。

「叫くな。百も承知だ」

バルツァロンドが部下たちに告げる。

「ふむ。これがそんなに大層なものか？」

「アノス・ヴォルディゴードと言ったな。それは我々、聖剣世界ハイフォリアにとって、見過ごすことのできない代物だ」

バルツァロンドが鋭い視線を向けてくる。先程までの抜けた表情はなりを潜め、奴もまた獲物を前にした狩人のように、非情な顔つきに変わっていた。

「どこで手に入れた？」

「なに、ついさっき、我が世界に侵入した賊が落としていってな」

言った瞬間、バルツァロンドの部下二人が向かってきた。

「気の早い。話は途中だ」

俺の言葉を無視し、容赦なく剣が振り下ろされる。その二つの刃を、シンとレイが魔剣にて受け止めていた。

「浅層世界の住人が、あの滅びの獅子どもを撃退できるわけがないっ！」

「バルツァロンド卿、こやつはアーツェノンに通じておるっ！　捕らえられないのならば、ここで息の根を絶つしかないっ！」

二人が飛びかかった隙に、他の兵たちは弓を構え、矢を番えていた。それはすべて俺へ向けられている。

「血気盛んな部下を持って苦労するな。先程と同じだろうに。証拠はなにもない」

「証拠がないなら、罪には問えない。それは人同士の礼儀であり、道理だ」

苦々しい表情で、バルツァロンドは言う。

「相手が獣ならば話は別だ。エヴァンスマナに加えて、アーツェノンの爪まで持っているなら、狩猟貴族として私は狩りをしなければならない」

「ほう」

ずいぶんと簡単に手の平を返すものだ。

「エヴァンスマナを渡すわけにも、ましてや元の世界へ返すなどできはしない。しかし一つ、貴公に濡れ衣を着せた詫びとして、最後の慈悲を与える」

正義は我にあるとばかりに、堂々とバルツァロンドは言った。

「無実だというのなら、すべての武器を捨て、捕虜になるのだ。そうすれば、伯爵の名にかけて、貴公の無実を証明するのに尽力しよう」

「断れば？」

「命の保証はしない」

はっきりとバルツァロンドはそう断言した。俺の答えに関わらず、奴の部下たちは完全にやる気だ。隙を見せれば、容赦なくあの矢が放たれるだろう。

奴らが手にしている剣とは違い、弓の方の魔力は桁外れだ。先程までは人に対する武器を、そして今は獣に対する武器を構えているといったところか。バルツァロンドの態度は、奴ら狩猟貴族とやらの基準では甘い方のようだな。

「ふむ。よくわかった。コーストリアとかいう小娘どもから、このアーツェノンの爪を奪うのはありえぬ。ゆえに俺が、あの女と通じているという理屈なわけだ」

俺は目の前に魔法陣を描く。

「つまり、濡（ぬ）れ衣（ぎぬ）を晴らすには、俺があの女よりも強いことを証明すればいいのだろう？」

「アーツェノンの滅びの獅子（しし）は深層世界の国を壊滅するほどの怪物、そんな証明はできはしない。大人しく投降するのだ」

「くはは。国一つで大げさな。怪物と称するならば、最低世界を滅ぼす力ぐらいは持っていて欲しいものだ」

魔法陣の砲門から、ぬっと漆黒の太陽が出現する。

「《獄炎殲滅砲（ジオ・グレイズ）》」

漆黒の太陽をバルツァロンドへ向け、撃ち放つ。しかし、妙だ。火勢が著しく弱い。

「《聖十字凍結（エルロッセ）》」

バルツァロンドが放った十字の光が《獄炎殲滅砲（ジオ・グレイズ）》に当たった瞬間、漆黒の太陽はあっという間に凍結した。《聖十字凍結（エルロッセ）》の勢いは死なず、そのままこちらへ向かってくる。軽く飛（と）び退（の）いてそれをかわす。

そのはずが、十字の光が足先にかすり、右膝まで凍結した。これは、体が重い？　なにを仕掛けた？　いや、違うな。

「貴公は魔法も体も思い通りに動かせはしない」

膝をついた俺の目前に、バルツァロンドは一瞬にして移動した。魔法は使っていない。素の速度だ。

「ふむ。確かに少々調子が悪い」

「貴公らの小世界よりも、深い位置に存在するこの小世界では、あらゆるものの力が別次元なのだ。力強さも、速さも、頑強さも、魔力も、すべてがだ。空気一粒の抵抗さえ、貴公には重りだろう。貴公らの浅い世界を滅ぼす魔法を放とうと、ここではこの船一つ壊せはしない」

諭すようにバルツァロンドが言う。俺を滅ぼすのではなく、投降させたいからだろう。

「貴公の世界の中では、そやつはそれなりの強者であろうな」

バルツァロンドがレイを指す。

「だが、先の勝負では私は手加減をしていた。手加減してなお、その男は私の速さについて来られなかった。このバルツァロンドが本気を出したなら、あの程度の世界は壊れてしまう。はっきり言わせてもらおう」

奴の姿がブレたかと思うと、一瞬で俺の背後を取った。間髪入れずに放たれた蹴りを掌で受けとめれば、魔力の火花が激しく散った。

「井の中の蛙だ」

俺の体がいとも容易く弾き飛ばされ、船体の壁に激突した。

「大海を知れ、アノス・ヴォルディゴード。そして、武器を捨てて投降するのだ。それが、最も浅い小世界に生きるお前に唯一できること」

「ふむ」

俺は、ゆるりとその場に立ち上がる。かなりの力で弾き飛ばされたと思ったが、船体に傷一つつかぬとは。なかなかどうして、確かに我が世界の物質よりも頑丈だ。

「世界を滅ぼす魔法を放とうと、船一つ壊せぬ、か」

凍結した右足に魔力を込める。黒き粒子が、螺旋を描き、氷が砕け散った。

「なかなか朗報だ。速さに自信があるならば、一つ駈け比べと――」

言いながら、思いきり船の甲板を蹴った、その瞬間だ。まるで、爆発するかのような激しい轟音が、足裏に響き渡ったのは。

「……なぁあっ……………!?」

「が……あ…………あ…………!?」

「あ…………う…………あぁ…………」

兵士たちの驚愕が、船内に溢れた。空を飛んでいた大型船がぽっきりと折れ、空中分解を始めたのだ。俺が走り出す衝撃に、船が耐えきれなかったのだろう。彼らは、悲鳴を上げるように絶叫した。

「ばっ……ば……馬鹿なぁぁぁぁぁぁぁっ!?」

「いったいなにが……!?　今、なにが起きたのだっ!?!?」

「……まさか、今の奴の一踏みで――」

「あ、ありえんっ！　そんなことはっ！　浅層世界の住人如き、船体に傷一つつけることができんはずだぞっ!!」

「いいから先に修復だぁぁ!!　真っ逆さまに墜落するぞっ!!」

「やっ、やっているっ！　しかし、機関部の損傷が甚大で……!?」

「ぜ、前方にっ！　雲間山脈がっ……！」

「か、回避だっ！　回避――――――っ!!」

「だ、だめですっ！　舵が利かな――」

崩れ始めていた銀水船が、雲間に覗く山に突っ込んでいき、ぐしゃりと船体が潰れた。最早、そこまで崩れればどうにもならず、勢いのまま、船は木っ端微塵に弾け飛ぶ。兵士たちは空に投げ出され、山肌に体を強く打ちつけた。

「……くっ……！」

バルツァロンドは、空中で体勢を立て直し、山脈に着地する。奴は鋭い視線を砂埃が舞う方向へ向けた。

「くはは。すまぬ。駈け比べでもしてやろうと思ったのだが、お前が言うよりずいぶんと船が脆いものでな」

さっと風に砂埃が流され、俺とレイ、シンの姿があらわになる。

「……その……力は……」

バルツァロンドが、険しい表情で声を漏らす。不敵に笑ってやり、俺は言った。

「井戸が狭いからといって、蛙が小さいとでも思ったか」

§14.【幽玄樹海】

雲間にそびえる山地一帯に視線を配る。

バルツァロンドの部下たちは身を起こし、すでに弓を引いている。銀水船を破壊され浮き足立ってはいたものの、山肌に衝突した程度では戦闘不能とはいかず、全員戦意は挫けていない。

奴の言う通り、ミリティアの世界の住人より、頑強というわけだ。

「弓を下ろせ。お前たちの理屈が間違っていることを証明したにすぎぬ」

そう言ってやったが、しかしバルツァロンドたちは先程以上に気を引き締め、矢に魔力を纏わせる。

「ふむ。今ぐらいの力では、まだ足りぬようだな」

「……貴様は浅層世界の者にしては強すぎる……」

バルツァロンドは言った。

「アーツェノンの爪を奪った話を信じる気になったか？」

「いいや。ありえはしない。浅層世界の者が、ましてや第一層世界の住人が一踏みで銀水船ネフェウスを砕くなど、そんな秩序はこの銀水聖海のどこを見渡しても存在しないっ！」

「くはは。存在しなかった、ではないか？　なにせ今まで井戸の中にいたのだからな」

「そんな戯れ言に耳を傾けるなど、ますますもってありはしないっ！」

バルツァロンドは黄金の柄を握り締める。鋭い視線が俺を刺した。

「アーツェノンの滅びの獅子め。霊神人剣の剣身を奪い、浅層世界に身を潜めていたのだな」

ふむ。そう来るか。外の事情がわからぬのでは、反応がまるで読めぬ。

「そもそものアーツェノンの滅びの獅子というのはなんだ？　俺は正真正銘、あの世界の生まれだぞ」

「黙れっ、その手には乗らんぞっ！」

聞く耳持たぬとばかりに、バルツァロンドは言う。

「私は、狩人ゆえ、算盤を弾くより嗅覚に優れる。考えるより先に体が動く。言葉よりも、剣と弓が雄弁だ」

「馬鹿だとはっきり言うのだな」

「だからこそ、貴様たち滅びの獅子の口車に乗りはしないのだっ！　狩るべき獲物の判別は、この正義の柄が行う。審判せよ、エヴァンスマナ！　この者の災いを暴き立てるのだっ‼」

黄金の柄をバルツァロンドは高く掲げる。その青い宝石が、赤色に変わっていた。兵士たちは静かに息を呑む。奴らの殺気が膨れあがっていく。

「刮目せよ。霊神人剣が示す災禍の赤を。これこそ、貴様が滅びの淵から生まれた災厄の獣、アーツェノンの滅びの獅子である証明だっ‼」

わからぬな。あの柄をあえて赤に光らせ、俺に濡れ衣を着せようとしているとは思えぬ。グラハムのように歪んだ性質ならばともかく、この男は歪むほどの知恵も芝居をする頭もあるようには見えぬ。

霊神人剣の柄が、アーツェノンの滅びの獅子とやらを嗅ぎ分ける力を持っているとして、俺に反応するのはなぜだ？　隻腕の男と対峙したとき、妙な耳鳴りが聞こえた。俺の根源が、奴の根源に共鳴するような反応を見せたのは確かだ。

だが、まるで身に覚えがない。母さんが災禍の淵姫と呼ばれていたが、それになにか関係しているのか？　いずれにせよ、なにをどう弁解したところで聞く耳はもつまい。

「好きに呼ぶがいい。それで？」

　悠然と前へ出て、俺は言った。

「だから、どうした？　そのアーツェノンの滅びの獅子とやらは、我が母に爪を立ててきてな。目下、敵対中だ。お前が狩人ならば、今は俺を放っておいた方が得策だぞ」

　身構える奴らに、笑みを見せる。

「我が平和を脅かす者はただではすまさぬ。たとえ同胞だろうとな」

「……霊神人剣を渡しはしない……」

　俺の言葉など頭から信じてはおらぬとばかりに、奴はこの身とレイが手にする霊神人剣に、鋭い視線を向けた。バルツァロンドの部下たちも、覚悟を決めた表情を浮かべる。

　奴らは攪乱するかのごとく、一斉に別々の方向へ駆け出した。

「「《聖狩場》」」

　兵士たちが描いた魔法陣から風が吹く。輝く空気の粒が吹き荒び、この山地一帯を光で埋め尽くす。渦巻く暴風は視界を遮り、魔眼さえも眩ました。

「聖なる風の吹くところが、我らの狩り場」

　風に乗り、声が様々な方角から聞こえてくる。どうやら、耳もあまりアテにできぬようだ。

　刹那、光り輝く風を纏いながら一本の矢が眼前に現れた。それを片手で受け止めれば、狭い視界に数百もの矢が映った。

「ふむ」

　蒼白き《森羅万掌》の手で、それらすべてをつかむ。いや、五本つかみ損ねた。疾風の矢が俺の体に穴を穿(うが)とうとした瞬間、シンの剣が打ち払った。

「体が重いですね」

シンが言う。

「それ以上に、魔法の働きが鈍いようだ」

《獄炎殲滅砲(ジオ・グレイズ)》もそうだった。単純に魔力の多寡を多くすればいいという問題でもなさそうだな。一方で奴(やつ)らは十全に魔法が使える。

「見えまい」

狩人(かりゅうど)たちの声が響く。

「貴様は獣、人ならざる力を持つ」

「だが、狩場においては獣よりも狩人(かりゅうど)が勝る」

「ハイフォリアの狩人(かりゅうど)の矢からは、獅子(しし)とて逃れられるはずもなし」

「群れから離れたことを後悔するがいい」

声が反響する。弓を引く弦音(つるおと)が、幾重にも重なった。

「確かにうっすらとしか見えぬが、そのぐらいでやめておけ」

ぐっと拳を握れば、黒き粒子が螺旋(らせん)を描く。

「うっすらと見える？」

「その距離で拳を握っておいてか？」

「たとえ山を崩そうと、当たらなければ意味はない」

「どんな獣も、我ら狩猟貴族の前では同じこと」

「狩場に嵌った獲物は、見えぬ恐怖に錯乱していく」

バルツァロンドの声が響いた。

「もがけばもがくほど、貴様は追い詰められていくのだ」

一歩大きく前へ踏み込み、俺は勢いよく拳を突き出した。

「馬鹿めっ！　この距離で拳など役に立ちはしな――ごあああああああああああああああああああああああああぁぁぁぁあっっ！！！」

魔力を伴った拳圧が、放たれた無数の矢を砕き、渦巻く《聖狩場》を吹き飛ばしては、バルツァロンドたち狩猟貴族を遙か彼方へとぶっ飛ばした。

「ばっ、バルツァロンド卿ぉぉぉぉぉぉぉぉっ……！！！」

山地から吹き飛ばされた連中は、そのまま樹海へ真っ逆さまに落ちていく。

「やめておけと言ったはずだ。よく見えねば、誰に加減をすればいいかわからぬ」

この山地に残った兵は十数名。ざっと半数といったところか。奴らは目配せをした次の瞬間、《飛行》で飛び上がっては逃げの一手を打った。

なかなかどうして、判断が早い。獣相手に優位が崩れれば、逃げるのが定石といったところか。確実なときのみ、仕留めればよい。

「追え。欲しいのは情報と船だ」

「御意」

シンとレイが奴らを追いかけ、空を飛ぶ。

罠のように仕掛けられた空の《聖狩場》の中へ、二人は飛び込んでいった。

「この世界の者は総じて強い。深追いはするな」

『わかってるよ』

《思念通信》を使いながら、俺は樹海の方へ飛んだ。鬱蒼とした木々の葉が広がる一角へ視線を向ける。あの辺りに落ちたと思うが、この樹海は普通の場所ではないな。ミッドヘイズにある魔樹の森よりも遙かに強い魔力を感じる。

魔眼の働きも阻害され、平素より思うように見えぬ。ざっと視線を巡らせれば、奴の仲間の一人が木に引っかかっているのが見えた。気を失っているようだ。しかし、他の者は近くにいない。捜すのは少々骨だな。

しかし、思いがけず、すぐに奴の居場所がわかった。

『フィン、どこだっ？　無事ならば応答するのだっ』

バルツァロンドは声を上げながら、無差別に《思念通信》を飛ばしていたのだ。上空から近づき、視線を飛ばせば、奴は兵士たちとともに辺りを警戒しながら、仲間を捜していた。

「……バルツァロンド卿、もうこれ以上は」

「滅びの獅子のこともありますし、この樹海に長く留まるわけには……。もし、二律僭主まで姿を現すようなら、我々では……」

「フィンも狩人の一人。覚悟はできております」

「馬鹿めっ！　この伯爵のバルツァロンドが、従者を見捨てる男だと思ったかっ！　怖じ気づいたならば貴様らだけ先に戻るがいいっ！」

バルツァロンドは一人、森の奥深くへ足を進ませる。

「ば、バルツァロンド卿っ」

「お待ちくださいっ！」

慌てて従者たちは奴を追いかける。

「ふむ。つまらぬ誤解さえ解ければ、お前とはなかなかうまくやれると思うのだがな」

空から樹海に着地すれば、奴らは即座に弓を構えた。

「どうだ？　争う前に、話し合いでもしてみぬか？」

蒼白き指先をくいっと手前に折れば、木の枝に引っかかっていた兵士の一人が俺の手元に飛んでくる。表情を険しくしたバルツァロンドへ、俺は兵士を放り投げてやった。奴は迷いなく両腕でそれを受け止める。

「……どういうつもりだ？」

「力の差は十分にわかっただろう。お前の頭が足りずとも、話し合いの方がまだ分があるぞ」

バルツァロンドは言葉に詰まる。疑心暗鬼といった表情だ。

「信用できると思うか？」

「初めは皆そう言う」

油断なくバルツァロンドは俺を睨む。抱えた兵士の一人、フィンといったか。当たり所が悪かったか、かなりの重傷だ。回復魔法をかけているようだが、傷の治りが遅い。

「ならば、無条件で見逃せ」

バルツァロンドが言う。

「できぬな。見知らぬ世界だ。右も左もわからぬ」

泰然とそこに立ち、敵意を込めずに俺は言う。

「話し合いに応じよ。命の保証はしよう」

バルツァロンドはすぐには回答せず、歯を食いしばっている。俺の隙を探っているのか、それとも交渉の余地があると考えているのか。数秒間、沈黙は続いた。

「それならば――」

奴が口を開いた、まさその瞬間であった――

「…………っ」

ぽた、と地面に血が落ちた。

俺の唇に、血が滴っている。この身を、背中から何者かが貫いたのだ。間近に接近する寸前まで、なんの魔力も感じなかった。だが、今背後にいる者は、バルツァロンドとは比べものにならぬほど強大な魔力を発している。

「……二律僭主……」

バルツァロンドが、青ざめた顔で呟く。奴の部下の誰もが、恐れ戦いていた。

「フィンを抱えて退却するのだっ！　私が時間を――」

バルツァロンドがそう声を上げ、黄金の柄を手に取る。前へ出ながら、魔法陣を描き、そこから柄のない剣身を引き抜いた。黄金の柄と、剣身を接合し、魔力を込めようとした瞬間、バルツァロンドの右腕が、ぼとりと落ちた。

「うっ……ぐあああああああぁぁぁ……!!」

俺の背後にいたはずの者が、瞬時に移動し、バルツァロンドの前に立っていた。異様に長い銀髪が、ゆらゆらと水に漂うように浮いている。背の高いその男は夕闇を具象化したような外套を羽織り、無彩色の瞳を持つ。

「がっ……ぁ…………ぅ………!!」

銀髪の男が、バルツァロンドの影を踏む。それだけで、奴は血を吐き、その場に崩れ落ちた。

無言でその姿を見下ろし、とどめとばかりに男は手に魔力を込めた。

容赦なく振り下ろされたその手刀が、バルツァロンドの眼前でピタリと止まった。

「まあ、待て。そいつとは話し合う予定でな」

銀髪の男の腕を、俺は横から押さえつけていた。

「一つ問うが――」

無彩色の瞳が、ゆるりと俺の方を見る。驚きも、怯えもない。己の力を疑わぬ強者の目だ。

「他人の胸にいきなり穴を空けるのが、この世界の挨拶か？」

§15. 【二律僭主】

「二律を定める」

掠れた声が響く。俺の問いには答えず、銀髪の男は言った。

「狩猟義塾院、伯爵のバルツァロンドの命を差し出し、樹海から立ち去るか」

狩猟義塾院？　名前から察するに学院のようだが――？

「パブロヘタラの学院条約に殉じ、この二律僭主と戦い果てるか」

わからぬことばかりを言う。事情がまるでつかめぬが、バルツァロンドを守ったせいで奴の仲間だと思われているようだな。

「選べ」

俺の手を振り払おうとするでもなく、男は静かに告げた。それ以外の選択肢は存在しないと言わんばかりだ。

「ふむ。では、こうしよう。先の挨拶と俺の問いかけを無視したことは大目に見てやる。代わりにこいつらを見逃し、俺と一つ世間話でもせぬか？」

「そうか」

ぽおっと蛍火のような光が、二律僭主の体から立ち上る。それは魔力の灯火だ。

「学院条約に殉じるか」

ゆらゆらと水面を漂うように揺れる長い銀の髪。魔眼を凝らし、深淵を覗いても、なおこの男の底は見えない。

「どいつもこいつも話を聞かぬ」

奴の力を押さえつけるため、俺は根源の魔力を解き放つ。全身から黒き粒子が立ち上った。

二律僭主は俺を押しのけるべく、その右腕に途方もない力を加える。それをぐっと押さえつけてやれば、俺と奴を中心にして、魔力が激しく渦を巻いた。

腕と腕が押し合い、銀の蛍火と漆黒の粒子が鬩ぎ合う。

「……な……こ、これは…………」

切断された腕に回復魔法をかけながら、バルツァロンドが魔眼を見張る。次の瞬間、ドォォッと突風が発生した。

「ぐおっ……!!」

バルツァロンドや奴の従者たちが、突風に押され、木々に体を打ちつけられる。

「……ぐぅっ……か、風に乗れいっ……！　このまま樹海を離脱するっ……!!」

「りょ、了解っ……ぐあぁぁぁぁっ……!!」

再び巻き起こった風に従者たちは半ば吹き飛ばされながらも、この場を離脱していく。運が悪くなければ、死にはすまい。しかし、この男、びくともせぬ。

面白い。

「二律僭主と言ったな」

俺の言葉に耳を傾けず、奴は無彩色の瞳を向けるばかりだ。

「なかなかどうして、凄まじい力だ。だが、まるで本気ではあるまい」

奴が腕に力を入れた分だけ、俺はそれを押さえつける。けたたましい地響きが鳴り、樹海が揺れ始めた。

「もっとだ。底を見せてみろ」

「面妖な男だ。なにを考えている？」

掠れた声が響く。

「この世界に来たばかりで、加減がわからぬ。俺がいた場所よりは頑丈そうだが、勢い余って滅びぬものかと心配でな」

更に奴は腕に力を入れる。溢れ出る蛍火が、樹海中を照らし始めた。それに対抗すべく魔力を放てば、この身に纏うように黒き粒子が螺旋を描いた。

「わたしを定規に使おうという輩には初めて会った」

なんの感慨もなく奴は言う。

「よいぞ」

奴の体から、鮮やかな蛍火が無数に立ち上る。

「その身の丈、思う存分計ってみるがいい」

瞬間、途方もない力を男は発揮した。その力の深淵を覗き、より強い力で真っ向から押さえつける。俺と二律僭主の力の衝突で、樹海の木々が吹っ飛んだ。

地面は抉れ、あっという間に荒野に変わっていく。互いの腕は動いていない。両者の力は、完全に拮抗していた。

「ほう。地面に圧し潰してやろうと思ったのだがな」

「驚嘆に値するぞ。久しく見ぬ強き者」

無彩色の瞳が、怪しく光った。

「認めよう。卿は、この二律僭主の真の力を見るに相応しい傑物だ」

ゆるりと足を上げ、奴は俺の影を踏んだ。途端に、体の内側に衝撃が響く。口元に血が滲むも、歯を食いしばりそれに耐えた。

「《二律影踏》」

俺の影に魔法陣が浮かぶ。ズガンッと二律僭主がその影を踏み抜けば、俺の根源にその力が突き刺さる。先程以上の衝撃が、体の芯をかき混ぜる。魔王の血がどっと溢れ出した。

「《根源死殺》」

間髪入れずに漆黒の指先が、二律僭主の胸を貫く。だが、妙な手応えだ。血が溢れぬどころか、確かにあるはずの根源がつかめぬ。奴にも痛痒はなく、再びその足が上げられ、俺の影を踏み抜く——その寸前で飛び退き、身をかわした。

着地すれば、背後にあった大岩が音を立てて粉々に砕け散る。なにをしたわけでもない。ただ影を踏んだだけだ。

「影に当たらねば良いようだな、その魔法は」

魔法陣を一〇〇門描き、《獄炎殲滅砲》を撃ち放つ。二律僭主は同じ数だけ魔法陣を描いた。放たれたのは、蒼き恒星だ。それらが俺の放った《獄炎殲滅砲》に衝突し、いとも容易く飲み込んだ。《破滅の魔眼》で睨みつけ、《四界牆壁》にて壁を作る。だが、《覇弾炎魔熾重砲》はその二つをも貫通し、俺の体に降り注ぐ。

「《覇弾炎魔熾重砲》」

蒼き炎が渦を巻き、天を突かんとばかりに勢いよく立ち上った。根源が焼かれ、溢れ出た魔王の血がそれを腐食させて、ようやく鎮火した。

「ふむ」

肉弾戦はともかく、ここではミリティアの世界の魔法が弱い。魔力の多寡により魔法の威力というのは異なるが、上限は当たり前に存在する。一定以上の魔力を超えてしまえば、《火炎》では《大熱火炎》に、《大熱火炎》では《獄炎殲滅砲》に決して及ばぬ。炎属性最上級魔法

《獄炎殲滅砲(ジオ・グレイズ)》はミリティアの世界では十分な火力を持っていた。なにせそれ以上の威力を出せば、国を焼くどころか、世界が燃える。

だが、ここではそうではない。たとえ二律僭主の一〇〇倍の魔力があろうとも、《獄炎殲滅砲(ジオ・グレイズ)》では《覇弾炎魔熾重砲(ドグダ・アズベダラ)》に及ばぬ。手持ちの魔法であれを上回るのは、《灰燼紫滅雷火電界(ラヴィア・ギーグ・ガ・ヴェリイズド)》か、《極獄界滅灰燼魔砲(エギル・グローネ・アングドロア)》。

とはいえ、後者がどのぐらいの威力に落ちつくのかは未知数だ。迂闊(うかつ)には撃てぬ。

「《獄炎鎖縛魔法陣(ゾーラ・エ・ディプト)》」

漆黒の炎が二律僭主の周囲を駆け巡り、鎖と化す。

「《魔黒雷帝(ジラスド)》」

極炎鎖(ごくえんさ)にて動きを制限し、黒き稲妻を撃ち放つ。《獄炎鎖縛魔法陣(ゾーラ・エ・ディプト)》を避けながらも、二律僭主は魔法陣を描く。その手が夕闇に輝いたかと思うと、次の瞬間、《魔黒雷帝(ジラスド)》が俺にはね返ってきた。《破滅の魔眼》にてそれを睨(にら)むも、完全には消えぬ。はね返された《魔黒雷帝(ジラスド)》は威力が数段上がっているのだ。

黒き《根源死殺(ベブズド)》の手で、その稲妻を真っ二つに斬り裂いた。

「面白い魔法だ。もっと見せてみよ」

《獄炎殲滅砲(ジオ・グレイズ)》に《魔黒雷帝(ジラスド)》を重ねがけし、奴(やつ)めがけて乱れ撃つ。

「惜しい男だ。卿(けい)は強者だが、その魔法はまだ浅い。深層を学べば、この二律僭主とも渡り合えただろう」

奴(やつ)はゆるりと指先を向け、《覇弾炎魔熾重砲(ドグダ・アズベダラ)》にて迎え撃った。蒼(あお)き恒星は、稲妻を纏(まと)った漆黒の太陽を、やはり容易(たやす)く飲み込んでいく。派手な爆音とともに、幾本もの蒼(あお)き炎の柱が立った。それを切り裂くようにして、俺は駈(か)けた。次々と蒼(あお)き炎の中から、何人もの俺の姿が現れる。

《幻影擬態(ライネル)》だ。それに加え、《秘匿魔力(ナジラ)》で本体の行方を晦(くら)ましている。十数人の俺は、二律僭主を取り囲む。

「《影鈴(ゼン)》」

奴(やつ)が宙に、淡く光る鈴を生み出す。リーン、とその鈴が鳴れば、《幻影擬態(ライネル)》の俺から影が消えた。

「偽者(にせもの)に影はない、といったところか？」

二律僭主はまっすぐ本物の俺へ向かおうとして、左を向いた。なにもない。にもかかわらず、俺の影だけがそこにあった。

「……ぐっ……！」

奴(やつ)の胸から、血が滴(したた)る。《波身蓋然顕現(ヴェネジアラ)》の俺が、《根源死殺(ベブズド)》にてその体を貫いたのだ。

「本物が一人だけと思ったか？」

追撃とばかりに背後から迫った《波身蓋然顕現(ヴェネジアラ)》の影に、しかし魔法陣が浮かぶ。

「《二律影踏(ダグダラ)》」

二律僭主が影を踏めば、可能性の俺が吹き飛び、消えた。

「……可能性の具象化か……」

掠(かす)れた声で呟(つぶや)き、リーンと《影鈴(ゼン)》を鳴らす。浮かび上がった周囲の影に、奴(やつ)は視線を配る。

一目で奴(やつ)は《波身蓋然顕現(ヴェネジアラ)》の正体を見抜き、対応してきた。並の魔眼ではない。

「浅い魔法も捨てたものではあるまい」

《波身蓋然顕現(ヴェネジアラ)》で隙を作った間に、俺は両手に紫電を握り締め、凝縮していた。こぼれ落ちる紫の稲妻が、右と左、合計二〇の魔法陣を描く。

「《灰燼紫滅雷火電界(ラヴィア・ギーグ・ガヴエリイズド)》」

連なった紫電の魔法陣が、二律僭主めがけて放たれる。樹海一帯が紫に染まり、耳を劈(つんざ)くほどの雷鳴が轟(とどろ)いた。滅びの雷は荒れ狂い、奴(やつ)の体を撃ち抜いていく。その紫電でさえ、仕留めきることはできぬだろう。

だが、ここはミリティアの世界ではない。ゆえに——

「《灰燼紫滅雷火電界(ラヴィア・ギーグ・ガヴエリイズド)》」

二律僭主を取り囲む、《波身蓋然顕現(ヴェネジアラ)》の俺が、滅びの稲妻を撃ち放つ。二つ……四つ……六つと、この世界の損傷を注視しながら、滅びの魔法を重ねていく。そうして、ミリティアの世界では到底使えぬ、合計二〇の《灰燼紫滅雷火電界(ラヴィア・ギーグ・ガヴエリイズド)》が重ねられ、樹海を鮮やかに滅びの色へと染め上げた。

「浅き魔法を、よくぞここまで練り上げた」

終末を彷彿(ほうふつ)させる雷撃の真っ直中に、悠然と動く人影が見える。

「《黒芒星(デムド)》」

二律僭主は、滅びの雷に撃たれながらも、黒の五芒星を描いた。続いて、その後ろに描かれた魔法陣から、巨大な蒼(あお)き恒星が姿を現す。《覇弾炎魔熾重砲(ドグダ・アズベダラ)》は、《黒芒星(デムド)》により、その魔力を途方もなく増大させていく。

「手向けだ。あの世で自慢するがいい」

「くはは。凄まじい魔法だ。そいつを待っていた」

多重魔法陣の砲塔を奴へ向ける。黒き粒子が緩やかに、七重の螺旋を描いた。大地はひび割れ、空は震撼し、遙か彼方の木々という木々が吹き飛んでいくが、損傷はミリティアの世界ほどではない。

よい。思った以上に頑丈だ。この世界ならば余波だけで壊れることはあるまい。

「《極獄界滅灰燼魔砲(エギル・グローネ・アングドロア)》」

終末の火が、二律僭主に向かって放たれる。迎え撃つが如く、奴は《覇弾炎魔熾重砲(ドグダ・アズベダラ)》を放った。蛍火を纏った蒼き恒星は、七重螺旋を描く暗黒の炎と衝突する。

激しい光が辺り一帯を覆いつくした。二つの魔法は互いの力を相殺するように鬩ぎ合う。蒼き恒星がみるみる黒き灰へ変わっていき、終末の火が散っていく。

世界を揺るがすような大衝突の末、打ち勝ったのは、《極獄界滅灰燼魔砲(エギル・グローネ・アングドロア)》だった。奴が放った魔法はすべてが灰に変わり、七重螺旋の炎が突き出されたその手に直撃する。

「――《掌握魔手(レイオン)》」

魔眼を見張った。夕闇色に染まった奴の右手。それが、《極獄界滅灰燼魔砲(エギル・グローネ・アングドロア)》をわしづかみしていたのだ。触れれば世界すら灰燼と化す滅びの魔法。その終末の火の一切を、奴はただ己の掌一つにつかんでいた。

「強き者よ。魔法は深い」

静かに奴(やつ)はその腕を引き、あろうことか、《極獄界滅灰燼魔砲(エギル・グローネ・アングドロア)》を投げ返した。七重螺旋(らせん)が疾走する。先の《魔黒雷帝(ジラスド)》同様、数段速く、より強力な破壊の力を秘めながら、その終末の火は、俺の体に直撃した。

そして、樹海中が黒く燃え上がった。黒く、黒く、灰へ変わっていく――

「……くはは。海は広い。《極獄界滅灰燼魔砲(エギル・グローネ・アングドロア)》を平然と投げ返す男がいるとはな……驚いたぞ」

黒き炎の海をゆるりと歩き出した俺に、二律僭主は僅かにその魔眼(め)を険しくした。奴(やつ)の視線は、俺の右手に注がれている。

二律僭主と同じく夕闇色に染まり、終末の火をつかんだこの掌(てのひら)に。

「――お前の言う通り、深層を学ばねば少々分が悪い。知らぬ魔法文字ばかりで苦労したが、いくつか見せてもらったおかげで大凡(おおよそ)わかった。《掌握魔手(レイオン)》か。俺好みの、よい魔法だ」

初めて奴(やつ)が、後ろへ下がった。《掌握魔手(レイオン)》でつかんだ魔法は、放たれたときよりも威力が上がる。特性を熟知した奴(やつ)ならば、距離を取るのは当然の行動だ。

「そら、今度はこちらの番だ。取り損ねれば――」

大きく腕を振りかぶり、魔力を上乗せした《極獄界滅灰燼魔砲(エギル・グローネ・アングドロア)》を思いきり投げ返す。再び矢の如(ごと)く飛んだ終末の火が、その余波だけで樹海と空を黒く燃やす。

「滅びるぞ」

§16．【滅びの闘球】

辺りを灰燼に変えながらも、滅びの火球は七重螺旋の尾を引き、猛然と二律僭主に襲いかかった。奴の手に夕闇色の魔力が集中したかと思えば、まるで魔法を吸いつけるかのように火球を受け止める。しかし、なおも勢いは止まらず、その足が大地を抉りながら後退していく。

滅びの力の一切が二律僭主の《掌握魔手》に集中するが、それを無理矢理に押さえつけ、堂々と滅びを右手につかみとった。その直後、奴は左手を伸ばす。

「《覇弾炎魔熾重砲》」

魔法陣が描かれ、蒼き恒星が連射された。

「――こうか？」

同じ術式を描き、俺は《覇弾炎魔熾重砲》を射出する。

蒼き恒星同士がぶつかり合い、相殺した余波で、炎が渦巻き派手に爆発した。うねるような蒼き火炎が俺の視界を覆いつくしたその瞬間、爆炎を斬り裂くように《極獄界滅灰燼魔砲》が飛んできた。

「古典的な手を使う」

夕闇に染まった《掌握魔手》の手にて、滅びの火球をわしづかみする。七重螺旋の黒き粒子が荒れ狂い、この世の一切を滅ぼさんとばかりに牙を剥いた。それを膂力と魔力に任せ、強引に押さえつけていく。

自然と口元から笑みがこぼれた。

「――まったく馬鹿げた術式だ。魔法の威力を掌（てのひら）に集め、力尽くで掌握する。なるほど滅びの火だろうとつかめるはつかめるが、一点に集める分だけ、本来よりも魔法の威力が増す。手の中で荒れ狂う力を御すことができねば即座にドカンだ」

身を守ることだけが目的ならば、同じ魔力で反魔法の術式でも構築した方がずいぶんとマシだ。たとえ魔法をつかんだとて、《極獄界滅灰燼魔砲（エギル・グローネ・アングドロア）》は体の芯にズシリと響く。その上、消費する魔力が尋常な量ではない。

「己の危険を度外視した覇者の術式。そんな魔法を開発するとは、お前は頭のネジが数本外れているぞ」

言いながら、俺は前へ歩みを進ませ、数十発の《獄炎殲滅砲（ジオ・グレイズ）》を撃ち出した。

「あいにく、わたしは反魔法が不得手だ」

牽制（けんせい）と悟ったか、奴（やつ）は《獄炎殲滅砲（ジオ・グレイズ）》が降り注ぐ中、身を守ることなく泰然と立ち、俺の手の中にある滅びの火球をひたすらに注視している。

「それはそれは、奇遇なことだ」

地面を蹴り、一足飛びに奴（やつ）へ向かう。

「《覇弾炎魔熾重砲（ドグダ・アズベダラ）》」

突進する俺に、二律僭主が蒼（あお）き恒星を射出する。すかさず、周囲にばらまいた《獄炎殲滅砲（ジオ・グレイズ）》をつないでは魔法陣と化し、右足を輝く黒炎に染めた。

「《焦死焼滅燦火焚炎（アヴィアスタン・ジアラ）》」

前方に飛びながら、輝く黒炎の蹴りにて《覇弾炎魔熾重砲》を貫く。そのまま、蒼き恒星を突き破り迫った俺の足先を、二律僭主が右手で受け止めた。

「《二律影踏（ダグダラ）》」

俺を右手で持ち上げたまま、奴（やつ）は地面に映る影を踏み抜く。激しい衝撃が俺の全身を揺らし、根源から血が溢（あふ）れた。

「その術式だけは、よくわからぬ」

上半身を折って、俺は至近距離で《極獄界滅灰燼魔砲（エギル・グローネ・アングドロア）》を振りかぶった。奴（やつ）の魔眼（め）と俺の魔眼（め）が交錯する。手の中にある滅びの火球を思いきり叩（たた）きつけた。二律僭主は左手に《掌握魔手（レイオン）》を展開し、それを真っ向から受け止めた。黒き炎が渦を巻き、黒き灰が舞い上がる。

ほぼ零距離、左手で受けとめたにもかかわらず、奴（やつ）は微動だにしない。奴（やつ）の《掌握魔手（レイオン）》と俺の《掌握魔手（レイオン）》で、先程よりも遥（はる）かに威力が増しているにもかかわらずだ。

「実は左が利（き）き手（て）だったか？」

火球を手放し、自由になった右手に俺は《焦死焼滅燦火焚炎（アヴィアスタン・ジアラ）》を使い、《魔黒雷帝（ジラスド）》と《根源死殺（ベブズド）》を重ねがけした。滅びの火球を受けとめている奴（やつ）の左手首に手刀を放てば、二律僭主は俺の足を放し、右手でそれを防御した。

衝突の勢いで、宙にいた俺の体が後ろへ下がった。俺の影が、奴（やつ）の足から離れたそのとき、二律僭主は右手にも《掌握魔手（レイオン）》を展開し、両手で滅びの火球を押さえ込んだ。

その威力に押され、地面を抉（えぐ）りながら、奴（やつ）の体が後退していく。

「ふむ。そういうカラクリか」

奴(やつ)の足元に視線をやる。二律僭主には影がなかった。

「《二律影踏(ダグダラ)》は、影を踏むことで本体を破壊する。そして、その有効範囲の中では本体を直接傷つけることができぬ」

奴(やつ)の足元を指さす。

「影のないお前は例外で、他の影を踏んでいる間のみ本体が傷つかぬといったところか」

ゆえに俺の影から足が離れた瞬間に、《極獄界滅灰燼魔砲(エギル・グローネ・アングドロア)》の威力に押された。近づけば近づくほど、《極獄界滅灰燼魔砲(エギル・グローネ・アングドロア)》を取り損ねやすくはなるものの、奴(やつ)を相手にしては影を踏まれた時点でその原理は成り立たぬ。《二律影踏(ダグダラ)》で影を踏んでいる限り、ほぼ無敵だ。

「つまり」

二律僭主は滅びの火球を構え、投げつける隙を窺(うかが)っている。俺はゆるりと足を踏み出し、奴(やつ)の前まで歩を進ませた。

影一つ分の距離を残し、夕闇の両手を広げる。

「投げ合うならばこの距離だ」

無彩色の瞳で、奴(やつ)は俺の深淵(しんえん)を覗(のぞ)く。

「言わせてもらうが」

二律僭主の掠(かす)れた声が響いた。

「卿(けい)の頭のネジは、どこへ捨ててきた？」

くはは、と思わず笑い声が漏れた。

「言うものだな、二律僭主。存外、話せば馬が合うやもしれぬぞ？」

その返答とばかりに、奴は一歩を踏み出した。

「《二律影踏》」

頭を狙った影踏みを、身を低くして寸前で避ける。その足が、地面を踏み抜き、振動で俺の体がバランスを崩す。

「《影縫鏃》」

二律僭主が放った魔法の鏃を避ける。それが俺の影の右手に突き刺さり、本体の右腕が地面に縫いとめられた。

「終わりだ」

高角度から、姿勢を低くしている俺の背中へ向け、奴は滅びの火球を投げつける。黒き炎と灰が勢いよく渦巻いた。

背面で左手を伸ばし、滅びの火球を捕球しながら、俺は不敵に笑ってみせた。

「球遊びは嫌いか、二律僭主。まだまだこれからが本番だ」

「《二律影踏》」

更に間合いを詰め、二律僭主は俺の影へ足を伸ばす。ぐっと右腕を引き上げ、力尽くで《影縫鏃》を引き剝がしながら、俺は全速で前へ出た。

奴の足が地面を踏み抜く。ぎりぎりですれ違った俺の影は、その影踏みを回避した。

「次はお前の番だ」

反転し、すれ違い様に思いきり《極獄界滅灰燼魔砲》を投げつける。半身になりながらも、奴は両の手の《掌握魔手》でそれをぐっと受けとめた。

黒き火の粉が舞い散り、大量の灰が溢れ返る。滅びの火球の勢いに押されていく奴を、俺は地面を蹴り、追いかけた。

距離は影一つ分。奴が投げ返してきた滅びの火球を受けとめ、再び至近距離で投げ返す。《掌握魔手》にて《極獄界滅灰燼魔砲》は一球ごとに威力を増していく。取り損ねれば、すでにこの世界とて軽く滅びる力になっているだろうが、目の前の男を相手にしては杞憂というものだろう。

どちらかが音を上げるまでの勝負だ。

「さあ、来い」

二律僭主の後退が止まった。しかし、すぐには投げ返そうとしない。

なにを狙っている？　いや、これは——？

「……強き者よ。卿の勝ちだ。誇るがいい……」

奴の手の中で、《極獄界滅灰燼魔砲》が暴走していく。《掌握魔手》を失敗したのだ。

二律僭主の魔力が、急速に衰え始めた。

不自然だった。強靭な体、膨大な魔力。それと比して、ひどく弱々しい根源。まるで体に魔力を吸い取られていくかの如く、根源はみるみる弱り果てる。

これほどの男の根源が、こんなに脆弱だということがあり得るのか？　いや、脆弱というのも少し違うか。更に深淵を覗くならば、そう、合っていないのだ。奴が魔力を失い、反魔法が急速に剝がれていった今だからこそ見える。根源と体が、チグハグだった。

「………」

二律僭王は無言で、滅びの火球を夕闇の両手に抱え込む。それが世界を滅ぼす危険な威力にまで上がっているのは、奴も承知しているはずだ。被害を最小限に食いとめるべく、自らの体と根源で押さえ込むつもりなのだろう。

俺は《掌握魔手》の右手を伸ばした。

「…………なんのつもりだ……？」

「三分の二はもらってやる。残りは影でも踏んでなんとかせよ」

滅びの火球を夕闇の手で引き千切り、ぐっと握り締める。

「《根源死殺》」

左手で胸を裂き、右手に握った《極獄界滅灰燼魔砲》を自らの根源に放り込んでは、あえて《掌握魔手》を失敗して爆発させた。

グラハムの虚無で軽減し、俺の滅びで滅ぼし尽くす。直後、《掌握魔手》から解放された終末の火が荒れ狂った。天地が瞬く間に灰に変わり、どっと溢れ出した魔王の血が樹海をみるみる腐らせていく。

山は崩れ落ち、大河は枯渇し、見渡す限りの緑が、灰一色に染まる。この世界の広大な樹海のすべてが、あっという間に消え去ったのだ。だが——かろうじて止まった。

俺は一つ、息を吐く。

しかし、まだだ。この身が七重螺旋の黒き粒子を纏い始め、今度は地面に亀裂が入った。鈍い音を立てながら、大地は割れていく、底は見えず、果ても見えない。ボロボロになった根源から滅びが溢れ出ようとしているのだ。

静かに息を吸い、それをどうにかまた押さえ込んでいく。僅かに黒き粒子が漏れる程度に収まった。この世界ならば、これぐらいはどうにかなるだろう。

「……さて」

一面の荒野に崩れ落ちた男に、視線を向ける。奴(やつ)もなんとか残りの《極獄界滅灰燼魔砲(エギル・グローネ・アングドロア)》を止めたようで、こちら以上にボロボロだ。

俺は言った。

「球遊びをした仲だ。一つ、話でもせぬか？」

§17. 【帰らぬ主】

黒き灰が空から降り注いでいた。少しずつ闇が剝がされていくかのように、ひらひらと灰が舞い、仰向けに倒れた二律僭主の体に、静かに降り積もる。奴(やつ)の魔力が、時とともにみるみる消えていく。

無彩色の瞳がこちらを向き、掠(かす)れた声が響いた。

「……なぜ助けた……？」

「お前こそ、なぜ避けなかった？　《掌握魔手(レイオン)》を十全に使うだけの魔力は残っていなかったはずだ」

二律僭主は言った。

「わたしが避ければ、この世界はただではすまなかった」

「代わりにお前は死ぬ」

奴は返事をしない。ただ呆然と虚空を眺めた。その無彩色の瞳から、一筋の涙がこぼれ落ちる。いかなる胸中か。つい先刻、初めて会ったばかりの俺には知る由もない。

「魔力効率の悪い体だ。それでは数日ともつまい」

「ああ……」

なにもせずとも、二律僭主の根源からは魔力が吸い出されていく。長時間の戦闘に耐えられなかったのもそれが原因だろう。

「転生することだ。力が残っておらぬのなら、手伝ってやろうか？」

もっとマシな体に転生すれば、生き延びることもできよう。

「卿の世界では、転生が一般的か？」

「まさかできぬとは言うまい？」

二律僭主は否定とも肯定ともつかぬ表情を浮かべる。

「……転生はしない……」

はっきりと二律僭主はそう言った。

「なぜだ？」

「そう決めたのだ。我が主が帰ってくるまで、わたしはここで待ち続ける」

覚悟を決めた顔つきだった。とうの昔に滅びを受け入れたとでもいうように。あるいは奴の体は、俺と戦う以前からとっくに限界だったのかもしれぬ。

「明日、帰ってきたとて手遅れだぞ」

「ああ……」

「どこにいるのだ？」

二律僭主は返事をしない。その寂しくも気高い表情に、俺は覚えがあった。二千年前、飽きるほど見た顔だ。

「そうか」

もう帰らぬのだろう、その主は。

「……卿は……」

二律僭主が、静かに口を開く。

「……卿はなぜ、パブロヘタラの学院同盟に加盟した……？」

滅びを前に、気にすることがそれか。世間話というわけでもないのだろうな。

「勘違いだ。俺の母を狙う輩がいてな。バルツァロンドと同じく、泡と波の紋章をつけていた。ゆえに話を聞こうとしたまでだ。パブロヘタラがなんなのかも知らぬ」

奴は無言で、俺の顔を見ている。

「証拠はないぞ。聞き流しておけ」

「滅びゆく者を騙しても仕方がない」

二律僭主は言った。しばらく、彼は黙っていたが、やがてまた口を開いた。

「……強き者よ。今際の後悔につき合ってくれるか……？」

俺はうなずいた。

旅立つならば、少しでも重荷を下ろしていくのがよい。

「思う存分述べよ。お前の名誉は墓まで持っていく」

僅かに、二律僭主は表情を緩ませる。彼は掠れた声で話し始めた。

「銀水学院パブロヘタラは、古く巨大な、そして悪しき階層制度の象徴だ。奴らは、泡沫世界を一方的に搾取し続けている」

搾取というのは穏やかではないが、泡沫世界と言われてもわからぬな。

「……泡沫世界とは、未進化の世界のことだ。卿の故郷では、世界主神が存在するだろう。進化した世界では主神により世界の外が知覚され、銀水聖海を渡る術がある」

俺の反応を見て、二律僭主がそう説明を足す。

「だが、泡沫世界では適合者が生まれず、世界は進化せず、世界主神が誕生しない。ゆえに、泡沫の住人は、世界の外があることに気がつきようがないのだ」

なるほど。ミリティアの世界は、少々事情が違うな。

「銀水聖海に出たばかりの卿には仕組みが複雑かもしれないが、パブロヘタラは泡沫世界から重要な魔力を奪っている」

それは想像に難くない。つい最近まで、ミリティアの世界でも奪われていたものがあった。

「火露か？」

「さすがに察しがいい。この銀水聖海では浅層の住人は、より深層の住人にすべてを奪われる。命でさえ、いとも容易く。泡沫世界の住人はそれに気がつくことさえできない。彼らにとって、世界の外など存在せず、それが秩序であるかのように見えるからだ」

火露は世界を維持するために消費したとエクエスは言っていた。奴も、知らなかったのやもしれぬな。奪っていたと信じ、その実奪われていたことを。

「我が主は、悪しき階層制度を打ち砕く者。不敗にして、誇り高く。秩序に支配されたこの海に吹く、自由なる風だった。だが、いかなる死線をも笑みとともに越えていった主にも、避けようのない死の壁が立ちはだかった」

掠れた声が、重く響いた。

「強く、強く、なによりも強き、死の壁だ。退くことはできた。だが、主は恩人のため、迷いなく死地へ飛び込んだ。そういう御方でした――」

言葉を切り、奴は言う。

「わたくしの主、二律僭主は」

口調がそれまでとは違い、穏やかで丁寧なものに変わった。

「どうりで不釣り合いで、魔力効率が悪いわけだ」

魔眼を光らせ、目の前にいる男の深淵を覗く。

「その体は、本来のお前のものではないのだな」

「主が死地へ赴く際、預けられた大切な体でございます」

根源と体は、切っても切れぬつながりがある。肉体が消え去ろうと、《蘇生》を使えば元に戻るのは、根源が体の輪郭を覚えているからだ。本来の根源がない体に、別の根源を入れたところで、そうそうまともには動かせぬ。それをあれだけ自在に操るとは、この男も尋常ではない力の持ち主だが、それゆえ大量の魔力を消費し、寿命が尽きかけている。

「二律僭主がいなくなれば、この海域一帯は奴らパブロヘタラの手に落ちる。待つことはない、と主は仰せになりました。守れ、と」

そう語っている間にも、男の魔力は消えていく。滅びの火球に怯みもしない強さが、今はもう見る影もない。

「わたくしは、この地で待ち続けておりました。二律僭主の名を轟かせ、奴らからこの海を守りながら。いつか、主が帰ってくると信じて。長く、長く、気が遠くなるほど長い年月を待ち続け」

二律僭主の配下は、拳を握る。それさえ、思うようにならぬといったほど弱々しく。

「それでも、僭主は帰ってきませんでした。間違えた、と初めて気づきました。僭主はわたくしに、我が身を守れと言ったのかもしれません。もう戻ることができないから、待つことはない……と、そう……」

後悔の言葉が、彼の口からこぼれ落ちる。

「……帰ることなき主を待ち続けました……」

その掠れた声は、傷だらけの彼自身のようだった。

「わたくしは、止めるべきだったのです。死地へ赴く僭主を、身を挺してでも。さもなくば、ともに行くべきでした。たとえ命を投げ捨てようとも、主の執事として、なさねばならぬことでした。その機を逃し、おめおめと一人生き長らえ、なにを守ればいいのかさえ理解せずに、ただぼんやりと」

彼は言葉に詰まる。

「……ぼんやりと……」

絞り出すような声が、悲痛に響く。

「……わたくしは、待っていただけでした……」

主とともに逝きたかったのだろう。それを許されなかったのだ。

「せめて、名を守ろうと思ったのです。二律僭主の名が、この銀水聖海に轟く限り、主はまだ生きている。そう信じ、そう自らを騙し、今日まで生き長らえました。この僭主の体がここにある限り、自由の風は吹く。主は確かに、この銀水聖海の聖域を守り続けている、と……」

二律僭主の体と名を継ぎ、彼は今日まで生きてきた。亡き主君の想いを、叶えるために。

「……それも、もう終わりです……。わたくしは結局、なにもなすことができませんでした」

きっと、初めから気がついていただろう。叶わぬことは、承知の上であっただろう。それでも、彼は執事として主の意志に殉じたのだ。

「……僭主から受けた恩を返すことのできないまま、ここで一人朽ち果てる……」

天を仰ぎ、男は言った。

「空しい感傷でしょう。待ってさえいれば、名を守ってさえいれば、いつか奇跡が起きるのかもしれないと思っていたのかもしれません。よく守った、と。よく待っていたと僭主が褒めてくださると思っていたのかもしれません」

無彩色の瞳から、涙がこぼれる。

「待つなと言った主が、待っていたわたくしを、褒めてくださるわけもないのに」

黒き灰が降る天に目を向けながら、彼は言った。

「叶うことなら、このまま、永遠に待ち続けていたかった……」

主を失った男に、それが唯一、残された願いだったのだろう。藁にもすがるような、儚い希望だ。

「帰らぬ主を、永遠にか？」

「……愚かと仰るかもしれませんが……」

「迎えに行け」

返事が途切れる。二律僭主の執事は、無言で俺を見つめた。

「諦めるのは、主を捜し、確かに滅んだと確認してからで遅くはあるまい。死んで輪廻し、記憶を忘れただけやもしれぬ」

死にかけの男に、俺は言う。

「それはもう別人ではありませんか……？」

「見かけはそうかもしれぬ。記憶も戻らぬだろう。だが、彼の奥底にあるものはなにも変わらぬ」

無彩色の瞳に、僅かな光が宿る。

「少なくとも俺の世界ではそうだった。可能性はある」

だが、男は承諾せず、また天を見つめた。

「……もう少し、早くあなたに出会えていたなら……僭主を捜すには、わたくしの寿命はもう……」

「最期の瞬間まで、主の器と名を守りたいというのだろう？」

男は無言で肯定を示す。根源が消え去れば、二律僭主の体はただの骸と化す。器を捨てて生き長らえるようならば、奴はとっくに転生しているだろう。

この体こそが、この男に唯一残された、主君への忠誠の証なのだ。

愚かなことだ。愚かで、愚かで、なんと気高きことか。彼は、もうとっくに主が戻らぬと知りながら、それでも名と体を守り通した。二律僭主ならば、奇跡を起こすかもしれぬという希望を最期の瞬間まで信じ続けようとしているのだ。

「俺が代わりに、二律僭主の名と器を守ってやろう。魔力なら有り余っていてな。その器を維持することぐらいわけはない」

「……それは、卿ならばできるかもしれませんが……」

「信用できぬなら、しばらく俺の体を間借りさせてやる。他者の体をあれだけ使えるのだ。それぐらいの魔法は使えよう。器を維持する魔力を使わなければ、少しは回復するはずだ」

二律僭主の執事は、口を閉ざし、考えるような素振りを見せた。

「……卿になんの得がございましょうか？」

「我が世界から出たばかりでな。銀水聖海といったか、世界の外のことがまるでわからぬ」

「情報が欲しいと仰るのですか？」

「もう一つ」

ニヤリと笑い、俺は言った。

「ともに球遊びに興じた仲だろう」

彼は驚いたように、その目を丸くした。

「……他者より情けを受けるのは、いつ以来のことでしょうか……」

　僅かに男は、頬を緩ませた。

「しかし、それでも、手遅れでございましょう。わたくしは主の体に転生するために、本来の体の形を維持する力を失いました。この体から外へ出ても、新たな体を得ることができません。唯一できるのは、他者に融合する形で転生を行う《融合転生》のみ。通常の転生魔法と違い、記憶は失いませんが、長く共存はできません。卿の体に入れば、わたくしの意思とは無関係にその根源を融合していき、乗っ取り始めます」

　通常の転生魔法とは違い、記憶は失わない？　《転生》でも記憶は保てるはずだが、自らの体の形を忘れた代償か？　さすがに試したことはないな。ともあれ、他者と融合しなければ転生できぬということか。

「そうまでしても、わたくしの寿命が僅かに延びるだけでしょう。助けられるとすれば、元の体の形を覚えていらっしゃる二律僭主のみ」

「構わぬ」

　俺は奴に近づき、手を差し伸べた。

「……なぜ、会ったばかりのわたくしにそこまで……」

「他者の体では、満足な力も出せまい。戦いに赴けば、寿命が限られるのも初めからわかっていたはずだ。それでも、お前は主の体と名を守り続けた。お前のように死に急ぐ配下が、かつての俺にも多くいた」

　差し出された手を、彼はじっと見つめる。

「その配下は……？」

「暇を出した。もう戻らぬ」

憂いに満ちた表情で、その男は言う。

「それは、さぞ退屈なさっているでしょうね」

「なに、一生分働かせたのだ。遊んでもらわねば俺が困る」

寂しげに、男は笑みを見せた。そうして、力の入らぬその手をゆっくりと伸ばし、俺の手をつかんだのだ。帰らぬ主を待ち続けた執事。彼が口にした空しい感傷という言葉が、この胸の深くに届いた気がした。

この男にも、配下に暇を出した俺の言葉が届いたのかもしれぬ。

「……なにをして報いれば、よろしゅうございますか……？」

「では無事、主と再会できたなら、俺に紹介せよ。三人で球遊びでもどうだ？」

それは、あるいは叶うはずもない約束だったのかもしれぬ。それでも、男はふっと息を吐き、言ったのだ。

「卿は、きっと僭主と気が合われるでしょう」

心が決まったように、奴は掌に魔力を集中する。

「根源が融合される痛みは想像を絶します。融合をはね除ける必要もございましょう。対策はございますか？」

「さて、対策が必要なものかどうか？　お前こそ心せよ。急を要するとはいえ、俺の体は住みやすいとは言えぬ」

言って、魔法陣を描く。

「《魔王軍(ガイズ)》」

二律僭主の体と魔法線をつなぐ。普段は根源の内部にて相殺(そうさい)している滅びの魔力を、直接その体内に流し込む。並の体ならば、耐えきれずに滅び去るだろうが、二律僭主は並外れて強靭(きょうじん)だ。垂れ流した魔力でも、しばらくは器を維持できるだろう。

「《融合転生(ラドビリカ)》」

奴(やつ)が目を閉じて、つないだ手に魔法陣を描く。がくん、と二律僭主の体から力が抜け、俺の体の中に別種の魔力が現れ始める。

融合転生が始まったのだ――

§18.【銀の灯(あか)り】

《融合転生(ラドビリカ)》は上手(うま)くいったようだが、すぐに融合が始まる気配はない。体内に現れた根源もまだ完全ではなく、今は転生途中の段階といったところか。長く共存はできないとの話だったが、逆に言えばしばらく猶予があるということだ。その間に、次の手段を講じればよい。

体は、今のところは特に支障ない。多少、頭痛がする程度だ。

「しかし、このままでは目立つか」

二律僭主の体に魔法陣を描く。収納魔法陣に入れれば隠すことは容易だが、《魔王軍(ガイズ)》の魔法線が切れてしまうためそれはできぬ。

「《身体変異(アテネス)》」

闇の光が二律僭主の体を覆えば、その輪郭がぐにゃりと歪(ゆが)む。凝縮され、縮小し始めた闇は、次第に刃状へと変化していく。出来上がったのは、漆黒の魔剣だ。

鍔(つば)も柄もなく、本来柄に覆われる部位——剝(む)き出(だ)しの中子(なかご)に、直接柄糸が巻かれていた。魔剣の隣には、鞘(さや)が現れた。本質をそのままに、体を魔剣に変化させたのだ。

これならば、目立たず持ち運びもでき、元に戻すのも容易だ。《創造建築(アイリス)》で適当な剣帯を作って、魔剣を鞘(さや)に納め、腰に下げる。二律僭主を演じる上でも役に立つだろう。

二律剣(にりつけん)とでも名づけておくか。

「ふむ」

《極獄界滅灰燼魔砲(エギル・グローネ・アングドロア)》による損傷で、俺の根源から漏れ出ていた黒き粒子が、次第に落ちつき、消えていった。二律剣に、魔力を流しているためだ。二律僭主の体であるこの剣は、《魔王軍(ガイズ)》の魔法線をつなぎ、俺の根源を働かせている。言わば、第二の俺の体となっているのだ。

本来の体ではないため、維持するだけで魔力の消耗は著しいのだが、手加減する前の、希釈しない滅びの魔力を吸収してくれるため、むしろ魔力の制御が楽になる。この二律剣があれば、少々の無茶をしても世界を滅ぼす心配が減るだろう。

ミリティアの世界には、俺の滅びを収められる器など俺の体ぐらいしかなかったが、いや、海は広いものだ。

『——我が君』

シンからの《思念通信》が届く。

「どうした？」

『賊は空に浮遊する都へ向かっています。追いますか？』

都か。民もいるだろう。下手に暴れるわけにはいかぬ。

「一旦、外で見張れ」

『御意』

そのとき、朧気だった体内の魔力が輪郭を持った。

『――浮遊する都は、パブロヘタラでございます』

《思念通信》にて、声が響く。《融合転生》が次の段階へ進んだのだろう。

「例の銀水学院とやらか」

《融合転生》がまだ安定していないが、まあ戦闘にならなければ問題あるまい。まずは見ておくか。

シンの視界に魔眼を向け、《転移》を使う。目の前が真っ白に染まり、次の瞬間、俺の体は空中に現れた。

傍らにはシンとレイがいる。彼らの視線の先には、浮遊する大陸があった。横幅もかなり広いが、それ以上に縦に長い。大陸の上には、様々な建物が立っており、都が形成されている。湖や畑、森も見える。外敵に備えてか、浮遊大陸全体が魔法障壁と反魔法で覆われていた。

「奴らはどこから入った？」

「あそこだよ」

レイが、浮遊大陸の中腹を指さす。一部だけ魔法障壁がない箇所があり、そこには巨大な門が設けられていた。

「誰でも入れるってわけじゃないだろうね」

「入り方を訊いてみよう」

彼は不思議そうな顔でこちらを向く。

「誰にだい？」

「先程、球遊びで意気投合した者がいてな。死にかけだったので、俺の体を間借りさせてやっている」

「殺しかけたんじゃなくてかい？」

苦笑いを浮かべるレイの言葉に、俺も笑みで応じておいた。

「そういえば、お前の名をまだ訊いてなかったな」

体の内側にいる根源に尋ねる。

『わたくしは、二律僭主の執事、ロンクルス・ゼイバットと申します』

「俺はアノス・ヴォルディゴード。その二人は俺の配下、シンとレイだ」

名を伝えると、俺の体内で再び魔力が高まった。《融合転生》が進んでいる。

『……アノス殿。一つ、問題ができてしまいました……』

ロンクルスの言葉が響く。

「どうした？」

『まもなく《融合転生》が完了しますが、卿の体の中はまさに地獄に等しき環境。信じ難いほどの滅びが荒れ狂い、無よりも更に空虚な虚無さえも見える有様です。このような攻撃的な根源は見たことがなく、あまりに相性が悪すぎます』

　予想通りと言えば、予想通りだが、程度が問題だ。

「適応できぬか？」

『……《融合転生》完了と同時に、すぐ適応休眠に入ることになるでしょう。卿の体に根源を適応するための潜伏期間ですが、それを経てもこれだけの滅びとなると、多少の耐性がつく程度かもしれません……』

　やってみなければ、わからぬということか。別の者の体に移してやった方が、ロンクルスは安全だろう。

　とはいえ、シンやレイに《融合転生》を使えば、今度は二人の方の根源が危機にさらされる。なにより何度も転生するほどの力は残っていまい。

「休眠中はどうなる？」

『意識は残りますが、会話はできかねます。しかしながら、もうしばらくだけ猶予がございます。今の内に、お知りになりたいことを訊いていただければと』

　ロンクルスの問題は、適応休眠が終わった後、耐性のつき具合を見て対処を考える。その間に、こちらの用事を片付けておくのが得策か。

「俺に喧嘩を売ってきた輩がパブロヘタラにいる。穏便に入るにはどうすればいい？」

『銀水学院パブロヘタラは、多くの小世界の学院が加盟する学院同盟でございます。異なる小世界同士の者が切磋琢磨し、学び合い、銀水聖海の凪を理念に代理戦争を行っております』

凪(なぎ)、か。

聞こえの良さそうな言葉だが、実態はどうなのだろうな？

『各学院に所属する者は、その小世界でも名だたる実力者です。あのバルツァロンドは、聖剣世界ハイフォリアにおいて狩猟貴族と呼ばれる狩人(かりゅうど)の一族、その中でも五聖爵と呼ばれており、悪(あ)しき獣を狩る名手にございます』

「確か、狩猟義塾院とやらに所属しているという話だったな」

『左様でございます。パブロヘタラに入れるのは、学院同盟の関係者のみ。そこへ加盟するのが最も穏便でしょう。ただし名目上、銀水学院に入るには、まず小世界における代表的な学院の生徒である必要がございます。人数も三人というわけにはいきません』

ディルヘイドに一度戻れば、その条件はクリアできそうだな。

「他の条件はなんだ？」

『主神と元首の同意があれば仮入学が完了します。その後、学内で一定の条件を満たせば、正式に学院同盟の一員に迎えられると聞いております』

「主神と元首とはなんのことだ？」

俺の質問に、一瞬戸惑ったようにロンクルスの返答が遅れた。

『小世界の秩序を象徴する世界主神と、その神に選ばれた適合者、世界の王を世界元首というのですが……？』

知らぬわけがないといった口振りだ。あの隻腕の男もエクエスを主神、俺を元首などと呼んでいた。

「あいにく我が世界に主神はおらぬ。生まれそうだったのかもしれぬが、そいつは俺が滅ぼした。今では立派な水車小屋だ」

『……滅ぼ……まさか、ご冗談を……!?』

ロンクルスが半信半疑とばかりに声を上げる。

「事実だ」

『……主神を滅ぼし、水車小屋に……そんなことが……？』

「お前ほどの男が驚くことの方が不可解だがな。奴よりは、ロンクルス、お前の方が明らかに強い」

魔力さえ切れなければ、今も戦いは継続中だっただろう。

『……卿は浅層世界の住人。それよりも深い世界に生まれたわたくしが、卿の世界の主神より強くとも、それは当然のことでございます。しかしながら、同世界の者がそれを行うのは凡そ考え難いことでございます……』

やはり、信じられないといった口振りで、ロンクルスが言う。

『百歩譲って、それができたとしましょう。されど主神が元首を選ぶことにより、世界は初めて進化します。未進化の世界は、泡沫世界と呼ばれ、世界の外側を知覚できません』

「まあ、確かに見えなかったな。ただ外があると仮説を立てたにすぎぬ」

『……主神を滅ぼしたということは、卿はまさか適合者ではなく、不適合者なのですか……？』

「さて、そう呼ばれたこともあったが？」

　再びロンクルスが返答に詰まる。適合者、不適合者は、ミリティアの世界だけのことではなく、どうやら銀水聖海では一般的な概念らしいな。

『……信じ難いことでございます……。まさか、泡沫世界において、主神を滅ぼす不適合者が誕生するなど……そもそも泡沫世界の者が外に出てくるなど、この長い銀水聖海の歴史において、一度もなかったこと……なにかの間違いでは……?』

「よくは知らぬが、海は広い。そういうこともあるだろう」

『……しかし……………』

　ロンクルスの反応から察するに、どうやら我が世界は、外へ出るまでの過程が他とは少々異なるようだ。

「まあ、その話は後だ。それよりも、小世界に出入りする原理はわかるか?」

『……はい。小世界は、外からしか見ることのできない銀灯という秩序の明かりを灯しています。それは秩序による不可視の風と波を伴い、その流れに乗ることで世界を渡ることが可能となります。しかし――』

　ロンクルスの説明の途中で、俺は空へ舞い上がり、黒穹を目指して飛んでいく。

「シン、レイ。奴らがパブロヘタラを出ぬか見張れ。追跡されているにもかかわらず、門から入ったのなら、あの都から外へ転移はできぬはずだ」

「御意」

「どうするんだい?」

　遠ざかる俺へ、レイが《思念通信》を飛ばしてくる。

「学院同盟へ加盟する準備を整えてくる。母さんを狙った連中はパブロヘタラに所属する一学院のみだ。実力行使で入るわけにもいくまい」

あっという間に空を飛び抜け、俺は黒穹へと上昇した。

『アノス殿。小世界を出入りするには、銀灯を感知し、その風や波に乗る船が必要です。その船は、主神にしか創ることができ――』

俺の体内で、ロンクルスの根源が絶句する。

黒穹へ《覇弾炎魔熾重砲》を乱れ撃ったのだ。蒼き恒星が、黒き空を鮮やかに炎上させる。

腰に下げた剣を抜き放ち、根源からこぼれる黒き粒子を纏わせる。俺の力とこの二律剣の力、両方合わせれば容易いはずだ。

「《掌握魔手》」

二律剣が夕闇に輝き、蒼く燃える空を一閃した。《極獄界滅灰燼魔砲》さえつかむことのできる《掌握魔手》ならば、見えぬ銀灯にも効果があるだろう。本来は魔法をつかむ《掌握魔手》だが、二律僭主が魔剣と化しているためなにもつかめず、それはただ《覇弾炎魔熾重砲》の炎上を加速させる。

魔眼を凝らし、蒼く燃える空の深淵を覗く。

「――くはは。そら、見つけたぞ」

夕闇に染まった《掌握魔手》の左手で、俺は黒穹をつかむ。確かに手応えがあった。つかんだ魔法を増幅させる左手から、銀の光が漏れた。

『……これは……？　銀灯の光が……？』

ロンクルスが声を漏らす。

「二律剣にて、《覇弾炎魔熾重砲(ドグダ・アズベダラ)》諸共(もろとも)銀灯(ぎんとう)を叩(たた)き斬った。つまり、《覇弾炎魔熾重砲(ドグダ・アズベダラ)》のみを斬り裂いたときとは、炎上の仕方が異なるというわけだ。逆算すれば、見えずとも銀灯(ぎんとう)の見当がつく」

そして、《掌握魔手(レイオン)》はつかんだ魔法を増幅させる。それは秩序とて、例外ではない。本来見えぬ銀灯(ぎんとう)が、見えるようになるまで魔力が高まったのだ。

俺は銀灯(ぎんとう)の明かりを左手でぐっと握り締めると、勢いをつけて黒穹(こっきゅう)へ投げつけた。銀の光が目の前を照らし、そこへ向かって風が吹く。《掌握魔手(レイオン)》の手を制御しては風をつかみ、銀の光へ突っ込んでいく。無数の泡が目の前を横切った次の瞬間、俺は広大な銀の海へ飛び出していた。

『……生身で、外に……卿(けい)という御方は……』

「くはは。どうだ？　俺が主神を滅ぼしたと、少しは信じる気になったか、ロンクルス」

§19. 【出発進行】

銀の海を、俺は《飛行(フレス)》にて飛んでいく。

《水中活動(ココ)》の魔法を使っているが、まとわりつく水の圧力は途方もなく強く、その上濡(ぬ)れた体から魔力を奪う。魔法障壁を張り巡らせ、水を遮断した。

「外はあまりよい環境ではないな」

『銀水聖海は魔力を無尽蔵に吸い上げます。この水は銀水と呼ばれていますが、生命は銀水を遮断する泡の中でしか暮らすことができかねます』

ロンクルスが言う。

確かに、この銀水の中に放置されれば、助かるまい。並の者なら、生身で飛ぶことも難しい。

「銀水聖海に漂う泡が、一つ一つの小世界というわけか」

『左様でございます。小世界のことを、そのまま銀泡と呼ぶことも』

振り返れば、巨大な銀の泡が遠ざかっていくのが見える。先程まで俺がいた小世界だ。

「学院同盟に入るには、誰に話を通せばいい？」

『門番に伝えれば、仮入学の手続きを取っていただけるはずです。ただどんな手続きになるのか、また他に審査が必要なのか、詳細につきましてはわたくしも存じ上げません。特に泡沫世界が学院同盟に入ったなどという話は聞いたことが……』

「何事にも初めてはあるものだ」

ミリティアの世界に主神と元首はいないが、そもそも成り立ちが違うのだから仕方あるまい。主神になり損ねた水車はあることだ。どうにかそれで、わかってもらうとしよう。話の通じる相手ならばいいが。

『……アノス殿……』

声が遠い。ロンクルスの根源が発する魔力が、みるみる穏やかになっていく。

「そろそろか？」

『そのようです。あまりお役に立てず、申し訳ございません。最後になにをお答えしましょうか?』

「二律僭主をどう演じればいい?」

『……よろしいので?』

念を押すようにロンクルスが訊き返す。もっと役に立つことを訊かないのか、という意味だろう。

「他のことは、そこらへんの奴に聞けばよい。二律僭主の心はお前しか知らぬ」

『──それでは、力を』

率直にロンクルスは言う。

『二律僭主として、力をお示し下されば、と。パブロヘタラにいるすべての者が必ずしも邪悪ではありません。しかしながら、かの学院の構造はお世辞にも正義と言えるようなものではございません。卿はパブロヘタラにて、多くの不条理や横暴を見ることでしょう』

静かな怒りが、言葉に宿る。

『無茶を承知で申し上げます。もしも卿の手が届くならば、それを挫く自由なる風を吹かせていただきたい』

「あの樹海はどうする? バルツァロンドたちの話から察するに、二律僭主の縄張りだろう?」

『幽玄樹海が大切なわけではございません。ただこの海に、奴らの思い通りにならぬ場所がある。そう知らしめることさえできれば……』

段々とロンクルスの声が遠ざかっていく。

「では、再生できれば再生し、二律僭主として縄張りを守ろう」

『卿に多大なる感謝を。多くは望みません。パブロヘタラはあまりに巨大、後のことは、わたくしが目覚めた後に……』

　ロンクルスの掠れた声が、更に小さくなった。

「安心して眠るがいい」

『……最後に、一つ……《融合転生》によって、わたくしと卿の根源はつながっています……互いの記憶が、混ざり合う……ことが――』

　ロンクルスの声は、そこで途切れた。完全に休眠状態に移行したようだ。無事に俺の体に適応できればいいがな。

「さて」

　我が世界へ向かい、俺は全力で飛んだ。視界は悪いが、海路は来た際に暗記してある。記憶を頼りに進んでいけば、やがて一つの銀泡が見えてきた。

　ミリティアの魔力を感じる。その小世界から発せられる銀の光を俺は逆行していく。この銀灯があるからこそ、小世界への出入りができる。ミリティアの魔力が漏れてきているのも、この銀の灯りからだ。

　ということは、ミリティアの世界が転生するまで、銀灯が働いてなかったと考えるのが妥当か。ゆえに、コーストリアやバルツァロンドはこの小世界のことを察知できず、母さんや霊神人剣にこれまで気がつかなかった。示し合わせたように、世界転生後にやってきたのも納得できるというものだ。

「《掌握魔手》」

銀灯が最初から見える分、外へ出るより中へ入る方が容易い。夕闇に染まった右手で、その銀の灯りをわしづかみし、先程と同じ要領で内向きの風を吹かせる。それにつかまり、俺はミリティアの世界へ降りていった。

視界が暗くなり、次第に黒穹が見えてきた。すぐさま《転移》の魔法を使い、デルゾゲードの最深部へ俺は転移する。視界が真っ白に染まると――

「よしっ！　もう一丁だっ！」

「ああ、段々コツがつかめてきたっ！」

もう夜だというのに、生徒たちの声が聞こえた。周囲はずいぶんと騒がしい。

「カカカ、いつになくやる気ではないか、缶焚き、火夫。明日の授業に響けば、本末転倒だぞ？」

魔王列車の機関部で、エールドメードが言う。どうやら放課後、生徒たちは居残りで投炭訓練を続けていたようだ。

「だってよ、先生。機関部は、魔王列車に魔力を供給するんだろ？　ってことは、なにをするにも、ここに火がついてなきゃ始まらないってこった」

「そりゃシン先生とレイがいれば問題ないだろうけど、やべぇ奴が来たら、あの二人は外に出るしかなくなるし」

「俺らが頑張らなきゃ、魔王列車は空の藻屑って話だよなぁ。今訓練できる内に死ぬ気でやっとかなきゃ、マジ滅ぶって」

「大体、あの暴虐の魔王様のことだから、悠長に訓練するように見せかけて、実は三日後に出発とか言い出しかねねえし」

二人はスコップを握り、ザッと火室に投炭する。コツをつかみ、余計な魔力のロスがなくなったか、当初のへっぴり腰とは違い、流れるような動作だった。

「そうそう」

と、他の生徒たちも機関部に顔を出す。

「だから、みんなでナーヤちゃんに倣って居残りしてるんだもんねっ」

「三日後、魔王列車を見事に乗りこなして、たまにはアノス様をびっくりさせてあげようよっ！」

「それいいねっ！　賛成ーっ！」

「やってやろうぜっ！」

気合いの入った生徒たちの声が、魔王列車の各部から次々と響く。様々な経験を経て、彼らにも今なにをなすべきか、それを察知する力が身についたのだろう。

「俺が言うまでもなく訓練に励むとは、大したものだ」

そう声をかければ、生徒たちがばっとこちらを振り向いた。

「あ、アノス様っ！」

「お、おいっ。アノス様がいらっしゃったぞっ」

魔王列車から、生徒たちが顔を出す。

「事情が変わった。つい先刻、外の住人に俺の母と霊神人剣が狙われてな。賊を追い、外の世界を少々覗いてきた」

嫌な予感がするとばかりに、生徒の顔つきが変わった。

「よく備えた。これならば、今すぐ魔王列車を発進できよう」

缶焚きがあんぐりと口を開く。

「……今……すぐ……？」

唖然とした表情で火夫は言った。

「……マジ……かよ……三日後どころの話じゃねえじゃねえか……」

「で、でもアノス様、まだ訓練だけで、魔王列車を走らせたことも……」

尻込みする生徒へ俺は言う。

「習うより慣れろと言う言葉がある——」

「いや、だから、慣れようとして……」

「——が、それでは遅い。二千年前はこう言った。慣れるより、溺れろ」

「……意味が、わからないような……？」

生徒たちの顔が無になった。

「む、夢中になれってことじゃ？」

「いや、わからねえぞ。アノス様のことだから、普通に溺れ死ぬ方っていう可能性も……？」

「両方かもっ！　溺れながらでも深淵に沈めば、それだけ成長するし。死んでも生き返ればいいわけだし……」

「……そ、それって誰の言葉……ですか？」

「俺だ」

もうだめだ、といった顔を生徒たちは浮かべる。よい。この表情のときこそ、彼らは最大の力を発揮する。

「乗員が揃い次第、発進する。配置につけ」

「「は、はいっ！」」

生徒たちは、バタバタと慌てながらも自らの持ち場へつき、愉快でたまらぬといった様子のエールドメードの指示のもと、発進準備を入念に行っていく。

俺はその間、《思念通信》を方々へ飛ばしておいた。すぐに目の前に魔法陣が描かれ、ミーシャとサーシャが転移してきた。

「いきなり外の世界へ行くって、どういうことよ？」

開口一番、サーシャがそう問い詰めてくる。

「なにかあった？」

ミーシャが心配そうに俺を見つめる。

「説明は全員揃ってからだ。魔王列車に乗れ」

そう口にすると、エレオノールとゼシア、アルカナ、エンネスオーネが転移してきた。イージェスと父さん、母さんも一緒だ。

「アノス」

父さんと母さんが、駆けよってくる。

「大丈夫、アノスちゃん？　なんにもなかった？」

「ああ、ピクニックを楽しんできたところだ」

心配そうな表情の母さんへ、俺は笑みを返す。

「しかし、少々面倒な事態になってな。事情はわからぬが、母さんは狙われている。これから敵を潰しに世界の外へ行くが、俺の魔眼の届く範囲にいた方がよい。一緒に来てくれるか？」

俺がパブロヘタラに入ったと知られれば、コーストリアたちはこの世界にいる母さんを狙おうとするやもしれぬ。連れていった方が安全だ。

「うん。わかったわ。アノスちゃんがそうした方がいいって言うなら、きっと間違いないもんね」

母さんと目を合わせ、父さんも力強くうなずいた。状況がよくわかっていないだろうに、二人は俺を信じてくれている。

「あ、じゃ、お母様とお父様はこちらへどうぞっ」

「ご案内しますっ！」

エレンとジェシカがそう言って、父さんと母さんを魔王列車まで案内していく。待っていたかのように、ミサが俺に駆けよってきた。

「アノス様っ、レイさんとお父さんはっ？」

「外の世界で賊を見張っている。これから合流予定だ」

「そ、そうですか……」

彼女はほっと胸を撫で下ろす。

「乗れ」

「はいっ」

彼女はすぐさま魔王列車に乗った。

「メルヘイス」

魔王列車に向かいながら、《思念通信(リークス)》を飛ばす。

『はい』

「三日ほど国を空ける。我が世界自体を狙う輩(やから)は今のところ存在しないが、外の世界から外敵がやってこぬとも限らぬ。奴(やつ)らは強い。有事のときは、神界の樹理四神(じゅりししん)と大精霊レノ、アガハのディードリッヒ、ジオルダルのゴルロアナを頼れ。時間を稼いだなら、必ず戻る」

『仰(おお)せのままに』

「現時点でわかっていることは少ない。先程、送ったものにくまなく目を通しておけ」

《思念通信(リークス)》にて、判明している情報をメルヘイスに送っておいた。

ディルヘイド内部にて、またレノやディードリッヒ、ゴルロアナと共有するだろう。

『お帰りをお待ち申し上げております』

「ああ」

魔王列車に乗り込み、機関部後方に設けられた玉座に座る。熾死王がうやうやしく礼をして、愉快そうな笑みを俺へ向けた。

「出せ」

待っていたとばかりに、奴(やつ)は声を張り上げた。

「カーカッカッカッ！　聞いたか、オマエらっ！　外の世界の住人どもへ、魔王列車ベルテクスフェンブレムお披露目の日がやってきたではないかっ！」

大仰な手振りで、エールドメードは杖を振るう。

「汽笛を鳴らせっ！　魔王の汽笛を！　それは未だ恐れを知らぬ凡俗どもに、真の恐怖を刻みつけるだろう。やがて皆々は、この不吉を告げる音を聞く度に、恐れ戦き、体の芯から震え上がるのだ!!」

大きく跳躍して、ダンッと熾死王は足を鳴らす。

「暴虐の魔王が、やってきたとっ!!」

汽笛が鳴り、車輪が回転を始める。ゆるりと出発した魔王列車は水路の坂を上り、地上へ上がっていく。

「進路は黒穹。いざ未知なる世界へ！」

唇を吊り上げ、熾死王は杖で前方に覗く空を指した。

「出発、出発っ、出発進行だぁぁぁぁぁぁぁぁぁぁぁぁぁぁーっっ!!!」

§20.【線路は続く】

もうもうと黒煙を立ち上らせ、魔王列車が夜の空を走っていく。車体はみるみる加速し、あっという間に黒穹まで上昇した。

「ミーシャ。黒穹には、外へ渡るための銀灯という秩序が働いている。その風や波は、普通の魔眼では見ることができぬが、魔王列車ならば反応を示すはずだ」

俺はそう《思念通信（リークス）》を送った。

「試してみる」

ミーシャがいる魔眼室（まがんしつ）は、いくつもの歯車が設置されており、風車や車輪の回転、火室の燃焼状況など、車体内外の深淵（しんえん）を覗（のぞ）く。その名の通り、魔王列車の魔眼（め）となる場所だ。

「見てて」

ミーシャは魔眼室担当の生徒たちへ告げる。彼女は両手を伸ばし、室内に魔法陣を描いた。指先から発せられた魔力により、無数のスイッチが次々と切り替えられ、いくつかのバルブがくるくると回る。水車と風車が受ける秩序の波長を変更しているのだ。生徒たちは、その様子を注意深く観察していた。

やがて、水晶に魔法文字と魔法数字の羅列が浮かぶ。

ミーシャはそれを横目で見た。

「五番水車と風車に反応」

魔王列車に取りつけられた水車と風車が、それぞれ回転していた。魔眼（め）に見えぬ銀灯（ぎんとう）の風と波を捉えたのだ。

「秩序の波長を合わせる」

再びミーシャは魔力を送り、スイッチを切り替え、バルブを回していく。すると――

「……エンネ、見るです……。水車、風車、回ってます……」

魔法水晶を指さし、ゼシアが言う。そこには魔王列車の各車両が映っており、正面の風車、車輪として使われている水車が回っているのが見えた。

「わあぁ……！　すごいねっ！　秩序の風と波を受けてるんだっ！」

エンネスオーネは感嘆の声を上げた。

「からから……からから……」

「からからっ、からからっ！」

エンネスオーネとゼシアの声に合わせるように、魔王列車の水車と風車が勢いよく回転を始め、それに連動し魔眼室の歯車が重たく回り始める。その秩序の力は車両に伝わり、銅色の輝きを纏った。

まるでなにかに引き寄せられるかのように、魔王列車は前進していく。目の前には銀の光が見えてきた。バルツァロンドの銀水船のときと同じだ。それはベルテクスフェンブレムを導く道のようである。

「外へつながる道」

淡々とミーシャが言う。彼女は銀灯と魔眼室の水晶に表示される文字や数値に、神眼を向けた。

「エクエスの歯車と同種の秩序」

「この銀灯がか？」

「ん」

ロンクルスの話とあの隻腕の男の言葉から推測するに、エクエスはこの世界の主神となる素質があった。少なくともその魔力は、主神のそれと遜色ないのだろう。ならば銀灯自体が奴の秩序でできていても不思議はないか。

そう考えれば、バルツァロンドの船がこの世界に入って来られるのは、主神同士の秩序は波長が似ており、干渉できるということなのだろう。ゆえに、主神の力で創った船ならば、小世界を渡ることができるというわけだ。

「魔王列車用のレールに変えられると思う」

「試してみよ」

ミーシャは再び魔力を送り、スイッチとバルブを操作する。魔王列車の車輪がすべて歯車に変わったかと思えば、銀の光が変化を始めた。それらは歯車を象り始め、魔王列車の歯車と次々と噛み合わされていくのだ。

魔王列車の歯車が回転すれば、銀灯の歯車も回転する。秩序が魔王列車に従うように、再び銀灯の歯車が別の物に変わり始めた。

レールである。銀に輝くレールが黒穹にかけられ、その向こう側が出口のようにきらきらと輝いていた。歯車が車輪に戻り、銀のレールにしっかりとはまった。

「カカカッ、面白いではないかっ！　缶焚き、火夫っ、全力で石炭をぶち込みたまえっ！　あの光の出口へ一気に行くぞっ！」

エールドメードの指示に、黒服の生徒二人は「了解っ！」と声を上げ、スコップを駆使して火室に石炭を放り込んだ。

煙突から勢いよく煙が噴出し、車輪が高速で回転する。

「エレオノール、魔法障壁を張れ」

「了解だぞっ！」

結界室にて、エレオノールは固定魔法陣の上で魔力を放出する。すると、噴出される黒煙が透き通っていき、魔王列車をキラキラと覆う魔法障壁へと変わった。銀のレールの上を魔王列車は目にも止まらぬ速度で進んでいき、そして光の中に飛び込んだ――

瞬間、大量の泡が窓の向こうに溢れかえった。

「わおっ‼ 銀色の海だぞっ！」

エレオノールが声を上げる。銀の光がさんざめく海に、一瞬、皆言葉を忘れて見とれていた。壮観なだけではない。その美しさは同時に、恐ろしさを孕んでいる。銀水聖海は想像を絶するほどに広く、そこにはどんな危険が潜んでいるかわからぬ。

窓の外へ視線を注ぐサーシャは、先の見通せぬ銀水を見つめながら、深刻そうな表情を浮かべた。

「破壊の子」

ふと彼女の後ろから、アルカナが声をかけた。

「今、なにか面白いネタを思いついた顔をしただろうか？」

「全っ然、してないわっ！　なんでこんなときに面白いネタを思いつくのっ⁉」

深刻さが一瞬で消え去り、サーシャは鋭くつっこんだ。

「……みんなが真剣なときこそ、腹筋を破壊する秩序が働く……」

「なんでわたしが虎視眈々と爆笑を狙おうとしている道化みたいになってるわけっ？」

「……みんなの緊張を解そうと思ったのではないだろうか……」

「どうしてわたしがそんな馬（ば）――あれ？　意外と良（い）い奴（やつ）だわ」

はたと気がついた風にサーシャが呟（つぶや）く。すると、同室にいた魔王聖歌隊のメンバーが二人のもとへ集まってきた。

「カナッちはまつろわぬ芸人だからねっ」

「うんうん、いつでも笑いを忘れない心すごい」

エレンたちが言う。

「砲塔室ってやることなくて暇だから、緊張するよね」

「わかるわかるっ。だからって、忙しくなっても困るんだけど」

「敵来ちゃうもんねー。カナッちとサーシャ様がいつも通りでほっとした」

「わたしは、役に立てただろうか、聖歌隊の子」

アルカナの問いに、「もちろん！」「さすが背理神（はいりしん）カナッち」「今日もまつろわないー」などと彼女たちは声を上げる。

サーシャが先程とは別の意味で視線を険しくする。

「背理神カナッち……？　なにそれ……」

まつろわないー、と楽しげな声が砲塔室に響き渡った。

「こちら魔眼室。レールはこのまま延ばせそう」

ミーシャが機関室へ報告を上げる。

「カカカ、朗報ではないか。世界の外と内をつなぐ銀灯（ぎんとう）が延びるのならば、《思念通信（リークス）》ぐらいならばミリティアの世界へ届くのではないか？」

「試してみて」

俺は《思念通信（リークス）》の魔法陣を描く。

「メルヘイス、聞こえるか？」

すぐには応答はなかったが、しばらくして――

『はい』

ふむ。いけるな。

「よい報（しら）せだ。外の世界にもある程度まで《思念通信（リークス）》が届く。途中で途切れそうならばまた連絡する」

『承知しました』

レールがあちらまで延びれば、万一、ミリティアの世界が侵略されても報告を受けることができる。ただちに戻ることができるだろう。

「それで、進路はどうするのだ、魔王？」

エールドメードの目の前に魔力で地図を描いてやる。

「そこが目的地だ。多少海流が荒れたところはあったが、迂回（うかい）せず最短距離で向かえ。慎重にな」

ざっと地図を眺め、すぐにエールドメードは言った。

「缶焚（かまた）き、火夫、分間六トンを維持しろ。車輪を第二歯車へ連結。全速前進」

「「了解っ！」」

黒服の生徒二人が、スコップを操り、火室へ投炭する。

「魔法線路構築開始」

「了解っ。魔法線路構築開始っ」

ニヤリとエールドメードが笑う。

「終着駅は未知の世界だ」

魔王列車の前方に、銀の線路が構築されていき、そこを高速で走っていく。魔王列車の性能と銀灯のレールが合わさり、バルツァロンドの銀水船よりも速度が出ている。この分なら、想定より早く着くだろう。

ぐすっ、と鼻をすする音が聞こえた。見れば、母さんがはらはらと涙をこぼしている。その肩を抱きながら、父さんも涙ぐみ、堪えるような顔で前を向いていた。

ふむ。これは、いかぬな。少々、母さんと父さんを図太いと思い込みすぎていたやもしれぬ。前世はどうあれ、今の二人はただの人間だ。サーシャたちでさえ、この銀水聖海の美しさと恐ろしさに一瞬息を呑んだ。

生命の存在を許さぬようなこの海は、根源に恐怖を訴えかける。ただの人間である二人には、それに抵抗する術がなく、本能的に恐れてしまうのだろう。

「父さん、母さん、安心せよ。俺が守る」

涙目で母さんは、俺の顔を呆然と見た。言葉も出てこぬ様子だ。相当参っているか。

「アルカナ、サーシャ、機関室へ来い」

すぐに二人は《転移》で転移してきた。

「どうしたの？」

サーシャが言う。

「俺は外を警戒する。しばし、父さんと母さんの相手をしてくれ。少々、心が弱っているようだ」

彼女は察したような顔をして、うなずいた。

「わかったわ」

アルカナとサーシャは、すぐに父さんと母さんのそばに寄っていき、声をかける。

「わたしは話し相手になりたいと思っているのだろう」

「心配しなくても大丈夫だわ。どんなに危険な世界だって、アノスのそばほど安全なところはないんだし」

「サーシャちゃんっ！　アルカナちゃんっ……！」

母さんは張りつめた糸が切れたように涙をこぼしながら、二人に抱きついた。

「うっ、ぐすっ……お母さんもう……だめ……耐えられないかも……」

「大丈夫よ、そんなに心配しなくても」

「だって、だって……仕事中のアノスちゃんが、格好良すぎて……!!」

「……はい？」

「うっ、ぐす……アノスちゃんが……うっ、うっ……せっかく、アノスちゃんのお仕事場にせっかく潜入できたのに、お母さん魔法写真機、持ってこなくて……お母さん一生の不覚よっ!!」

サーシャは真顔になった。アルカナが父さんを見る。

「すまん。俺も忘れた……！　家は燃えたし……！」

父さんは椅子に座りながら、膝に置いた手を震わせ、男泣きをしている。アルカナとサーシャが顔を見合わせた。

「父と母は授業参観気分だったのだろうか」

「さすがだわ……」

危険な海の中、平和な俺たちを乗せ、魔王列車は順調に進んでいた。

§21. 【世界の名】

二時間後。

魔王列車の前方に巨大な銀の泡が見えてきた。目的地の小世界だ。

「あの銀灯へレールを連結したまえ」

熾死王が指示を出す。

「了解！　線路連結！」

銀のレールがまっすぐ延びていき、小世界からこぼれ落ちる銀の光の中へ入っていった。

「線路連結、完了しました！」

「汽笛を鳴らせ。銀泡に入るぞ—

銀の灯りに誘われるように魔王列車はレールを進んでいき、やがて目の前が銀一色に染め上げられた。光を抜ければ、目の前は黒き空、黒穹だ。

「線路固定」

「了解。線路固定完了しましたっ！」

進行方向に延び続けていた線路がそこで固定される。

「脱線」

「了解、脱線しますっ!!」

魔王列車の車輪が銀のレールから外れ、そのまま車体は黒穹を降下していく。次第に雲が窓の外をよぎる。黒穹の下にある空に到達したのだ。太陽はすでに沈んでおり、代わりに月が昇っている。

ミリティアの世界と同じく、こちらも夜だ。

「上方より巨大な魔力源が接近」

魔眼室のミーシャより、淡々と報告が上がる。彼女は魔法陣を描いた。

「《遠隔透視》」

各室に備わっている魔法水晶に、魔眼室が捉えた映像が表示された。一瞬、魔眼を疑う。接近してくるのは、空を飛ぶ巨大な城だ。見とれるほどに美しく、芸術的なフォルムにはひどく見覚えがあった。

サーシャが《遠隔透視》の映像を食いつくように見て、窓の外へ視線を向ける。

「これ……」

驚きとともに、言葉がこぼれる。

「ゼリドヘヴヌスだわ……」

かつて、破壊の空を自由に飛んだ飛空城艦。《破滅の太陽》の輝きにさえ真っ向から立ち向かったその船の姿は、破壊神アベルニユーの記憶に深く刻まれている。

「ねえっ、そうでしょ？」

サーシャが俺を振り向く。

「多少、外観は違うようだがな」

だが、ゼリドヘヴヌスにそっくりだ。創術家ファリス・ノインの死とともに、ディルヘイドからあの船は失われた。彼の転生も未だ確認できていない。

なぜ外の世界を飛んでいる？

「飛空城艦の主に告ぐ」

魔王列車の後列に並走する飛空城艦へ向け、《思念通信》を飛ばす。

「俺はアノス・ヴォルディゴード。ミリティアの世界の、まあ、元首のようなものだ。二、三尋ねたいことがある」

応答はない。代わりに飛空城艦は、魔王列車にみるみる接近してくる。

「衝突する」

ミーシャが言った。エールドメードの指示で、警告の汽笛が鳴らされた。

『朕は銀城世界バランディアスが元首、不動王カルティナス・イルベナ』

《思念通信》が響き、飛空城艦が魔王列車に接触した。

「きゃあぁっ……！」

「ちょ、ちょっと……！」

「……んだよぉっ、前見ろっ……！」

振動が魔王列車を襲い、生徒たちが声を上げる。

『名も知れぬ浅層世界のノロマめ。礼儀を教えてやろうぞ。ここでは自らより深層の者の前へ出るな。まして、元首の船の前にはな』

意図的にぶつかってきたのだろう。魔王列車を軽く押し飛ばした後、飛空城艦はすぐさま進路を変え、恐るべき速さで追い抜いていった。それが向かった先は、浮遊大陸にそびえる銀水学院パブロヘタラだ。魔法障壁の中へ、その飛空城艦はゆっくりと降りていった。

「……あれが、アノスの言ってたパブロヘタラ？」

サーシャが問う。ここに来るまでに、現時点で判明したことはすべて皆に話してある。

「そうだ」

「ふーん。じゃ、今の奴も、学院同盟の一員ってわけね」

カルティナスとやらの態度が気に食わなかったのだろう。サーシャは、パブロヘタラに降りた飛空城艦を睨んだ。

「レイとシンを発見した」

ミーシャの声が響く。《遠隔透視》の水晶に二人の姿が映された。こちらに気がついたようで、二人は魔王列車に向かって飛んできている。

「客室の扉を開け」

エールドメードの指示で、客室の扉が開く。そこから顔を出したミサが、シンとレイに大きく手を振った。

「お父さーん、レイさーん、こっちですよー」

二人は魔王列車に向かって飛び、中へ入った。

「我が君、賊に動きはありませんでした」

シンが言う。

「ご苦労だった。しばらく休め」

「御意」

さて、まずは仮入学を済ませねばな。

「パブロヘタラの門番に告ぐ」

《思念通信(リークス)》にて、浮遊大陸の門番に話しかける。

「俺はアノス・ヴォルディゴード、ミリティアの世界の住人だ。我が魔王学院は、パブロヘタラの学院同盟へ加盟の意思を示す。返答を待つ」

すると、遠くで門番同士が顔を見合わせた。

「マオウ学院……？　マオウって、もしかして魔王か？　おいおい……」

「恐らく、浅層世界の新顔だ。知らぬのだろう。わざわざ言わずとも、すぐに改名することになる」

聞こえぬと思っているのか、彼らはそんなやりとりを交わす。

『こちら、パブロヘタラだ。我々は、パブロヘタラの理念に賛同する何者をも拒まない。ミリティアを歓迎する。魔法障壁を開放するので、中へ入ってくれ』

「わかった」

視線を向ければ、パブロヘタラを覆っていた魔法障壁の一部が消えた。

存外に、簡単なものだな。加盟の意思を示しはしたが、それだけでどこの馬の骨ともわからぬ者を、こうも容易く中へ招き入れるとは。たかだか船一隻、万一中で暴れたところでどうとでもなるということか。

「降下したまえ」

エールドメードがそう指示を出す。

「了解。パブロヘタラへ降下開始します」

パブロヘタラの上空へ移動した魔王列車は、魔法障壁がない入り口部分へめがけ、ゆっくりと降下していく。

『都市中央、パブロヘタラ宮殿に隣接する湖が船着き場だ。白の魔法陣に着水してくれ』

門番の声に従い、エールドメードは魔王列車を降下させていく。俯瞰したパブロヘタラの浮遊大陸は、中央に巨大な宮殿があり、その周囲には都市が形成されていた。敷地面積は、ざっと見てミッドヘイズの一〇倍以上だ。

「着水しますっ」

透き通った巨大な湖、そこに白く細長い魔法陣が描かれている。魔王列車の形状に合わせたのだろう。ゆっくりと魔王列車が降りると水飛沫が上がった。白の魔法陣から水の泡のようなものが出て、列車を包み込む。

するとと、魔王列車はそのまま勝手に水中へと沈んでいく。水底まで到着すれば、そこにいくつもの洞窟があった。その一つに入り、しばらく進むと今度は浮上していく。水をかき分け、魔王列車は再び水面に上がった。

役目を終えたかのように、車体を覆っていた泡が弾けて消える。

「降りるぞ。扉を開放せよ」

俺の指示で、魔王列車の全扉が開く。玉座から立ち上がり、俺は外へ出た。他の者も次々と列車から降りてくる。

見渡せば辺りは石造りの一室だ。かなり広い。船を入れる格納庫といったところか。

「ようこそ、パブロヘタラへ」

声が響いた。やってきたのは、銀のドレスを纏った女だ。大きなねじ巻きを手にしている。人間大のゼンマイ人形のねじを巻けそうなサイズだ。

「お初にお目にかかります。この身はパブロヘタラの裁定神オットルルー。オットルルーはパブロヘタラにおける裁定を執り行います。元首はどなたですか？」

「我が世界に元首は存在せぬ」

裁定神の前へ歩み出る。

「学院の代表は俺だ。便宜上必要なら、元首ということにしておけ」

特に不審に思った素振りも見せず、オットルルーは俺に問う。

「パブロヘタラの学院同盟へ加盟を望みますか？」

「そのつもりで来た」

オットルルーは丁寧にお辞儀をする。

「歓迎します。そして、元首が存在しない銀泡はありません。あなた方はこの銀水聖海に出てまもないと推察されますが、いかがでしょう？」

「今日出たばかりだ」

「それでは、主神はどこにいますか？　世界の意思、または世界の秩序を統べる神族、それが世界主神です」

世界の外に出たばかりで、主神や元首といった名を知らぬ者もよく来るのだろうな。オットルルーは慣れた口調だった。

「あいにく、うちのはできそこないでな。主神と呼べるような大層なものではないが」

俺は魔王列車に視線をやる。

「強いて言うなら、あれがそうだ」

「お会いできますか？」

会うというか、あれそのものなのだがな。まあ、話ができなくもないか。

「こちらだ」

俺はオットルルーを連れ、魔王列車の機関室に移動する。火室の蓋を開け、中へ言った。

「エクエス。喋ってよいぞ」

そう口にすると、すぐさま火室から火の粉が舞った。

『貴様の思い通りに――』

エクエスの声が聞こえてくる。

『貴様の思い通りになると思っているのか？』

「お初にお目にかかります。主神エクエス。この身はパブロヘタラの裁定神、オットルルー。パブロヘタラの学院同盟への加盟意思を確認させていただけますか？」

『加盟意思だと？』

エクエスが吐き捨てるように言う。

『そんなものはない……！　その男の思い通りになど誰がなるぎゃううぅん……！」

スコップで石炭を放り込み、エクエスに誰が主人か教えてやる。

「憎まれ口しか叩かぬが、こいつの秩序は素直なものでな。石炭を放り込んでやれば、すぐに尻尾を振って、従順になる」

「……これは……？」

ザバァッと火室に、石炭を放り込む。

『……おのっ……うぐぅっ……おのれぇえっ……なぜ私がぁぁあっ、こんなぁぁあっ……!!』

もうもう煙突から黒煙が立ち上る。それが文字状に変化していき、『加盟万歳』と記された。

「見ての通りだ」

機関室から出て、黒煙文字を指さす。すると、裁定神オットルルーは神眼を向けた。魔力が集中すれば、瞳の奥に歯車のような魔法陣が描かれる。

「確かに、黒煙からは主神と同種の魔力、そして確かな秩序の光が見えます。主神と元首に、様々な関係があるのはパブロヘタラも承知のこと。元首が主神を奴隷のように扱うケースは珍しいですが、それも一つの世界の在り方でしょう。この黒煙の文字をもって、主神は加盟の意思を表明したと見なします」

　オットルルーはサーシャとミーシャに視線を向ける。瞳の奥の歯車が回った。

「他の神も付き従っていることですし、あなたを元首と認めましょう」

　ふむ。一悶着あるかとも思ったが、あっさりしたものだな。それだけ、小世界同士の価値観も異なるということか。

「どうぞ、こちらへ。パブロヘタラについて説明したいのですが、今は夜分、すべての講義は行われていません。宮殿内の宿舎にご案内しますので、そちらでお休みください。明日、改めてお迎えに上がります」

　オットルルーは踵を返し、格納庫の通路を進んでいく。俺たちはその後に続いた。

「加盟にあたり、いくつかお尋ねします。あなたの世界の名前をお教えください」

「ミリティアの世界と呼んでいる」

「あなたの世界の主神は、名付けを行っていないようですね」

「さっきも言ったが、できそこないでな。日々、雑事に追われ、目が回るほど忙しい」

　隣でミーシャとサーシャがなんとも言えぬ表情をした。

「秩序に従えば、世界の名は、創世を行った創造神の名となります。また小世界の秩序に相応しい字を冠することとなるでしょう」

　名前に法則性があるわけか。

「つまり、聖剣世界ハイフォリアであれば、創造神はハイフォリアという名で、小世界の秩序に、聖剣が深く関わるというわけか？」

「そのような理解で問題ありません」

事務的にオットルルーは答えた。

「では、世界の名はミリティアで問題ない。字は後々決めよう」

「そのように登録します」

オットルルーは続けて言った。

「あなたの名前をお聞かせください」

「アノス・ヴォルディゴードだ」

オットルルーが足を止める。扉を開けば、そこは客室だった。一通りのものが揃っている。

「奥にも部屋があります。数は十分かと。本日はこちらでお過ごしください。明日、お迎えに上がります」

「わかった」

すぐにパブロヘタラを見て回りたいところだが、今日は大人しく休むとするか。

皆、疲れていることだ。

「最後に、学院名をお伺いできますか？」

「魔王学院だ」

事務的に質問していたオットルルーが、思案するように口を噤む。

「なにか問題か？」

「いいえ。小世界で定められた名に、オットルルーが裁定を下すことはありません。それはあなた方の自由です」

もったいぶった言い回しだな。まあ、しかし、今はそれよりも訊きたいことがある。

「この小世界はなんという名だ？」

「名称は、第七エレネシア世界」

ミーシャとサーシャが目を丸くした。

「魔弾世界エレネシアが所有する七番目の銀泡です。第七エレネシアは、自由海域に指定されており、どの小世界の住人も許可なく自由に出入りすることができます」

二人は呆然とそれを耳にしながら、俺を見た。世界の名には、創世を行った創造神の名が使われる。だとすれば、魔弾世界を創ったのは、創造神エレネシア。

ミリティアの母と同じ名だった――

§22.【小世界の成り立ち】

翌朝。

パブロヘタラの宿舎にて、俺たちは制服に着替え、待っていた。父さんと母さんには、アルカナが創造した魔法写真機と三脚、録画機を持たせ、記録係ということにした。二人は先程から、しきりに俺を撮影している。オットルルーは一度顔を出し、一時間後に迎えに来ると言った。もうまもなく刻限だ。

「そう焦るな」

落ちつかない様子で、ドアの前をウロウロしているサーシャに声をかける。

「お前たちを訪ねてきたギー・アンバレッドという男は、パブロヘタラに所属する魔弾世界の者に間違いあるまい」

「……母は生きている……？」

ミーシャが呟く。

「でなければ、誕生日の贈り物を選ばせたりはせぬ」

「でも、どうして？」

サーシャが問う。次の創造神、我が子であるミリティアを創造して、エレネシアは滅んだはずだった。

「わからぬ。だが、ギーという男がエレネシアの生存を明かさなかったのは、都合が悪いことでもあるのだろう」

「……わたしたちが、エレネシアを取り戻しに来るとか？」

「さて、魔弾世界のことはおろか、このパブロヘタラのことすらろくに知らぬのではな」

「…………そうよね」

今は手がかりがなにもない。二人とも待つしかないとわかっていただろう。それでも、サーシャもミーシャも、母エレネシアのことが気になって仕方がなかったのだ。

と、そのとき、ノックの音がした。

「オットルルーです」

「入れ」

ドアが開き、裁定神オットルルーが姿を現す。

「準備はお済みですか？」

「ああ」

「ではこちらへ」

オットルルーに案内されながら、俺たちは宮殿内の通路を進んでいく。やがて、四方を柱に囲まれた場所に辿り着いた。中心に固定魔法陣が設けられている。

「魔法陣の上へ」

俺たちが全員魔法陣に乗ると、オットルルーは言った。

「浅層第一」

視界が一瞬真っ白に染まり、転移した。目の前には、両開きの扉が現れている。

「ここがパブロヘタラの第一浅層講堂です。主に講義が行われます。どうぞお入りください」

彼女が扉を開け放つ。講堂に入れば、中央に円形の教壇が見えた。席は全方位に設けられており、教壇をぐるりと取り囲むように、椅子と机が整然と並べられている。

すでに制服を纏った生徒たちが着席している。基本的には同じ学院の者同士で固まっているようだが、違う制服同士で並んでいるグループもあった。

「どうぞ、ミリティア世界の方の席はこちらです」

オットルルーが歩いていき、俺たちの席を指し示す。

「浅層講堂ということは、深層もあるのか？」

「中層講堂、深層講堂があります。この銀水聖海の小世界には深さが存在しますが、第一層から第一〇層を浅層世界、第一一層から第二〇層を中層世界、第二一層以降を深層世界と分類しています」

　バルツァロンドの部下が確か、ミリティア世界を第一層世界と言っていたか。

「どうやって分類している？」

　そう問えば、オットルルーはその場からふわりと飛び上がり、教壇に着地した。そこに設けられていた球形の黒板に、彼女は魔力を送る。

「世界の深さは、世界の秩序の強さ。その小世界が、銀水聖海に与える影響の大きさをさします。魔力は浅層から深層へ流れ、秩序は浅いところから深いところへ力を及ぼします」

　球形黒板は魔法具なのだろう。それが透き通り、中に銀の泡が現れた。五つの浅層世界と、一つの深層世界を模しているようだ。

「浅層世界に魔力が一〇、重さの秩序が一〇あるとしましょう。深層世界も同様です」

　オットルルーにより『浅層世界。魔力一〇、重さ一〇』『深層世界。魔力一〇、重さ一〇』と書き足される。

「銀水聖海の秩序に従い、魔力は深層へ流れ、秩序は深い場所に力を及ぼします。浅層世界の魔力は一つ移動し、秩序の働きも一つ移動します」

　魔力と重さが一つ引かれる。『浅層世界。魔力九、重さ九』と書き換えられた。

「魔力と秩序は深層世界に与えられ、力に変わります」

　五つの浅層世界からそれぞれ魔力と重さが一つずつ、合計魔力五、重さ五が移動し、深層世界が元々保有していた魔力と重さに足される。深層世界では『魔力一五、重さ一五』となった。

「実際にはこう単純なことではありませんが、これが銀水聖海の基本的な秩序の原則です。数多の魔力を保有し、秩序が強く働く小世界は重く、深淵へと沈んでいく。よって深いとされています」

なるほど。浅層世界の秩序や魔力が働く分だけ、この第七エレネシアはミリティア世界よりも頑強なわけか。当然、そこで暮らす住人も相応に強くなる。

「小世界の秩序や保有する魔力量を余すことなく測定するのは問題も多く非効率なため、階層判定については、火露の保有量にて行います。保有する火露が多いほど、その小世界は深層に位置します」

位置するというのは場所の話ではなく、その世界の秩序の強さのことだ。

「有り体に言えば、深層世界は浅層世界から火露を奪っているというわけか？」

「その理解で構いませんが、火露は誰のものでもありません。それは銀水聖海にあまねく秩序。火露は海を渡り、様々な泡の中を旅していくものなのです」

エクエスは火露を奪っていた。奪った火露を消費したと言っていたが、これがその答えか。確かにミリティア世界単独で見れば消費されたとしか思えぬ。あのときのエクエスは外の世界など知らなかった。しかし、それは別の小世界へと渡っていたのだ。

「……ねえ……それじゃ、もしかして…………？」

隣でサーシャが呟く。ミーシャが小声で言った。

「母の火露は、世界の外に」

二人の母、創造神エレネシアは滅びた。ミリティア世界ではそうだ。だが、その実、彼女の根源は火露となって世界を渡っていった。そして、魔弾世界で再び創造神として生まれた。

「本日の講義まで、まだ時間があります。ミリティア世界の方々に、銀水聖海の秩序をもう少し説明しておきましょう。どうぞお座りください」

俺は近くの椅子を引き、座る。他の者たちも着席した。

「深層世界は浅層世界から火露を奪う、とあなたは言いましたが、火露の移動は自然に起こることではありません。なぜなら、小世界においては世界主神がその秩序を保ち、火露が外へ漏れることがないようにしているためです」

オットルルーは、球形黒板に透明の泡を描く。そこに『泡沫世界』と書いた。

「火露の移動が起こるのは主に泡沫世界です。銀水聖海に漂う無数の暗き泡沫を、我々はこのように呼んでいます。すべての世界は泡沫から始まる、と言われております。この海の深淵に位置する深層世界でさえ、始まりは一つの泡沫だったのです」

彼女は更に『未進化』と文字をつけ加えた。

「泡沫世界は未進化の小世界。この銀水聖海においては、生まれていない世界と言えます。なぜなら、泡沫世界には主神と元首がおりません。主神がいなければ、小世界の秩序を完全に制御することはできず、元首がいなければ小世界の住人たちは争い続けます。行く末は、想像に容易いでしょう」

ぱっと泡が弾けるように、描かれた泡沫世界は消えた。

「このように放っておけば消え去る海の泡、そのため泡沫と呼ばれております」

再び沢山の泡が現れ、泡沫世界を構築する。

「しかしながら、すべての泡沫が消え去るわけではありません。運良く生き延びた泡沫世界は、その内部である変化が起きているのです」

オットルルーは、『適合者の誕生』と書き記す。

「泡沫世界にも秩序があり、神族が存在します。彼らは世界を一つの方向へ導こうという世界意思の種を有しています。世界意思の種は目に見えず、明確な意識を持つものではありません。神族たちはこれに従い、各々漠然とした行動を取り、世界を正しき秩序に導こうとします。殆どの場合においては失敗となりますが、銀水聖海の祝福に恵まれた泡沫では、適合者が誕生します」

ミリティア世界では、さしずめ、エクエスの歯車が世界意思の種だったのだろう。

「適合者とは、生命の進化の行く末です。魔力と強さを兼ね備え、神族をも上回る力、世界をよりよい方向へ導く力を有します。適合者が増え続けることにより、小世界には更なる変化がもたらされます。それが、世界主神の誕生です」

オットルルーは淡々と説明を続ける。

「適合者の存在は、世界の火露を強化し、秩序に強い力をもたらします。神族が有する世界意思の種、そのうちのいずれかが芽吹き、世界の意思とも言うべき存在、世界主神が生まれるのです」

ミリティア世界とは少々違うな。グラハムがやったのは、バラバラに散らばっていた世界意思の種を集め、強引に一つに結合させて、それが意思をもつか、という実験だった。

実際、それはエクエスという歯車の集合神と化した。世界意思の種と呼称しているが、一つに集めて動くのなら欠片といった方がより自然だ。泡沫世界でそんなことをした例は他になく、知らぬのかもしれぬが。

「世界主神の誕生により、小世界は大きく変わります。主神は、小世界を治めるに相応しい元首を選びます。この候補となるのが、適合者たちです」

「元首の適合者という意味か？」

「元首の適合者であり、進化した世界の適合者です。主神は、自らの世界に相応しい者を、その秩序によって嗅ぎ分けるのです」

ホロの子、ヴェイドは元首の候補者だったわけか。ミリティア世界では俺が滅びを止めていたため、新しい生命が誕生しなかった。ゆえに、適合者が誕生しなかったのだ。それでエクエスは自らの力で無理矢理、適合者を誕生させた。

「主神は適合者の中から、世界の王を一人選びます。これにより元首が誕生し、泡沫世界は銀泡へと進化します」

秩序の整合を取るための世界転生が、銀泡への進化と同じ結果だったというのは、ほぼ間違いなさそうだな。

「それ以外に進化の方法は？」

「ありません。すべての小世界が、この進化の過程を辿ります。銀水聖海の秩序に導かれるように」

俺の問いに、オットルルーは即答した。ミリティア世界は例外のようだな。主神と元首がなくとも進化が可能だということを、パブロヘタラの連中は知らぬのだ。

「一方で、進化しない泡沫世界からは火露が放出され続けます。この受け皿となるのが、進化を終えた小世界なのです。魔力は浅きから深きへ、火露も浅きから深きへ流れていきます」

これは予想通りだな。世界転生前のミリティア世界からは、火露が他の世界へ渡っている。エレネシアや、もしかすれば――ミッドヘイズを見渡すあの丘に眠った、我が配下たちも、どこかで。

「泡沫世界から放出される火露は、小世界をより深層へ至らせるために、どの元首も欲するものです。火露は力です。それが多ければ多いほどに、強ければ強いほどに、世界は深化していきます」

なにが起こるか、想像に難くはない。

「火露を手に入れるため、銀水聖海では度々争いが起こります。これにより、小世界に著しい損害が出ることも珍しくありません。戦火に焼かれた両世界が、ともに消滅する事態も起こります。それを避けるべく、学院同盟に加盟する各世界の主神により作られたのがこのパブロヘタラです」

オットルルーは『銀水序列戦』と書き記した。

「パブロヘタラの領海内にて放出された火露は、一旦、学院同盟が回収します。パブロヘタラ内にて行われる各世界同士の力を比べ合う学院別の序列戦――銀水序列戦の勝者に、その火露が分け与えられるのです」

火露を奪い合うがために争いが激化し、小世界そのものが滅びてしまえば、誰にも益はない。つまりは条約を結び、平和的な方法で火露を分け合うようにしたのが、銀水序列戦だろう。

代理戦争だ。確か、ロンクルスもそのようなことを言っていたな。

「パブロヘタラの理念は、この銀水聖海の凪、つまり平和です」

平和、か。それが本当なら、いいのだがな。

「火露が失われれば、泡沫世界では命が失われる。転生する予定だった住人が、別の世界に生まれ変わることになるのではないか？」

「その通りです、元首アノス」

なんでもないことのようにオットルルーは言う。

「なぜ火露を戻してやらぬ？　彼らにも彼らの人生があるだろう」

「どういうことでしょう？　彼らの人生は、死したそのときに終わっているのです。新たな生を、新たな世界で始めるだけのことです。それは原初が同じなだけの別人です」

「《転生》の魔法を使っていたらどうなる？」

オットルルーは首を捻った。

「申し訳ございませんが、その魔法は存じません。学院同盟に加盟している世界には存在しない魔法です」

《転生》がない？　二律僭主——ロンクルスが見せた魔法は、どれも明らかにミリティア世界より格が上だった。ミリティア世界で最上級の根源魔法とはいえ、転生する魔法がないとは思えぬが？

「この術式だ」

俺は《転生》の魔法陣を描く。だが、途端に術式が暴走し、爆発した。

「……ほう」

「元首アノス、今の《転生(シリカ)》という術式、反応を拝見する限り限定魔法です。ミリティア世界の秩序を余すことなく使い、初めて成立する魔法。ミリティア世界でなければ使用できません」

なるほど。ロンクルスは、俺の世界で転生が一般的か、と聞いてきたな。《融合転生(ラドビリカ)》は通常の転生魔法と違い、記憶は失わぬ、と。

「転生時に記憶はどうなる？」

「残す手段はいくつかありますが、どれも根源へのリスクが大きいです。今の生を引き継ぐだけのことですから、真の意味の転生とは違います」

平たく言えば、ノーリスクで記憶を引き継ぐ転生が存在しない。それゆえ、銀水聖海で転生とは、主に新たな生を意味するわけか。俺たちとは、根本的な考え方が違うのだ。

「泡沫(ほうまつ)世界に火露を返すというのは、命を消す愚かな行為です。泡はやがて消え去るもの。その中へ、命を投じるのは、ようやく海へ辿(たど)り着(つ)いた魚を再び陸へ返すようなもの。あなたの世界の宗教とは違うかもしれませんが、それが銀海(ぎんかい)の理です」

俺を否定するでもなく、やんわりとオットルルーは言った。

「火露が世界を渡るのは、その命にとって、とても僥倖(ぎょうこう)なことなのです。彼らがこの海に祝福された証(あかし)なのですから」

泡沫(ほうまつ)世界が必ず滅びゆくのだとすれば、確かに一理あるがな。

「そもそも火露を返してやれば、泡沫(ほうまつ)世界は滅びぬのではないか？」

「それは――」

「なにをごちゃごちゃ言うておる。理解の鈍い元首め。これだから浅層世界の者は」

不躾な声が響く。聞き覚えがあるな。不動王カルティナスだったか？　昨夜、魔王列車にぶつかってきた奴だ。

「オットルルー。こんなマヌケに説明したところで、どのみち加盟条件を満たせん。時間の無駄というものぞ」

教壇に上がったのは、ちょび髭を生やした背の低い男だ。豪奢な衣服には、泡と波の校章、それから城の校章がある。

「今日は、銀城世界バランディアスが元首、不動王カルティナス・イルベナの講義ぞ。魔力も頭も浅い盆暗は、せいぜい身を小さくし、大人しく口を噤め。それが、この銀海の礼儀だ」

「それで、オットルルー、その辺りはどうなっている？」

「貴様！！！」

カルティナスは激昂し、真っ赤な顔で睨んできた。俺を指さし、奴は言った。

「元首だから対等と思うてくれるなよ。朕は深層に座す、第二一層世界を総べる不動王ぞ。パブロヘタラに来たばかりの貴様は、浅層世界の住人だろうが。第何層だ？　言うてみい」

「多少世界が沈んでいたところで、お前の軽い頭では空まで飛んでいってしまうだろうに」

ますます顔を赤くした奴は、しかしすぐに思い直したように笑みを見せた。

「ははあ。さては貴様、まだ自分の世界の階層すら知らぬな。哀れなものよ。オットルルー、もう調べはついているな？　教えてやれ」

すると、オットルルーは言った。

「ミリティア世界が有する火露の保有量は、今朝測量が完了しました」

　昨夜、来たばかりだというのに、ご苦労なことだな。

「しかし、検出不可能な数値のため判定を保留中です。暫定的には、ミリティア世界の火露保有量は第〇層世界同等。僅かながら、未進化の可能性が存在します」

　すると、これまであまりこちらに気を留(と)めていなかった各学院の生徒たちが一斉にざわつき始めた。

「……どういうことだ？」

「ありえん。さすがに検出できないほどの数値というのは……？」

「うむ……火露が少なすぎる……」

「だが、それで、どうやってここまできた？　未進化で銀海に出られるはずがない。単純に火露が少ないだけでは……？」

「第一層世界分も火露がなくて、どうやって進化したのか……？　普通ならそのまま滅び去るはずだが……」

　ざわめく声を塗り潰すように、わっはっはっはっは、と大きな笑い声が響いた。

「第〇層世界だとぉ？　ははは、わははははははっ!!」

　カルティナスが嘲笑するように顔を歪(ゆが)め、腹を抱えた。

「なんだ、それは？　パブロヘタラに長年身を置く朕とて聞いたことがないぞ。第〇層など、泡沫(ほうまつ)世界もいいところではないかっ!!　未進化の可能性があるなどと、お前を選んだ主神は、さぞ浅い神なのだろうな」

「アレができそこないなのは否定せぬが、選ばれた覚えはないな。つまらぬ秩序を押しつけてくるものでな。バラバラに分解し、便利な道具に変えてやった」

「選ばれた覚えがないぃ？　なにをわけのわからぬ言い訳を」

「常識に囚(とら)われているからそうなる。お前にわかりやすく言えば、俺は不適合者だ」

カルティナスは一瞬きょとんとした。そうして、また顔面を下劣に歪(ゆが)ませた。

「主神に選ばれていないどころか、あまつさえ不適合者と言われただと？　わっはっはっはっ！　のう、聞いたか、お前たち、こいつは傑作どころの話ではないぞ！」

大げさな身振りで、カルティナスは講堂にいる生徒たちに話しかける。

「不適合者の元首など前代未聞(ぜんだいみもん)っ！　長生きはしてみるものよっ‼　なあ、とんだできそこないの世界が、このパブロヘタラへやってきたものだ！！！」

各学院の生徒たちは、訝(いぶか)しげに俺に視線を向けている。まるで珍獣を見るかのようだ。

「不動王の言うことも一理ある。私の世界では不適合者など生まれたためしがなかった」

「確か秩序に刃向かう連中のことでしたか？　それなら我が主神が、何十人と滅ぼしたというのを耳にしたことがありますよ」

「逆に言えば、ミリティア世界の主神は、不適合者に従えられるほど弱いのでは？」

「僕の世界では、不適合者が多かったですが、全員この手で殺してやりましたよ。所詮、主神に選ばれる権利さえ持たない連中。適合者である我々には取る足らない存在です」

元首たちの口から、そんな言葉がこぼれた。

「わは、わはははは、どうだ？　段々と身の程がわかってきただろうて。のう？　お前のような不適合者など、ここにいる元首たちは何人も軽くひねり潰しておる。無論、この朕とてな」

俺を威圧するように、カルティナスはニヤリと笑い、魔力を発した。講堂の大気が震える。

「三秒待つ。ここに来て、平伏せよ。それが深層の元首に対する礼儀ぞ」

「ふむ。あまりこういうことは慣れていないのだが、銀海の礼儀ならば仕方あるまい」

俺はゆるりと立ち上がった。すると、カルティナスは溜飲を下げたように、下卑た笑みを浮かべる。

「ふん。最初からそうすればいいものを。不適合者如きが粋がりおって。これに懲りたら二度とうごごぉっ――!!」

軽く蹴り投げた靴が、見事に奴の口の中に突き刺さっていた。

「どうした？　早く下がれ、下郎。魔力も頭も浅い盆暗は、身を小さくして大人しく口を噤むのが礼儀なのだろう？」

奴の髪が、怒りをあらわにするかのように逆立った。

§23.【不可侵領海】

「なんと――」

ガリッと音が響く。

「なんと浅はかで――」

バリボリバリバリッ、とカルティナスが口に放り込まれた靴を噛み砕いた。破片の一部がバラバラと教壇に落ちる。

「なんと無礼極まりない元首だっ！　これだけのことをして、貴様と貴様の世界がどうなるか、わかっているであろうな？」

「カ――カッカッカッカッ‼」

憤怒する不動王を、エールドメードが笑い飛ばした。

「陳腐、陳套、凡俗だ。時代遅れのカビの権化か、オマエは。ん？　風化した化石以下の常套句など、生まれる前に一〇〇万回は聞いている。我らが元首は軽すぎて空に浮かんでいると言ったが、いやいや分不相応な深層に沈んだせいで、どうやら頭に酸素が回っていないぞ」

エールドメードの挑発で、ますます髪の毛を逆立て、カルティナスは鋭い牙を覗かせた。

こいつは魔族だな。ミリティア世界の魔族とは少々毛色が違うようだが。

「……臣下の躾もできんかっ！　頭を下げる機会をくれてやった朕の慈悲を、よもや仇で返すとは！　揃いも揃って、不遜で不届きな奴らよ。最早、後戻りはできぬぞ？」

「御託はそれだけかね」

火に油を注ぐように言い、熾死王がニヤリと口の端を吊り上げる。

「恐れ、戦き、歓喜に震えるがいい、不動王カルティナス」

大きく両手を広げ、奴は高らかに宣言した。

「オマエは、この銀水聖海で初めて、暴虐の魔王の蹂躙をその身をもって味わうのだっ‼」

ますます怒りをあらわにするかと思えば、しかし、不動王は怪訝な表情を浮かべた。

「…………魔王……？」

意味ありげに含み笑いをしながら、カルティナスは俺に視線を飛ばす。

「まさか、いやはや、まさかとは思うが、貴様、己の世界で魔王を名乗っているわけではあるまいな？」

「それがどうした？」

瞬間、カルティナスが盛大に噴き出した。

「わっはははははははーっ‼　泡沫世界の不適合者が、よりにもよって魔王を自称するとはっ！　無知が極まれば、こんなにも滑稽になるものか。恐いもの知らずとはこのことよなぁっ‼」

わは、わははは、わはははははははははっ、とカルティナスは腹を抱えて笑っている。

他の学院生たちも、声には出さないものの、失笑していたり、呆れている様子だ。

それにしても、長い。まだ笑っている。

「そのまま笑い死ぬつもりではないだろうな？」

「わはは、すまぬのう。貴様があまりにも滑稽なものでなぁ。いや、泡沫世界から出たばかりでは無理からぬことか。それにしても、ぷくくく……」

どうやら説明する気がないようだな。俺はオットルルーに視線を向けた。

「魔王というのは、この銀水聖海においては多くの畏敬を集める名です」

　事務的に彼女は説明を始めた。

「深層一二界を支配し、銀海史上初めて深淵魔法に到達した魔導の覇者、それが大魔王ジニア・シーヴァヘルド。魔王というのは、偉大なる大魔王ジニアの継承者候補たち六名を指します」

　それで門番やオットルルーが、魔王学院の名に反応を示したわけか。

「争いを好み、パブロヘタラに加盟していない深層世界も多くあります。しかし、そんな野蛮な元首たちでさえ、魔王の領海には入ろうとしません。この海には決して触れてはならない不可侵領海と呼ばれるものがいくつかありますが、その一つが魔王です」

　説明が終われば、カルティナスがニタニタしながら口を開いた。

「わかったか？　泡沫世界の不適合者如きが魔王などと名乗っておれば、大魔王が統べる深層一二界を敵に回すことになるぞ」

　さも得意気な様子で、奴は脅すようにねっとりとした視線を向けてくる。

「わははは、どうだ？　段々と恐ろしくなってきたのではないか？　無理もないだろうな。悪いことは言わん。銀海に来たからには改名しておけ。朕が貴様に相応しい名をつけてやろうか？　そうだな」

　わざとらしく腕を組んで考える素振りを見せ、奴は言った。

「間抜け王……というのはどうだ？　間抜け王アノス、わはははははっ、こいつは傑作だのうっ!!」

「お前の臣下はさぞ優秀なのだろうな」

意味を解せなかったか、カルティナスは訝しげな顔をした。

「一界を治める元首がこれでは、臣下の苦労が偲ばれるというものだ」

「……なにぃ？」

カチンときたように、奴は再び髪を逆立て、俺を睨む。

「つまらぬ理由で名を改めるのも億劫だ。魔王を名乗っていれば、大魔王ジニアとやらの使いが接触してくるのなら、都合もいい。深淵魔法とはどれほどのものか。是非とも、お目にかかりたいものだな」

笑い飛ばすように不動王は言う。

「ほーう、粋がりおるわい。その威勢がいつまでもつことやら？　貴様のような新入りを朕は何度も見てきたがの。最後には平伏して、涙ながらに許しを請うたものだ」

「ふむ。それは面白い。どうやったのだ？」

俺を睨めつけ、怒気を込めてカルティナスは言った。

「抜かしおるわ。学院間の紛争は銀水序列戦にて決着をつけるのがパブロヘタラの習わしだ。今更逃げるとは言うまいな？」

「よい。存分に挑め」

ふん、とカルティナスは鼻を鳴らした。

「オットルルー、裁定だ」

「パブロヘタラ学院条約第三条、学院間に発生した紛争は、これを銀水序列戦の結果において解決する。勝者の主張が認められ、敗者の弁は意味をなさない」

　裁定神オットルルーが事務的に言い、魔力を発する。

「《裁定契約(ジゼット)》」

　描かれた魔法陣には、ねじ穴が空いている。オットルルーはそこへ手にしたねじ巻きを突き刺し、ねじを巻いた。ねじ巻きが回転する毎(ごと)に術式が構築されていき、三度目で《裁定契約(ジゼット)》の魔法が完成した。

「両者の調印をもって、銀水序列戦の契約が成立します」

　オットルルーは俺の方を向いた。

「元首アノス。あなたはパブロヘタラのことも、銀水序列戦のことも満足に知りません。調印には一日の猶予があり――」

　言葉が止まる。裁定神の首をカルティナスがつかみ上げ、締めつけていた。

「でしゃばりすぎではないかの、オットルルー？　それ以上は裁定神の範疇(はんちゅう)ではあるまい」

「……パブロヘタラの秩序を説明したにすぎ――」

　喉を潰す勢いで、カルティナスが更に首を握り締めた。

「……う……ぁ……」

「余計なことを言うでない。喉を潰してしまうぞ？」

　瞬間、オットルルーが霧と化して消えた。

「あー？」

　空をつかんだカルティナスが、魔眼を光らせた。壇上の離れた場所に、オットルルーと彼女に《雨霊霧消(フスカ)》をかけたミサ。そして俺の姿が現れる。

「裁定人に手を出すとは。見下げた男だな、お前は」

「なにも知らんマヌケめ。まあ、よいわ。せいぜいパブロヘタラのことを知るがいい。その頃には怖じ気づき、朕と序列戦を戦う気などなくなって――」

カルティナスが目を見開く。俺が《裁定契約》に調印したのだ。

「貴様を軽く捻ってやるのに、知識などいるまい」

カルティナスは下卑た笑みを覗かせた。うまくいったと言わんばかりだ。

「後悔するがよいぞ」

そう言い捨て、奴も《裁定契約》に調印した。

「両者の調印を確認しました」

オットルルーが言う。

「パブロヘタラの裁定神オットルルーの名をもって、ここに魔王学院と虎城学院による銀水序列戦を決定します。日時は明日、パブロヘタラの始業より。場所は自由海域、第二バランディアス世界となります」

第二バランディアスということは、カルティナスの所有する小世界か。

「恨んでくれるなよ。無知な者から消え去るのが、この銀水聖海の掟。朕も二界を治める元首ならば、非情に徹せねばならん」

したり顔で奴は言う。

「講義を始めよ」

踵を返し、ミサとともに教壇から下りる。席へ戻る途中、各学院の生徒たちから声がこぼれた。

「……新入生にばかり銀水序列戦を仕掛けるとは、相変わらず恥を知らぬ男だ……」

「深層世界でありながら、序列を低く調整し、格下とばかり戦えるようにしているだけのことはある」

「そうは言っても、バランディアス城艦部隊の実力は侮れん。奴自身の力はともかく、あの二枚看板はな。残念ながら、泡沫世界の不適合者などとは格が違う」

「張り子の虎と呼ばれていても、カルティナスは狡猾だ。敵の情報も、パブロヘタラの情報もろくに知らぬ状況で、実よりも見栄をとったあの愚かな元首に、万に一つも勝ちの目はないだろう」

「奴があそこで頭を下げるほど慎重ならば、手を結んでやってもよかったのだがな。誇り高いのは評価するが、未知を恐れぬ無鉄砲ではどのみち生き残れん」

ひそひそと喋っているのは、元首たちか。不動王は、俺に限らず新入りばかりを狙っているようだな。

「着いた早々、大喧嘩だわ……」

席に戻ってきた俺に、サーシャが呆れたような表情を見せる。

隣でミーシャがぱちぱちと瞬きをした。

「深層世界って、わたしたちの世界よりよっぽど深淵にあるんでしょ。準備期間は一日だけ。どうするのよ?」

「なんだ、サーシャ。あそこで頭を下げる俺が見たかったか?」

「馬鹿言わないで」

ぴしゃりと彼女は言い切った。勝つ方法以外は、聞いていないとばかりに。シンもエールドメードもレイもエレオノールもアルカナもミーシャも。我が配下は誰一人とて、深層の世界を統べる不動王に臆してなどいない。

力の劣る他の生徒たちでさえ、武者震いをしている。

「わたしたちの世界と魔王さまを侮辱した罪、きっちり償わせてやるわ」

§24.【城剣の男】

銀水学院パブロヘタラでの初講義。壇上では不動王カルティナスが魔法文字を描いている。

球形黒板は、立体的な映像を作り出す。それは円形の講堂のどの角度からでも正しく見ることができるようだ。

「――であって、すなわち、これが銀城世界バランディアスにて使われている象形魔法文字ぞ。この文字は、象形の描き方によってそれ自体が魔力を持つ。優れた術者ならば一文字で城を建てるが、凡俗の術者では何千字描こうと犬小屋一つ建てられん」

カルティナスはいくつもの象形魔法文字を球形黒板に書き記す。鳥を模したような文字。水を模したような文字。城を模したような文字。象形というだけあり、文字よりも絵に近く、術者が込めた魔力以上の魔力が、その魔法文字に宿っている。俺はそれを魔眼で眺めていた。

「ふむ。魔力がどこからか流れてきているようだが？」

「バランディアスからです」

背後に立っていたオットルルーが言った。

「魔力は浅きから深きへ流れる。この第七エレネシアは、バランディアスよりも深層に位置する世界。よって、バランディアスの秩序が働きます。魔法律もこれに含まれます」

ミリティア世界は暫定第〇層。それより浅い世界はないため、その世界の秩序しか働かなかった。だが、世界が深層へ行けば行くほど、別世界の秩序や魔法律が混ざり合うというわけだ。一番下は、さぞ混沌としていることだろうな。

「深層世界の魔法は、それより浅い世界では使えない？」

ミーシャが小首をかしげて問う。

「秩序の類似率、また魔法の限定性によります。《契約》、《飛行》、《転移》などの魔法は、殆どの小世界において多少の差異はあれど共通して行使可能であり、その存在の確認がとれています。共通魔法と呼ばれます」

どの小世界にも、共通する魔法律があり、それを利用した魔法は問題なく使えるわけだ。

「深層世界の秩序においてのみ行使可能な深層魔法については、浅い世界では使えません。しかし、これも絶対ではないのです。遡航術式というものが存在します」

「深層世界の魔法律を逆方向の浅層世界へ流す、か」

「はい。遡航術式が組み込まれた深層魔法でしたら、浅層世界で行使が可能です」

概ね予想通りだな。これについては少々気になることもあるが――

「だが、遡航術式というのは簡単なものではないぞ、不適合者」

こちらの話を聞いていたか、教壇のカルティナスが口を挟んできた。

「遡航術式とは、すなわち魔力は浅きものから深きものへ流れるという秩序を反転させる。無論、小世界全体においては、そんな大それたことは不可能ぞ。よって、魔法行使という限定的な部分においてのみ、秩序の遡航現象が働くようにするわけであるが、主神に選ばれた元首であってもそう容易くできることではない。それは、この広き海、銀水聖海の流れを変えるに等しき、大魔法なのだ！」

球形黒板に、カルティナスが複雑な魔法術式を描いていく。

「《堅塞固塁不動城》。これが朕の世界の築城属性最上級魔法。世界が滅びても決して落ちぬ不動の城ぞ。無論、浅層世界でも使えるように遡航術式が組み込まれておる」

自慢するように不動王は言う。

「貴様ら泡沫世界の住人に、二一層世界である朕ら虎城学院を倒す勝機があるとすれば、ただ一つ、二二層以上の深層魔法を身につけ、遡航術式を使うことぞ」

「ほう。敵に塩を送るような度量があるとは思えぬが？」

ふん、とカルティナスは鼻を鳴らす。

「貴様はまだ正式に加盟していないため聞いておらぬだろうが、パブロヘタラの学院条約では、講義は誠実に行うように定められておる。でなければ、誰が好きこのんで、これから戦う相手にこちらの情報を曝すものぞ」

「それは難儀なことだな」

俺が言うと、ちょうど耳慣れぬ鐘の音が鳴った。

「朕の講義は以上だ。どのみち、貴様に遡航術式は使いこなせん。天才と呼ばれた術者とて、一から身につけるとなれば一月はかかるのが深層魔法だからのう。まして不適合者、はてさて、一生かかって辿り着くかどうか」

ニヤニヤと挑発するような笑みを俺に向け、不動王は講堂から去っていった。

「元首アノス、次の講義までしばらく時間があります。パブロヘタラをご案内します」

オットルルーが言う。彼女の後に続き、俺たちは講堂を後にした。

「――銀水序列戦とパブロヘタラへの正式加盟条件について説明します」

宮殿内を案内しながらも、裁定神はそう切り出した。

「銀水序列戦は自由海域にて行われる火露の争奪戦であり、模擬戦争です。パブロヘタラが回収した火露が両学院に渡され、これを奪い合います。相手のすべての火露を奪取するか、敵軍を戦闘不能、あるいは殲滅、元首及び主神が降伏を申告することで勝敗を決します。生死は問いません」

「んー、それって模擬戦争っていうか、殆ど戦争じゃなあい？」

エレオノールがのほほんとした表情で言う。

「いいえ。真の戦争は一つの銀泡が消滅の危機に曝されます。生かすべきは神ではなく、人ではなく、火露。それがパブロヘタラの理念につながります」

「主神を斬滅してもよろしいのですか？」

ぼそり、とシンが問う。

「問題ありません。銀水序列戦で主神が滅びた場合、その小世界では火露を維持できなくなり、銀海に溢れ出します。回収する権利は滅ぼした学院にあり、平たく言えば火露の所有権が移ります」

確かに《裁定契約》にもそう記載があったな。

「えーと、じゃ、主神をやっつけちゃったら、あっちの世界はぜんぶボクたちのものになるってことなんだ？」

「そうです。銀城世界バランディアスを第二ミリティアとするか、あるいは火露をすべてミリティア世界に取り込み深層を目指すか、勝者はどのような選択でも行うことが可能です」

「植民地にするか、火露を略奪するか以外には？」

俺の問いに、オットルルーが答える。

「火露の量に辻褄が合うことでしたら如何様にも。たとえば、半分の火露を主となる世界、第一ミリティアに取り込み、残りの火露を所有するバランディアスを第二ミリティアとすることも可能です。独力で難しければ、オットルルーが手助けをしましょう」

「小世界を植民地にしてメリットがあるのかね？」

エールドメードが問う。

「パブロヘタラにおいては、序列の向上に有利に働きます。また銀水序列戦では銀泡の所有数が多い方の自由海域が舞台となります。今回、第二バランディアスが舞台となったのは、その規定に則ってのことです」

つまり、所有する小世界の数が多ければ多いほど、自分の土俵で戦いやすくなるわけか。

「銀水学院とは関係なくとも、元首の方にとって銀泡を得ることは魅力的のようです。その点については、また講義で説明もあるでしょう」

単純に、自らの領土を増やしたいという輩もいるのだろうな。小世界自体を奪えば、ミリティア自体の階層は変わらぬが、別世界にミリティアの秩序が働く。

そして、火露の所有量が増えれば、世界は深化し、深層に近づく、か。とはいえ、主神を滅ぼせば総取りだ。余程のことがなければ、その前に白旗を上げるだろう。メインとなるのは火露の争奪戦に違いあるまい。

「こちらを」

オットルルーが魔法陣を描けば、俺たちの制服が光に包まれ、胸に泡と波の校章がつけられた。

「それはパブロヘタラの校章です。ただし、仮のものになります。校章を身につけている間のみ、パブロヘタラの生徒としての権限を有します」

「ふむ。これがなければ銀水序列戦にも出られぬわけか」

「はい。銀水序列戦において、登録する生徒の数だけ敵軍から校章を奪えば、パブロヘタラの学院同盟へ正式に加盟する権利を得られます」

なるほど。

「仮の校章を敵軍が奪えば、本物の校章と引き替えられます。生徒の数が増やせるため、銀水序列戦に有利です。敵軍はあなたたちの校章も狙ってくるでしょう。死守してください」

加盟を最優先に考えるならば、火露を囮にして校章を狙うのが得策なのだろうな。

「生徒の登録はまだ完了していません。人数を調整することが可能です。その場合は、仮の校章を返却してください」

少数精鋭で臨んだ方が集める校章も少なくて済む。しかし、ここまで連れてきたのだ。見ているだけでは授業にならぬ。

「このままで構わぬ」

「わかりました」

父さんと母さんにも校章が渡されたが、まあ、二つ余分に奪うくらいはどうとでもなろう。

「先程の話ですが」

歩きながら、オットルルーは言う。

「泡沫世界へ火露を戻さないのは、銀灯がないために外から中を見ることができないからです。泡沫世界は安定していないため、外から入ろうとすれば秩序に異変が生じ、結果進化の可能性が閉ざされる場合があります」

「入っただけで滅ぶと？」

「その場合もあります。なにより、戻した火露を泡沫世界はまた外へ出すことになるでしょう。それは穴の空いたバケツに水を汲むようなもの。非効率であり、逆に火露の消失を招くとされています」

もっともらしい話ではある。

「では、バケツの穴を塞げばいいわけだ」

「それができれば一考の余地はあるでしょう」

　建物から出ると、今度は庭園にやってきた。宮殿内に設けられたものだけあり、手入れが行き届いている。ちらほらとパブロヘタラの校章をつけた生徒たちの姿が見えた。皆、思い思いにくつろいでいる。授業に関係があるのか、魔剣や魔法具の手入れ、魔法陣の構築など、作業をしている者の姿もあった。

「アーツェノンの滅びの獅子についてなにか知っているか？」

「パブロヘタラの学院同盟が一界、災淵世界イーヴェゼイノの幻獣機関。彼らが擁する最高位の幻獣がアーツェノンの滅びの獅子と呼ばれています。イーヴェゼイノは長らく聖剣世界ハイフォリアと敵対関係にあり、パブロヘタラとも良好とは言い難くございました。しかし、最近になりパブロヘタラに加盟しました」

「最近というと？」

「一週間ほど前です。イーヴェゼイノは元々深層世界、銀水序列戦においても瞬く間に勝利を収め、聖上六学院の末席に名を連ねたのです」

　オットルルーの後ろについていきながら、俺は庭園を見渡す。

「聖上六学院とはなんだ？」

「パブロヘタラの序列六位までを指します。現在、序列一位は魔弾世界エレネシア。そのため、このパブロヘタラ宮殿はここ第七エレネシアに位置します。第二位が聖剣世界ハイフォリア。この二界に、長らく三位以下の小世界は追随できませんでしたが、イーヴェゼイノは序列こそまだ低いものの、それに匹敵する可能性を秘めています」

　ずいぶんと名だたる者たちが、ミリティア世界に来ていたようだな。

「それではハイフォリアの心境は穏やかなものではあるまい？」

「学院条約に則り、銀水序列戦での決着を望むなら、パブロヘタラは歓迎します」

学院同盟は異なる小世界が、利害の一致で条約を結んでいるにすぎぬ。特にこれまで敵対していたイーヴェゼイノが、大人しく軍門に下ったとは思えぬな。もっとも、それは俺たちとて同じことだが。

「聖上六学院と話す機会はあるのか？」

「浅層世界の住人から声をかけるのは礼を失します。聖上六学院の方々から、声がかかるのを待つのが習わしです。あるいは序列が一〇位以内にまで上がれば、その機会も与えられることでしょう」

「なら――」

ふと目の端に、積み上げられた立方体の石が映った。

一人の男が、岩を浮かせては、それを立方体に切断している。使っている道具は剣だが、少々特殊な作りだ。刃先がノコギリのようにギザギザなのだ。積み上げられていく石は、どれも寸分違わず同じサイズだった。それどころか、石が保有する魔力すら、ピタリと揃えられている。形を整えると同時に、必要な分だけ魔力を削ぎ落としているのだろうが、簡単なことではない。それを呼吸をするように淀みなく行い、次々と石材を作っていく。

建築物に使うものか。必要な仕事をしているのだろうが、そのノコギリのような剣を振るう男の姿は、どこか楽しげでもあった。

着ている制服は、群青色の羽織だ。肩についているのは、城の校章である。不動王カルティナスと同じく、銀城世界バランディアスの者だろう。輝く金の髪は、芸術的なポンパドールに仕上がっている。

「――城剣が珍しいですか？」

俺の視線に気がついたか、その男が作業を止め、ゆるりと振り返る。

「これは鋸と剣が一体となった魔剣の一種、銀城世界バランディアスで築城と戦に用いられ――」

俺の顔を見て、俺の魔力を見て、彼は言葉を失った。

長い、とても長い沈黙だった。

「…………陛下……」

ようやく、彼はそれだけを口にした。

二千年前、破壊の空に散った希代の創術家、ファリス・ノインがそこにいた。

見間違えるはずもない。

§25.【バランディアスの二枚看板】

「見覚えのある城が飛んでいると思えば、こんなところで会うとはな」

予感はあった。いかに銀海広しといえども、ゼリドヘヴヌスを創れる者が二人といるとは思えぬ。あれは船にあって船に非ず、城でありながら城ではない。創術家ファリスが、魂を込めた作品なのだ。

「記憶は定か？」

俺が問うと、彼は穏やかな表情でうなずいた。

「《転生》を使ってさえしまえば、外の海に流れ着こうと、その輝きが消えてしまうことはないのかもしれませんね」

《転生》は限定魔法、ミリティア世界以外では使えぬ。しかし、恐らくミリティア世界で発動さえしてしまえば、外の小世界に根源が流れついたとしても、その効力はあるのだ。ミリティア世界は第〇層、最も浅い世界のため、その秩序や魔法律はそれより下の小世界すべてに行き渡る。《転生》発動時は限定魔法だが、別の世界で生まれ変わる際には、微弱な魔法律があれば十分なのだろう。

「転生を信じぬ者ばかりで苦労しなかったか？」

「前世ではなく、過去のこととするくらいには」

泡沫世界だったため、ミリティア世界があると証明することも不可能だっただろう。《転生》による転生ができない世界で、前世を口にしても、与太話としか思われぬ。

「孤独な思い出にふけるのも、また美しきかな」

くはは、と思わず笑声がこぼれた。

「相変わらずだな」

「陛下もお変わりないようで」

そう口にして、彼はすぐに頭を振った。

「いえ。ますますお強くなられたようで」

「お前もな」

こうして向き合っているだけで、二千年前のあのときよりも更に強い魔力を秘めているのがわかる。深層世界に転生したのだ。なんの不思議もないだろう。

「ああ、そうだ。サーシャ」

気まずそうにミーシャの後ろに引っ込んでいた彼女を呼びつける。怖ず怖ずとサーシャは前へ出てきた。

「覚えているか？　お前のゼリドヘヴヌスを散々灼いてくれたじゃじゃ馬だ」

「ちょっ、ちょっと、その紹介の仕方ないでしょっ……！　わたしだって、好きで灼いたわけじゃっ……！」

抗議の声を上げて、サーシャが詰め寄ってくる。

「禍々しくも艶やかな太陽、滅びはいと恐ろしく、されどそこには儚い美がありました」

「え、えーと……そ、その節はどうも……灼いてごめんなさい……」

ファリスは笑い、晴れやかな表情を浮かべる。サーシャが俺のそばにひかえる意味がわかったのだ。

「陛下。大望は叶ったのですね」

「見に来るがよい。あの大戦が終わった後のディルヘイドを。なんなら、そのまま戻って来い。あんな元首のもとでは、お前も息苦しかろう」

一瞬、ファリスの顔が曇った。

「──その物言いは非礼ではないか」

鋭い声が飛んでくる。様子を窺っていたのか、ファリスと同じ制服の男がこちらへ歩いてきた。短髪で、がっしりとした体型の魔族だ。腰に一本の剣を下げている。城剣と言ったか。ファリスが手にしているものと同系統の剣だ。

「カルティナス様は、バランディアスの正式なる元首。銀水序列戦で相見えることになったとはいえ、恥知らずにもそしるのがミリティアの礼儀か？」

「ふむ。誰だ、お前は？」

「名乗らせてもらおう。姓はエパラ、名はザイモン。虎城学院筆頭にして、主神であらせられる王虎メイティレン様より、斬城不敵の役を賜っている」

学院筆頭、か。バランディアスでも一、二を争う実力者なのだろうな。

「ゼリドヘヴヌスに乗っていたなら知っているだろうが、因縁をつけてきたのはそちらの方だ」

「浅層世界の者が深層世界の元首に道を譲るのは常道。貴殿はそれを怠った」

咎めるように言うザイモンへ、俺は笑みを返してやる。

「そんな礼儀があると知っていれば、逆に弾き飛ばしてやったのだがな」

俺の言葉を聞き、ザイモンは顔をしかめる。

「不動王の駆られる飛空城艦ゼリドヘヴヌスは、最速にして堅守、難攻不落の銀城なり。浅層世界の列車などではびくともせん」

「いかにゼリドヘヴヌスが深き翼とて、阿呆を祭り上げる御輿になっているなら、つけいる隙はいくらでもある」

ザイモンは俺を殺気立った視線で睨めつけた。

「訂正なされよ。バランディアスへの非礼は許さん」

「己の主君に言ってやれ。臣下の務めであろう」

我慢がならぬとばかりにザイモンは踏み込み、素早く腰に下げた剣を抜き放つ。同時に俺の前へ出たシンが、魔法陣から魔剣を抜いた。

「ザイモン、それは美しくありません」

ファリスの声が響く。ノコギリのような刃を、流崩剣アルトコルアスタが受けとめていた。

「学院間に発生した紛争は、銀水序列戦で解決するものでしょう」

ファリスがオットルルーの方を向き、裁定神が見ていることを示す。

「剣を引いていただけませんか？　銀水聖海の慣習はどうあれ、こちらに人として非礼があったのは事実でしょう」

姿勢をそのままに、ザイモンはファリスを横目で見た。

「彼は、私がかつて放浪の旅に出ていたときに仕えた御方。どうか、お願いします」

ザイモンは目の前に立ちはだかるシンを一瞬見て、剣を引いた。

「たかだか泡沫世界、この場で斬り捨てたとて構うまいが……お前の頼みなら、仕方あるまい。バランディアスへの侮辱は、明日の銀水序列戦で償わせてやる」

ザイモンはシンを城剣で指す。

「お前。元首の側近か？　この斬城不敵と斬り結ぶというのならば、明日の銀水序列戦までに少しはマシな剣を用意してくるのだな」

そう口にして、ザイモンが城剣を鞘に納める。瞬間、バキンッと鈍い音が鳴り、シンの手にあった流崩剣アルトコルアスタの剣身が真っ二つに折れた。先の一合で、傷が入っていたのだろう。

「ファリスが止めなければ、元首の首が飛んでいたぞ」

踵を返し、ザイモンは背中を見せた。

「けじめは、つけておけ」

「わかっています」

ファリスは俺に視線を向ける。申し訳なさそうな表情で、しばらく彼はなにも言わずにいた。

「……寒村でくすぶっていた私の才能を見出してくれたのが、不動王カルティナス様です……」

ファリスはそう切り出した。

「主神であらせられる王虎メイティレン様には、バランディアスにおいて最も名誉ある役の一つ、銀城創手を賜りました。今では、このザイモンとともに虎城学院の二枚看板と言われるほどに」

二枚看板か。他学院の生徒たちが噂していたな。どこの世界に生まれようと、才気に溢れた男だ。

「申し訳ございません。私は、もうディルヘイドに戻ることはできません。不動王は確かに礼を失することが多く、お世辞にも美しくはありません。至らぬ王であることを、臣下としてお詫びします」

「おい、ファリス。お前はなぜいつもそう」

ザイモンが苦言を口にするが、構わずファリスは続けた。

「しかし、今の私は、バランディアスの城魔族。バランディアスで生まれ、バランディアスで育ちました。故郷での暮らしがあるのです。戦友は多く、このザイモンもその一人。同志も帰りを待っております。不動王は敵が多い御方、だからこそ臣下として私が戒めとならなければなりません」

確かに、あの男を野放しにしておいては、バランディアスがどうなるかわかったものではない。近くで手綱を握っておいた方がいいというのはわかる。

「聞いたか、泡沫世界の元首よ。我が戦友ファリスがかつて別の小世界を放浪していたのは聞き及んでいる。だが、元々はバランディアスの住人。かつての主君とて、こやつの人の好さにつけ込んでくれるな。今聞いての通り、貴殿よりもはっきりとカルティナス様を選んだのだ」

語気を強め、釘を刺すようにザイモンは言う。

「カルティナス様の方が貴殿よりも人望に優れているということだ。泡沫世界なんぞに行く道理はなにもない！」

虎城学院の筆頭にこうまで言わせるとは、ファリスはずいぶんとあちらで買われているようだな。

カルティナスにそれほど人望があるとは思えぬが、しかし、火露を手に入れるだけ世界が深化するならば、住人たちにも得るものがあるのやもしれぬ。敵にどれだけ嫌われようとも、身内にとってはよき元首ということもある。

「……申し訳ございません、陛下……」

「なにを謝る。お前がこの海で、お前の魂に従い、自由に生きているのならそれでよい。悪王のお守りとは難儀なことだがな」

俺の言葉を聞き、ファリスはただ無言で頭を下げた。そうして、静かに踵を返す。その背中に俺は問う。

「絵は描けたか？」

ファリスは足を止めた。

「約束した平和の絵だ」

彼は言った。

「……私は、筆を折りました……」

ゆっくりとファリスは、顔を振り向ける。

「絵は、なにも生みません。絵は、なにも救いません。私は創術家ではなく、バランディアスの銀城創手。魔筆を捨て、城剣に持ちかえ、城を築くのが、今の私の目標です」

「どんな城だ、それは？」

「強き城を。何事にも屈しない、強く、気高い城を私はあの世界に築きたい。たとえ、美しくはなくとも」

彼はまっすぐな視線を向けてくる。今までに見たこともない、戦士の顔で。

「驚かれるかもしれませんが、私にも野心というものがあったのです。それを、バランディアスが教えてくれました」

　柔らかい口調で、けれども、確かな意志を込めて、ファリスは言う。

「陛下。私は、陛下に仕えたあの日々を忘れたことはございません。偉大なる魔王陛下がお治めになったディルヘイド、あの国を目指し、微力ながらバランディアスをここまで導いて参りました。明日の銀水序列戦、どれだけあなたに近づくことができたのか、それをお見せすることが、唯一、大恩ある陛下に報いることと思っております」

「許す。存分に挑め」

　ファリスは丁寧に頭を下げる。

「……先刻は、まるで昔に戻ったかのようでした」

　そう言って、ファリスは再び石材に向かった。

　遠巻きに様子を窺っていたザイモンが、慌てて彼のそばへ寄っていく。

「なにをしている、ファリス？　城に戻るぞ」

「石材を処理しておこうと」

「そもそも、こんな雑用は他の者に任せておけばいい。わざわざ他学院の連中の見えるところでやっていては、バランディアスの沽券に関わる。お前は銀城創手なのだぞ」

　ザイモンはファリスの肩を叩き、行こうと促す。

「沽券の話なら、不動王に進言なさるとよいのでは？」

「……物怖じせん奴だな。大体、お前は格下に礼を尽くしすぎる。だから、舐められるのだ。それでは銀海では奪われるだけぞ」

「頼りになる仲間がいますので」

そう言われ、ザイモンは一瞬押し黙る。

「お前がその気にさえなれば、とうに俺から筆頭を奪っているだろうに」

「柄ではありませんよ、筆頭など」

「たった今、野心があると口にしただろう。確かに聞いたぞ」

「縁の下を支えるのも、また野心かと」

「まあ、いい。来い。明日は銀水序列戦だ」

そんな会話をしながら、二人は庭園を去っていく。

「……行かせてよかったの？」

サーシャが聞いてくる。

「心変わりは誰しもあるものだ。行きたいところへ行けばよい」

「アノス」

ミーシャが俺を呼ぶ。彼女は、先程までファリスが石材を作っていた場所に立っている。

「見て」

小さな手が地面を指さす。そこには、擦ったような跡が残っていた。

「なにか描いてあったように見える」

「ふむ。この小世界でどこまで戻せるかわからぬが」

地面に《時間操作（レバイド）》を使う。すると、擦られた跡が消えていき、そこに棒のようなもので描かれた線が現れた。

「……なにこれ？」

ミーシャの背中から、サーシャが地面を覗く。線が何本か走っているようにしか見えぬのだろう。擦って消した跡もまだ半分ほど残っている。

「これ以上は戻せぬが、恐らくはこうだ」

俺は手頃な木の枝を拾いあげ、線の続きを書き足した。完成したのは、葉を除いた樹枝である。抽象画だ。枝も幹も無数に分かれている。

「……あれ？　これって、ファシマの樹かしら……？」

「群生林ですね」

シンが言う。

「二千年前、彼はそればかりを描いていました」

俺は、しばし、その絵を見つめる。

「まあ、筆を折ったとはいえ、落書きぐらいはするだろうが――」

毒素を吸収し、浄化するファシマの群生林。その絵には、世界に蔓延る争いという毒を取り除き、清浄な時代の願いが込められていた。その絵を描かなくともよい時代が来ることを願い、彼は描き続けていたのだ。

それを今、なお描くか。ファシマの樹などどこにもない、このパブロヘタラの庭園で。

「――なぜ野心を持つようになったのかは、気になるところだ」

エールドメードに視線をやる。

「カカカ、こっちは任せて行ってきたまえ。面白そうな臭いがする」

「シン、ミサ。ともに来い」

「御意」

「あ、あたしもですかっ？　わかりましたっ……！」

オットルルーの案内は残りの者に任せ、俺とシン、ミサは、ファリスたちの後を追うことにした。

§26．【五枚の絵画】

ファリスとザイモンから十分に距離を取り、《幻影擬態（ライネル）》で透明化、《秘匿魔力（ナジラ）》で魔力を隠し、俺たちは二人の後ろを追った。

『……もう少し近づかなくて平気ですか？』

尾行中のため、《思念通信（リークス）》にてミサが問う。

『《幻影擬態（ライネル）》も《秘匿魔力（ナジラ）》も、ミリティア世界より働きが弱くてな。術式を調整しても、制限時間が生じる』

バルツァロンドの銀水船にはりついていたときに、《幻影擬態（ライネル）》と《秘匿魔力（ナジラ）》が自然と弱まったのはそのためだ。重ねがけが一番だが、そうすると魔法の持続時間がどんどん短くなっていくようだ。最終的には発動前に魔法が終わるだろう。

一旦魔法を切り、三秒の間隔を空け、再び魔法を使うのが現実的だ。あまり近づきすぎぬ方がよい。

『人も多くいます。この距離ならば、気配で察知するのは難しいでしょう。私よりも遙かに手練れでなければ、の話ですが』

シンが気配にて二人を捉えられる外側に俺たちはいる。ザイモンがシンより気配の察知に優れている可能性をふまえ、倍の距離の余裕を持たせた。

『お父さんより気配を察知できるって、そんなことってありますか？』

想像しがたいといった風に、ミサが言う。

『ここはミリティア世界ではありませんからね』

鋭い目つきでシンは言う。

『空気の重さも、足音の反響も、風の鋭さも違います。どうやら気配の感じ方も。残念ながら、深層世界で生きた年月が長い分、あちらに一日の長があると考えた方がいいでしょう』

シンは足を止める。それを見て、俺も立ち止まった。

『あのザイモンって人、お父さんより強いんですか？』

『一合で流崩剣を折ったのは、魔剣の差だけではありません。少なくとも、純粋な膂力や速さ、魔力といったものは、今の私では及ばないでしょう。この深い世界で、彼はどうやら強者のようです』

過酷な環境を生きる生物はその分強い。深層世界の者が、シンを上回る魔力を有しているのはむしろ自然な話だろう。

『……じゃ、やっぱり強いんですね……』

『ミサ。強いのは、最後まで立っていた方のことですよ』

娘の質問に、シンはそう答えた。

『行きましょう』

ザイモンとファリスがパブロヘタラ宮殿の外へ出ていく。それを見て、シンは再び歩き始めた。見慣れぬ建物が並ぶ往来を、行き交う人々にぶつからぬよう気をつけながら、俺たちは歩を進ませていく。

やがて、二人はある門の前で立ち止まった。その向こう側に庭園があり、奥には無骨な城が見える。街中だというのに物々しく、そこ一角だけが戦時中であるかのようだ。オットルルーの説明によれば、各学院の宿舎はパブロヘタラ宮殿内に設けられている。虎城学院は、あえて外にも城を建てたのだろう。

『止まれ。一度ここで《幻影擬態(ライネル)》と《秘匿魔力(ナジラ)》を切る』

物陰にて俺は魔法を切った。その瞬間、門をくぐろうとしたザイモンがはっと振り返った。

奴(やつ)は魔眼にて、じっと付近一帯の魔力を注視している。

「どうしました？」

ファリスが問う。

「……妙な魔力の乱れを感じた気がした……」

「それは美しくありませんね」

「気のせいだろうが、バランディアスには敵も多い。一応警戒しておけ。お前の魔眼(め)なら、なにか見えるかもしれない」

「ええ、そのように」

ファリスは鉄柵の門を開く。

「そういえば、シンはどうでしたか？」

「……どう、と言うと？」

「最初から力を量るきっかけを探していたのでしょう？　あそこで元首を斬ってもバランディアスに利がないことはあなたもわかっているはず」

は、とザイモンは笑った。

「お前の魔眼は誤魔化せんな」

言いながら、彼は門をくぐる。

「浅層の者にしては強い。まともにやれば、負ける気はせんが、切り札の一つや二つはありそうだ。立ち会うなら、慎重かつ確実に倒す」

「あなたらしい評価ですね」

「お前ならどう戦う？」

一瞬考え、ファリスは答えた。

「雲のように、風のように、波のように。彼の剣は自然なれば、目を奪われないように注意する他ありません」

「相変わらず、意味がわからん。それでどう戦うのだ？」

ザイモンとファリスは並び、城の中へ入っていった。

『……だ、大丈夫でしたね』

物陰で身を硬くしながら、ふう、とミサは息を吐く。《幻影擬態》と《秘匿魔力》を再び使って透明化すると、俺たちは門の前まで歩いていった。

城の様子をざっと見回す。

『ふむ。門の中から先は隅々まで監視の魔眼が行き届いているな。庭にいる蟻一匹の動向さえ把握できるだろう』

ずいぶんと厳重なことだ。それだけ、カルティナスには敵が多いということか。

『……どうしましょうか？　どこにでも魔眼があるんでしたら、魔法が切れた瞬間に見られちゃいますよね……』

『お前を連れてきた甲斐があったというわけだ』

一瞬首をかしげ、すぐにミサがはっと気がついたような顔になった。

『もしかして、精霊魔法……ですか？　えと、ジェンヌルの……』

『常に魔眼があるのなら、好都合だ』

彼女はこくりとうなずき、手を頭上に掲げる。ミサの身を暗黒が包み込んだかと思えば、細い指先がその闇を払った。いつもと違い、雷が走らぬのは、音を立てぬようにしているからだろう。檳榔子黒のドレスを纏い、背には六枚の精霊の羽が現れる。長く伸びた髪を優雅にかきあげ、彼女は《秘匿魔力》を使いながら全員に魔法陣を描いた。

『《悪戯神隠》』

俺たちの胸に、二枚の輝く羽根が現れ、ぴたりとくっついた。一枚は妖精の羽根、もう一枚は隠狼の羽根だ。

『ジェンヌルとティティの力を融合させましたわ。これでどんな狭い場所でも通ることができますの』

精霊魔法と精霊魔法の融合。《精霊達ノ軍勢(アルハ・アルフレム)》の簡易版といったところか。

『レノに似てきましたね』

『お父様。このようなときに言う言葉ではありませんわ』

そう言いながらも、ミサは嬉(うれ)しそうだ。

『魔眼だけで感知しているとは限らぬ。お前の《悪戯神隠(ティテジエーヌ)》と俺の隠蔽魔法を併用して進む』

偽(にせ)の魔王の力を持つミサだけでもそれは可能だが、役割を一つに絞った方が精度も上がる。

『行くぞ』

門へ向かって、俺は足を踏み出した。体は霧に変わり、門の鉄柵をすり抜けるように内側に入った。魔眼の視界に入った途端、ジェンヌルの力が発揮され、俺たちの存在は知覚できない神隠しの精霊と化す。

『……《悪戯神隠(ティテジエーヌ)》にも制限時間がありそうですわ……』

『あまり長居はせぬ方がよさそうだな』

庭園をまっすぐ進み、城の扉の前に立つ。シンに目配せすれば、彼はうなずいた。付近に気配は感じられぬということだ。

バランディアスの拠点だけあって、こちらの魔眼(め)は視界が悪い。手探りで進むしかあるまい。

扉の僅かな隙間を霧の体ですり抜け、中に入る。視界に入ってきたのは、広大なエントランスだ。奥には階段、それから別々の方向へ続く通路が見える。

『上だ』

『おわかりになりますの？』

『あいつは見晴らしの良い場所を好むものでな』

ファリスがどこへ向かったか、どのみち手がかりはない。虱潰しに捜すしかなければ、かつての趣向を頼りにした方がマシだろう。俺たちは階段を上り、慎重に最上階を目指した。しばらく進むと、足音が聞こえてきた。数人いる。

「城主を全員集めろ。明日、ミリティア世界の魔王学院と銀水序列戦が決まった」

「まだ字のない小世界ですか……なにか特徴は？」

「わからん。しかし、オットルルーが確認したところ、できそこないの小世界で、殆ど泡沫世界だとか。元首のアノスという男は、不適合者。恐らく、他の者も不適合者だと思われる」

階段を下りてきたのは、虎城学院の制服を纏った者たちだ。

「……泡沫世界で不適合者？　それはまたなんというか……ずいぶん雑魚のようで……」

「うんざりするほどにな」

「確実に倒せる敵のみと戦うのが定石……。とはいえ、銀水序列戦は戦とは違う。これでは、バランディアスの城主は皆腑抜け揃いと言われても否定はできん」

城魔族たちは、口々に不平を漏らす。

「いつ何時、外界から脅威が来るか知れん。今は領海に敵なしと不動王は、高をくくっているのではないか。むしろ、今の内に深層世界との銀水序列戦を増やす機会だろうに！」

「進言しても無駄ぞ。所詮、政略だけでのし上がった元首。重い腰を上げるはずもない」

「まさに不動王というわけか」

「おい。滅多なことを言うな。首が飛ぶぞ。一族郎党な」

「貴殿とて気持ちは同じであろう。機を待つのも限度というものがある」

「落ちつけと言っている！　あの日、我らが希望を託した翼は必ずバランディアスの空を飛ぶ。信じるのだ」

ふむ。どうやら不動王は、あまりよい王ではなさそうだな。上に立つ者は嫌われるのが宿命、俺とて暴虐と恐れられた。とはいえ、戦場で肩を並べる連中までこれでは長くあるまい。

「幽玄樹海を調査中の者はいかがなさいましょう？」

「なにか判明したか？」

「いえ。各学院ともに調査の手を伸ばしているようですが、まだ誰もつかめていない様子です」

「あの深き森が一瞬で消え去るなど尋常ではない。それも復元できないほどの損傷を負わせるとは……。長らく沈黙をたもっていたと思えば、二律僭主の奴、ずいぶんと派手に動いてきた。ねぐらの森をあえて丸裸にし、いったいなにを企んでいる……？」

「一つだけ気になることが」

「どうした？」

「聖剣世界ハイフォリア。狩猟義塾院だけは、幽玄樹海の荒れ地を観測している気配がありません。すでに、なにかつかんでいるのかも……」

「なるほど。先を越されるわけにはいかんな。二律僭主に比べれば、魔王学院の不適合者どもとの銀水序列戦など些事だ。引き続き、調査を続けさせろ。ただし、くれぐれも深追いするな。相手は、不可侵領海だということを肝に銘じろ」

「は！」

存在が消えている俺たちとすれ違い、虎城学院の者どもは去っていく。樹海はただ滅びただけだというに、ご苦労なことだ。

まあ、ロンクルスとの約束もある。なにかあったと思っているのなら都合がいいやもしれぬ。近い内に、二律僭主として一暴れする手もあるな。

『行くぞ』

再び階段を上っていき、五階にさしかかる。目の前に真っ白な扉があった。他の階とは少々雰囲気が違い、壁はすべて真っ白だ。

『……ここだけ毛色が違いますわ……』

『見ておくか』

ミサが霧の手を扉に伸ばそうとする。瞬間、二律剣が震えた。

『待て――』

彼女が振り向く。

『――神の魔力だ』

滅紫に染まった魔眼で、扉を睨む。部屋全体に、神族の魔力を感じる。ここまで近づかねば見通せぬほどだ。エクエスのものに近いな。

『ここを守っている神がいる。入れば気がつかれるやもしれぬ』

『《悪戯神隠(テイテジエーヌ)》を使っていてもだめそうですの？』

『敵の城だ。そう考えておいた方がよい』

『あら、それは困りましたわね。どのみち、行かなければなにもつかめませんわ』

するとシンが静かに天井を見上げた。

『ふむ。そうだな。部屋の中にさえ入らなければ、気がつくまでに時間も稼げよう』

『承知しましたわ』

ミサは地面をそっと蹴り、天井の僅かな隙間に霧化して入っていった。彼女の魔法に導かれるように、俺たちもその後へ続く。天井裏を霧となって漂いながら、進んでいき、また僅かな隙間を見つける。そこに、魔眼(め)を凝らした。

内部は白を基調とした部屋だ。壁には五つの絵画がかけられている。どれも城を描いたものだ。穏やかで、美しく、愛に溢(あふ)れている。まるで絵描きの魂が込められたかの如(ごと)く、強大な魔力がそこに封じられていた。

だが、それは神のものではない。絵画がある他にはなにもなく、神族の姿は見えなかった。

『絵が飾られているだけですの？』

『……そのようだな』

だが、神族はここにいる。恐らくは、バランディアスの主神だ。部屋に入れば、すぐにでも姿を現すだろう。あの絵画を守っているようにも見えるが、主神自らそこまでする価値があるのか？

と、そのとき、部屋の扉が開く音がする。足音が響いた。次第に近づいてくる。

入ってきたのは、ファリスだ。彼はまっすぐ五つの絵画が飾られた場所へ歩いていく。絵画付近の空間が歪み、そこに強大な魔力が集う。光とともに姿を現したのは、白金の体毛を持つ、一匹の巨大な虎だ。

その神眼が光り、ファリスを見据える。

「ご機嫌麗しく、バランディアスが主神、王虎メイティレン様」

「また絵を観におったか？」

「はい」

「好きものよなぁ」

王虎はそう言うと、くつろぐようにそこで丸くなった。慣れているのか、主神を気づかうことなく、ファリスは五枚の絵を見ている。

「そんなに絵が欲しければ、妾の誓約に応じればよい」

「柄ではありませんよ、元首など」

「なにを言う？　妾はバランディアスの意思、この神眼の選定に狂いはない。主の創造魔法は、銀城世界に愛されている。ファリス。主が元首になれば、バランディアスに揺るがすことのできぬ城が建つだろう。張り子の城などではない、真の不動城が」

王虎はファリスを褒め称えるように熱弁を振るう。

「機は熟しておりません。大きく強大な城を建てるには、揺るぎない基礎が必要でしょう。今のバランディアスにはそれがない。民を導く、強き光が」

「それが主じゃろう。元首ファリスの誕生により、バランディアスはますます栄える。主は好きなだけその絵を眺めればよい」

「器ではありませんよ。王とはおぞましくも美しい存在。清濁、矛盾を併せ呑み、それでも笑みを浮かべ、ひたすらに前へと進む人物。私はバランディアスに、王の器を持つ者が生まれる日を待っております」

ファリスの言葉に、しかし王虎は緩やかに首を動かすばかりだ。

「ないものねだりじゃのぉ。バランディアス誕生より、元首の首など幾度となくすげ替わったわ。しかし、主より相応しい者は見たことがない。ファリス。主は強く、美しい。バランディアスにそびえる銀城そのものじゃ。妾が求め、待ちに待った翼じゃ」

それを否定するように、ファリスはそっと瞳を閉じた。

「美しくなどありません。私は」

「……わからん奴よなぁ。妾の選定を拒否するなど聞いたこともないわ。そうでなければ、カルティナスなんぞに良いように使われずに済むものを。主さえその気なら、バランディアスも、とっくに聖上六学院に入っていただろうに。いっそ、妾があやつに言ってやろうか？」

ファリスは真顔で、主神を見返す。

「メイティレン様。わかっていると思いますが、くれぐれも不動王には」

「ああ、わかっておる、わかっておる。言ってみただけじゃ。あやつは嫉妬深いからの。主の首が飛びかねんわい」

メイティレンはその場で猫のように丸くなった。

ファリスは、再び視線を五枚の絵画に向けた。

「主はなにが気にいらんのじゃ？　なんでもやるというておろうに。あらゆる羨望が、あらゆる誉れが主のものとなる。絵も城も金銀財宝も、バランディアスのすべてが主のものじゃ。誰もが元首ファリスの美しさに見惚れ、そして笑みを浮かべるのじゃ。こんな素晴らしいことは他になかろうて？」

ファリスは答えず、ただ絵を見ている。

「まただんまりかの」

静寂が続いた。

メイティレンが諦め、目を閉じた頃、彼はそっと呟いた。

「美しくありませんね、それは」

§27.【遺作】

バンッと扉が開け放たれる音が鳴り響いた。

鼻息荒くやってきたのは、不動王カルティナスである。彼のすぐ後ろに、学院筆頭のザイモンもいた。

「聞いたぞ、ファリス。あの泡沫世界の元首めと親しかったそうだな？　以前、貴様が仕えていた者か」

ファリスは絵画から視線を外し、不動王を見た。

「それが、どうかしましたか？」

「決まっておろう」

ファリスのもとまで歩み寄り、カルティナスは言った。

「弱点だ。奴の弱点を洗いざらい話すがいいぞ」

小さく息を吐き、ファリスは瞳を閉じる。

「相手はパブロヘタラでは格下の浅層世界。ミリティアはバランディアスの手の内を知らないどころか、銀海に出たばかりと聞きました。銀水序列戦の舞台は、第二バランディアス。我らが城の中でしょう。ならば美しく、魔王学院の全力に、虎城学院の全力でもって応えるのが人道かと」

「馬鹿めが。何度も言っておろうが、これが戦ぞ。綺麗事など言っていては、食いものにされる。それがわからんから、主神は貴様を元首に選ばず、朕を選んだのであろう」

「パブロヘタラの理念は、この銀水聖海の凪。銀水序列戦は、平和的解決の手段でしょう。正々堂々力を競い合ってこそ、友好の美が生まれます。それは、いつの日か、バランディアスを守る盾とも剣ともなりましょう」

「建前もわからんか。凪？　くだらんっ！　そんなことを頭から信じてる奴らは、パブロヘタラにおらんわっ！　正々堂々もくそもない。どんな汚い手を使ってでも出し抜き、徹底的にバランディアスの力を知らしめる。そうして初めて、不動王たる朕の力が内外に轟き、我がバランディアスに平安の礎ができるのだっ!!」

上から押さえつけるようにカルティナスは言う。

「ときに力は必要でしょう。しかし、それは一つの手段。争いの種は人の心にこそ生まれるもの。人道なくして、平安はありません」

ふん、と不動王は鼻を鳴らす。

「すべての銀泡が我がバランディアスとなれば、それで終わりよ」

「仮にそうなったとしても、それは始まりにすぎないでしょう。醜く膨れあがった泡は、ふとしたきっかけでいとも容易く弾け散るもの」

「青いことを言うな。元首は朕ぞ。貴様は手足だろうが。ならば、考えなど持つな。頭の言うことを素直に聞き、従っておればよい」

ファリスは冷めた瞳でただカルティナスを見返した。

「嫌ならば、この城から即刻出ていけっ！」

目を剝きながら、大げさな身振りで不動王は出口を指さす。ファリスに対する怒りがありありと溢れ出ていた。

「カルティナス様」

後ろに控えていたザイモンが、静かに言う。

「ファリスは銀城創手。バランディアス最強の城ゼリドヘヴヌスを駆ることのできる唯一の男です。主命に従わぬからと処罰するのは容易いこと。しかし、不忠の臣下をそばにおくのも王の度量かと」

ファリスを擁護するように、ザイモンがそう申し出る。

「私が言い聞かせますので、ご一考を」

跪き、彼は頭を下げる。

「ふん。心配せんでも、こやつは出ていく勇気もない腰抜けよ」

ザイモンは疑問の表情を浮かべる。

「そうであろう、ファリス。貴様が出ていけば、朕はそこにある五つの城に手をつけるまで。どれもゼリドヘヴヌスに劣らぬ名城よ」

嫌らしい笑みを浮かべ、舌なめずりをするようにして、カルティナスは五つの絵画に視線を向けた。

「よいか？　勘違いしてくれるなよ。貴様がどうしてもこの城を戦に使うなと申すから、代わりにゼリドヘヴヌスを使ってやっているのだ。少々城造りが上手いからといって調子に乗るな」

「……約束は守ります」

「初めからそう言えばいいのだ、バカタレが。お前は朕の下。よいか？　くれぐれも弁えよ。朕の下だ」

「……わかっております。カルティナス様、あなたは私の主君であらせられる……」

わっはっはっはっは、とカルティナスは溜飲を下げるように笑った。

「それでいい、それでいいのだ。まったく貴様と来たら、腕は良いが頭は悪い。城を額縁に収める魔法まで開発しておいて、戦に使うなというのだからな。城は戦場にあってこそ価値のあるものだというのを、まるで理解しておらん」

ファリスを見下すように不動王は言った。

「城とは眺めるものではないぞ。守るべき主君がいてこその鎧だ。貴様はそれと同じく、朕という頭脳があってこそ、初めてその真価を発揮できる。到底、元首の器ではないわ」

奴がしきりにファリスの上に立とうとしているのは、銀城世界バランディアスではそれだけ彼の才能が脅威だからか？　真に自らが元首に相応しいと思っているなら、なにも言わず、堂々と構えていればよい。

「さあ、奴の弱点だ。話せ」

「かつての主君の内情を曝すは醜きことかな。その不忠はいずれ、不動王、あなたに返ってくることになるでしょう」

「馬鹿め。朕が謀反人など出すと思うてか？　貴様の力は朕の物。みすみす他人に渡すぐらいならば、その指粉々に砕き、二度と城剣など持てんようにしてやる」

カルティナスが、ファリスの胸ぐらをつかみ上げる。

「よいか？　朕を侮るなよ。頭を冷やして、よーく考えるがいいぞ。朕に逆らえば、あの五つの城を、次の戦で使ってもいいのだぞ？」

瞬間、ファリスが放った鋭い視線に、カルティナスは気圧された。

「……な、なんだ、その反抗的な目は？　よいのか？　使うぞ？　使ってしまうぞ？」

ファリスは無言で答えるしかない。五枚の絵をカルティナスに使わせるわけにはいかない。しかし、俺の弱点を話すこともできぬ。そんなものはないのだから、素直に口にすればいいものを。義理堅いことだ。

「不動王。ネズミを狩るのにそこまで全力を出さずともよいでしょう。ファリスが頑なのも、カルティナス様が擁するバランディアス城艦部隊ならば正々堂々戦い、難なく勝利できると信じてのこと。ここは一つ、ファリスに指揮を任せることで手を打ってはいかがでしょう？」

見かねて、ザイモンがそう折衝案を出した。ファリスが指揮をとるなら、自ずと弱点を突かざるを得ないといった考えだろう。

「かつての主君を自ら討つことで、カルティナス様への更なる忠誠を誓うことにもなりましょう」

ふん、と不動王はファリスを地面に突き飛ばし、踵を返した。

「ザイモンに感謝しろ」

言い捨てて、カルティナスは部屋から立ち去っていく。奴が見えなくなるまで、ザイモンは頭を下げたまま見送った。足音も完全に消え、ザイモンはため息を一つつく。そうして、床に座り込んでいるファリスに手を伸ばした。

「あまり意地を張ると今に死ぬぞ」

「あなたにはいつも迷惑をかけますね」

ザイモンの手を取り、ファリスは立ち上がった。

「この絵が、そんなに大事なものか？」

ザイモンは壁にかけられた五枚の絵に視線を向ける。

「ええ」

「わからん。俺にはただの城を収めた額縁にしか見えんな」

絵画の前で首を捻るザイモンを見て、ファリスは苦笑する。

「ただの城を収めた額縁ですよ」

呆れたようにザイモンはため息をつく。だが、すぐに真面目な顔になり、彼に言った。

「そろそろつき合いも長い。いい加減、話してくれてもいいだろう」

「……あなたは絵になど興味はないと思いましたが？」

「絵にはな。お前は別だ」

愚直な物言いで、ザイモンは言う。ファリスの視線を、彼はまっすぐ受けとめた。

「言いたくないなら、無理には聞かんが。これだけ戦場をともにし、まだ隠しごとをされているというのもな」

「……そうですね……あなたには、つまらない話だと思ったのですが」

ファリスは五枚の絵に視線を向けた。

「この五つの城は、私が創ったものではありません」

「……ゼリドヘヴヌスに匹敵する、これらの城をか？」

こくりとファリスはうなずく。

「私は元々、絵画や造形物などを創る創術家だったのですよ」

「創術家とは？」

「あなたにわかりやすく言えば、絵描きです。創るのは絵だけではないのですが、バランディアスでは芸術品は馴染みが薄いでしょう？」

ザイモンは訝しげな表情で相槌を打った。

「かつては作品を見てもらうため、各地を放浪していました。戦のための城、城剣や魔法具、鎧など、機能美を尊ぶバランディアスでは、私の絵は殆ど受け入れられませんでした。しかし、ある寒村で同志を見つけました」

絵を見つめながらも、ファリスは語る。

「彼らは皆、実用性ばかりを追求する物作りに飽きていました。もっと違う、もっと別の作品に飢えていたのです。私はそこでアトリエを構え、彼らとともに作品を創って暮らしました。同志たちの才能は目覚ましく、独創性に溢れていました。元々、城造りに長けたバランディアスの住人、みるみる創造魔法を学んでいき、多くの作品を生み出していったのです」

違う世界に生まれ変わっても、ファリスはまた志を同じくする仲間を見つけたのだ。ともに切磋琢磨し、楽しい日々を過ごしたのだろう。

「寒村にいたのは殆どが年老いた者で、そこには老師カルゼンという方がいらっしゃいました」

途端にザイモンの顔色が変わった。

「……老師カルゼン？　銀城老師カルゼン・エルミナクか？　先代の元首のもとで、城造りを行ったという？」

ファリスはうなずく。

「老師カルゼンと彼とともに城を作り続けた城大工たちは、アトリエで作品を作る内に気がついたのです。戦いのための道具ではなく、美しい城を創りたいと。私はゼリドヘヴヌスで培った魔法技術を教え、それから彼らの魂を削るような城造りが始まりました」

「高齢のため、もう城が創れなくなり隠居されたとは聞いていたが……」

ザイモンは戸惑い、疑問を隠せずにいた。美しい城の意味が理解できないと言わんばかりだ。

「どうしても胸の燻りが消えず、城造りから身を引いた、と老師はおっしゃいました。同じ思いを抱える城大工たちとともに、寒村でひっそりと余生を過ごしていらっしゃったのです。彼らは、城造りをやめたはいいものの、その胸の燻りがなんなのか、まだ知らないままでした」

丁寧にファリスは言葉を紡いでいく。その奥底には、作品を敬う彼の誠実な想いが込められている。

「ですから、きっと、巡り合わせだったのかもしれません」

バランディアスには、芸術作品を鑑賞する文化がないに等しいのだろう。二千年前のディルヘイドよりも、ずっと。ゆえに、銀城老師カルゼンや城大工たちは、自分が本当はなにをしたいのかもわからず、胸の燻りを抱え続けた。

けれども、彼らは出会ったのだ。希代の創術家と呼ばれた、ファリス・ノインと。彼もまた自らの作品の理解者を求めていた。

「まるで憑きものが落ちていくかのようでしたよ。これが創りたかったのだと。何千何万と城を作ってきたのは戦のためではなく、ただ純粋に城が好きだったのだと、彼らの心はそう叫んでいるかのようでした。そうして、長い年月をかけ、五つの城が完成しました」

五つの絵画に、ファリスは視線を向ける。その瞳は、どこまでも透明だった。

「それが、彼らの遺作です。満足したように皆笑って逝きました」

燻り続けていたのは、城という作品への愛に他ならぬ。それを知ったとき、彼らの人生において、城への愛はかつてないほどに燃え上がった。

「この五つの城は同志たちの作品です。美しいと鑑賞するための城です。決して、これを戦いに用いてはならないのです。私は城を額縁に収め、バランディアスが外界との戦を終え、平和が訪れるまで封印することを決めました」

ザイモンを振り返り、ファリスは言う。

「ですが、私が留守にしている間、寒村に虎城軍がやってきました。彼らは、五つの城を収めた額縁を奪っていったのです。私はそれを取り返そうと思ったのですが」

絵画に向かって、彼が手を伸ばす。すると、たちまち指先が焼かれ、その手を弾かれた。眠ったようにうずくまっている主神が一瞬ちらりと神眼を開けた。

「なにをしておる？　結界には気をつけい」

そう口にして、王虎メイティレンは再び神眼を閉じた。

「ご覧の通りです。主神に敵うはずもなく、私は不動王に懇願したのです。その五つの城よりも、優れた城を創る代わりに、その額縁からは出さないでいただきたい、と」

「それで銀城創手になったわけか？」

「ええ」

ファリスには、亡くなった老師たちの気持ちがわかったのだろう。彼らの魂が込められたその遺品を、決して戦いに使うことのないよう、自らの魂を差し出したのだ。

「あなたにはただの城かもしれませんが――」

「ならば、取り返そう」

ザイモンの言葉に、ファリスは耳を疑ったような顔をした。彼は王虎メイティレンを振り返ったが、しかし、主神は興味なさげに目を閉じている。

「心配いらん。我らが主神には話を通してある」

「……どういうことでしょうか？」

「カルティナスは敵を作りすぎる。バランディアスを深層世界に至らせた手腕こそ評価できるものの、そのやり方は腹心の城主たちが嫌悪するほどだ。これではバランディアスがもたん。なにより奴は、元首の器ではない」

驚いたようにファリスは、ザイモンの目を見つめる。

「あなたは、カルティナス様に忠誠を誓っているものとばかり」

「大義をなすためだ。どんな腹芸でもしよう。奴の言葉ではないが、綺麗事ではバランディアスは変わらん」

謀反を企てているということだろう。状況からして、先程すれ違った者たちも味方か？

「奴の機嫌を伺い、ようやくここまで上り詰めた。王虎メイティレン様も、より優秀な元首を選ぶことがバランディアスのためと、元首への謀反に目を瞑ってくださる」

「あなたが、代わりに元首になると？」

ザイモンは静かに首を振った。

「お前がやれ、ファリス。戦を好まぬお前は、真に戦うべきときを知っている。我らが銀城世界バランディアスの元首に相応しい」

思いもよらぬ台詞だったか、ファリスは目を丸くした。

「それでなにもかも丸く収まる。お前は絵を取り戻し、バランディアスはより相応しい元首を得る。主神は更に力を得るだろう。そして、俺や城主たちはようやくまともな主に仕えることができる。古巣のミリティアと和平を結ぶと言うのなら、それでも構わない」

ザイモンの申し出に、ファリスは答えあぐねたかのようだ。彼はすぐに言葉を発せなかった。

「……確かに失敗すれば、なにもかも終わりだ。不動王に知られれば、成功の目はない。だが、お前が一言、元首になるとさえ言ってくれれば、俺はこの命を懸けよう。俺だけではない。城主たちは皆、俺と同意見だ」

「ザイモン。私は──」

考えるように俯き、ファリスは再び顔を上げる。

「……私は、一介の創術家だったのです。それでも、この筆に、絵の具の代わりに血を塗りたくらなければ、同志の作品一つ守れぬと悟りました。私が過ごしたミリティアは内乱の絶えない場所でした。バランディアスでは外界との紛争が殆どですが、相手が何者であれ争いが悲惨なことには変わりありません」

パブロヘタラに属さぬ小世界とバランディアスは戦いを続けてきたのだろう。平和を夢見て転生したファリスは、しかし、再び戦火のもとに生まれたのだ。

「二千年前、ミリティアで大戦が激化する最中、私が絵を描き続けられたのは、それをひたすら守り続けてくれた仲間と、そして偉大な王がいたおかげです」

腰に下げた城剣を、彼は手にする。

「私は甘えていたのです。彼らと離れ、一人となったとき、私は初めて守る立場となりました。そして、ようやく気がついたのです。絵などどれだけ描いたところで、誰も救われはしない。

一枚の絵よりも、皆を守るべき城が、敵を倒すべき剣が必要なのだと。そう……」

彼は城剣の柄を強く握り締めた。

「元首など、とても器ではありませんよ。そんな簡単なことに、これだけ生きてようやく気がつくような男なのです。仲間が戦っている間に、絵を描き続けた愚かで甘えた創術家、それが私です」

罪を告白するかのように、ファリスは言う。

「いつか、必ずバランディアスに光は生まれます。真にバランディアスを導く光が。私はそれを待ち続けたい。命を懸けるのならば、ザイモン、どうかそのときまで待っていただけませんか？」

「光など生まれん。もう我らは十分に待ったのだ。そして、お前がやってきたのではないかっ！」

ザイモンはファリスの両肩を力強くつかんだ。そのまっすぐな視線が、ファリスを貫く。

「お前が我らを導く翼だ、ファリス。銀城創手としてお前は戦った。どんな過酷な戦場も、お前とゼリドヘヴヌスがいれば、恐れるものはなにもなかった。なによりお前は、自らの命を惜しむことなく、常に不動王に己の信念を貫いてきたではないか！」

熱く、真摯に、ザイモンは訴える。

「バランディアス城艦部隊、二四城主その配下の兵に至るまで、お前を認めぬ者など一人もいない！」

ザイモンはその場に跪き、両手をついた。

「頼む、ファリス、この通りだ。戦ってくれ。機会は作る。必ず、我らの覚悟を見せる。お前こそが戦の申し子、戦場を自由に飛ぶバランディアスの翼だ。何人たりとも、お前の行く道を妨げることはさせん」

彼は床に頭をこすりつける勢いで、ファリスに平伏した。

§28.【王虎の申し出】

長い沈黙が続いた。

ザイモンはその場で平伏を続けている。咄嗟（とっさ）のことで言葉に迷っていたファリスは、しばらくして平静さを取り戻したように口を開いた。

「……顔を上げてください、ザイモン。戦友にそのようなことをさせるのは忍びありません」

僅かにザイモンは顔を上げた。

「では、ファリス――」

ザイモンが言いかけたそのとき、階段を上る足音と話し声が聞こえた。

警戒したように、二人は眼光を鋭くする。全員が全員、ザイモン側というわけでもないだろう。謀反（むほん）を企てていることが知られれば、そこで終わりだ。

「参りましょう。作戦会議が始まる時分です」

ファリスが手を伸ばす。

「…………ああ……」

ザイモンはファリスの手を取り、身を起こす。そのまま、二人は去っていき、静かに扉が閉められた。

大凡の事情はわかった。ファリスのことも、バランディアスのことも。ザイモンの謀反が成功するにせよ失敗するにせよ、元首の首がすげ替えられるのは時間の問題と言えよう。

『……絵画を取り戻してあげればよろしいのではなくて？』

ミサが問う。

『それで簡単に解決することなら、ファリスも俺に事情を打ち明けただろう。バランディアスのため、光を待つと口にした言葉に嘘はあるまい。絵はきっかけにすぎぬ。取り戻したところで、心変わりをするとは思えぬ』

彼は変わらず、絵を愛している。にもかかわらず、自ら筆を折ったのだ。その痛みがわかるとは言わぬ。絵を描かぬ俺に、理解できるような浅い慟哭ではないだろう。

『あいつは戦場の真っ直中で、絵を描き出すほどでな。こうと決めれば、そうそう譲らぬ』

そのファリスが、平和の絵を描く約束を違えたのだからな。

『……でしたら、なにか考えがありますの――』

「そこな三人、おりてこい」

王虎メイティレンの声が、天井裏にまで大きく響き渡った。ふむ。さすがは主神というだけのことはある。とっくに気がつかれていたか。

『やってしまいますの？』

『斬りますか？』

ミサとシンが同時に言った。頼もしいことだ。

『話を聞いた後でも遅くはあるまい』

天井の隙間から、俺たちは室内へ舞い降りる。王虎メイティレンの神眼が、ぎょろりと俺へ向けられた。

「ミリティア世界の元首じゃな？」

「用件を言え」

大きな神眼が、僅かに嗤ったような気がした。

「ようわかったのう」

「始末するつもりなら、人がいなくなるのを待つ必要はない」

「話が早いわい。不適合者という話だったが、カルティナスより余程察しが良い。ファリスが仕えていただけのことはある」

王虎メイティレンはその身を起こし、巨大な頭部を俺に近づけた。そうして、言ったのだ。

「主にバランディアスの元首、不動王カルティナスを滅ぼしてもらいたい」

「ほう」

王虎の視線が、深淵を覗くように俺を貫いた。まるで底を見せていないこの主神が、相当な力を持っているのは確かだ。誕生の経緯はエクエスとは少々異なるが、深層世界の主神だ。まさかアレより劣っているといったことはあるまい。

「自分でやらぬ理由はなんだ？」

「銀水聖海に来たばかりといったな。この銀海のことをまるで知らんようじゃの。主神は自らが選んだ元首をその手で滅ぼすことはできん。その禁を破れば、小世界は滅び去り、妾は司る世界を失った名無しの神となり果てる」

　ここで嘘は言うまい。オットルルーに確認すれば、すぐわかることだ。

「主はパブロヘタラに正式に加盟したいのであろう？　次の銀水序列戦、勝ちは譲ってやろう。火露も校章も好きなだけ持っていくがよいわ」

「それと引き換えに不動王を滅ぼせと？」

「左様。バランディアスを早く育むために手段を選ばんあやつを元首に選んだが、もう十分にその役目は果たした。礎はできたのだ。あとは、その上に立つ美しき城が必要じゃ。妾のバランディアスが盤石となるための、真の元首がのう」

　メイティレンは不敵な笑みを浮かべる。

「ファリス、あやつはよい。城を創るその両手、深淵を見据えるその双眸、なによりも美しい。バランディアスたる妾に、相応しい元首となるじゃろう」

「なぜ最初に選ばなかった？」

「バランディアスの歴史は長い。カルティナスももう十何代目になるか？　近海にはパブロヘタラに属さぬ敵も多く、元首の空位を長く作ればたちまちつけ込まれる」

　お飾りの元首とて、必要ということか。それは理解できぬこともないが。

「元首が滅びれば、妾は再び元首を選ぶことができる。じゃが、あやつは首を縦に振らん。そうでなければ、今頃バランディアスは聖上六学院に名を連ねていたものを」

口惜しそうにメイティレンは言う。

「聞いていたと思うがの。ファリスの才能に嫉妬したカルティナスは、あやつが大事にしておったこの五つの城を人質に取った。ますますファリスは元首に成り代わることができず、カルティナスにいいように使われるハメになったのじゃ」

不動王自身も、ファリスの方が元首に相応しいとわかっているのだ。それでもなお、世界の元首の座を譲るつもりはないだろう。欲深いことだ。

「ようやく機会が回ってきたのじゃ。ザイモンはカルティナスを滅ぼす機会を探っているが、あやつは用心深くての。恐らく、同じ船に乗るファリスにしか、その機会は巡ってこぬだろう。じゃが、ファリスは優しい。謀反の話に乗るかはわからん。乗ったとしてもカルティナスを殺せず、失敗に終わるかもしれん」

「謀反を防ぎ、不動王が安堵しているところをお前の手引きで俺にやらせるというわけか」

ケタケタとメイティレンが笑う。

「察しがいいわい。あやつらには知らせん。本気で失敗したと思ってもらわねば、カルティナスの油断を引き出せんからのう」

それで二人がいなくなるのを待ち、俺に声をかけたか。

「見事、ファリスが元首になった暁にはミリティアと懇意にしてやってもよいぞ。主も心おきなく、あやつと再会を喜べるじゃろう。かつての配下が、今度は元首同士として肩を並べるのだ。悪い取引ではあるまい？」

足元を見るようにメイティレンは言う。俺を泡沫世界の住人と侮っているからこそだろう。

この取引を呑まざるを得ない元首が現れるのを、奴は虎視眈々と待っていたのだ。ファリスがかつて仕えていた俺ならば、うってつけというわけか。

「いらぬ駆け引きなど無用じゃ。返事は決まっておろう」

「そうだな」

にたり、とメイティレンは笑う。

「断る」

「…………な…………」

まさかといった風に、メイティレンは俺に唖然とした視線を向けた。

「……いいじゃろう。交渉の上手い奴よなぁ。まあ、それぐらいでなくては頼りにはならん。他になにが望みじゃ。言うてみい」

ゆるりと指先を伸ばし、奴の背後にかけられた絵画をさす。

「元をただせば、それをお前が守っているから、ファリスはカルティナスの命令を聞かざるを得なかったのではないか？」

一瞬の間の後、メイティレンは言った。

「常に見張るように言われておる。妾の結界が消えれば、たちまちカルティナスに知られるじゃろう」

「カルティナスに知られぬよう、ザイモンに謀反を企てさせるお前だ。そうと知られず、その絵をファリスに返す機会はあったはずだ」

「……回りくどい奴じゃ。なにが言いたい？」

「お前はその絵をファリスに返したくはなかったのだ。そうすれば、あの男は二度とお前の前に姿を現さぬやもしれぬ。バランディアスから出ていく可能性もあろう。それを恐れた」

メイティレンは押し黙り、その神眼で俺をじっと睨んでいる。

「お前はどうしてもファリスを手に入れたかった」

「……それは否定せん。主神がより優れた元首を求めるのは摂理であり、秩序じゃ。じゃが――」

「ゆえにお前はファリスを手に入れるため一計を案じた」

奴は否定も肯定もしない。ただ威嚇するように、全身から魔力を立ち上らせた。

「嫉妬したカルティナスが絵を人質に取った？　嫉妬させたのは誰だ？　その絵の存在を教えたのは？」

猛然と睨みつけてくるメイティレンへ、俺は不敵な笑みを返してやる。

「ファリスの才能に、カルティナスが気がつき、その村へ兵を向けたのよ」

「アトリエで野心もなく作品を創っていたファリスに、あの人を見る魔眼のない愚王がか？」

一瞬、奴は押し黙った。

「大方お前がいらぬことを吹き込んだのだろう。ファリスに元首のお仕着せを着せるために、彼の自由を奪い、彼の絵を奪い、彼の魂を奪った」

ゆるりと奴を指さし、俺は言う。

「お前は我が世界にいた、できそこないの主神そっくりだ。人の想いなどおかまいなしに、俺たちから奪うことしか考えぬ。その腐った頭蓋にあるのは、秩序という名の私利私欲のみだ」

ニタァ、とメイティレンが醜悪な笑みを覗かせる。

「主も、妾の世界にいた愚か者共と変わらぬようじゃのう。確かに、不適合者じゃ。妾は奪ったことなど一度もない。この身は銀城世界バランディアスの意思、我が世界にあるものは余さずすべて妾のものじゃ。大地も空も、無数の城も、命さえものう」

存外に素直に白状するものだな。証拠はなかったが、不適合者に挑発されたのが癇に障ったか？　まあ、奴の立場からすれば、代わりはいくらでもいる。話に乗る元首が来るまで待てばよい、とでも考えているのだろう。

『ここで始末はせん。よく覚えておけ、不適合者』

メイティレンの前足が銀色に輝く。なにをされた気配もない。だが、王虎の権能なのか、その瞬間、俺たちの体がふわりと持ち上げられていた。《悪戯神隠》によって霧に変わっている体は、そのまま天井の隙間をすり抜け、城の外へ投げ出される。空が見えた。

『ファリスはバランディアスのものじゃ。主には決して渡さん。決してのう』

「土足で踏み入ってはならぬ領域があるものだ」

遠ざかる奴の城へ、俺は《思念通信》を飛ばした。

「お前はそこへ足を踏み入れた。残された最後の一日、せいぜい叶わぬ野望の皮算用でもして過ごすがよい。足らぬ頭で巡らせた愚計諸共、お前の野望を粉砕してやる」

§29.【銀水序列戦】

翌日――

煙突から煙を吐き出し、黒穹を走る魔王列車からは、全貌が把握できないほど巨大な城が見えていた。

より正確に言えば、それは城ではない。岩や石、硬い土の塊だ。城の形をした岩石の小世界。それが銀水序列戦の舞台、第二バランディアスだった。

魔王列車はゆっくりと降下を続け、門にあたる部分から第二バランディアスの内部へ入った。やがて見えてきたのは、広大な地下空間だった。ミリティア世界で言えば、地底と似ている。なにかしらの秩序が働いているのか、光源はあるが薄暗い。木々や湖、草花など、緑は少なく、岩と石だらけの世界だ。

ひどく殺風景で、なるほど芸術文化に乏しいというのもうなずける。その堅い大地には、外敵に備えるが如く、多くの城砦都市が構築されていた。

『元首アノス。魔王学院はこちらへ』

オットルルーの《思念通信》とともに、大地から俺たちを誘導するような光が発せられた。エールドメードの指示のもと、魔王列車はそこへ向かって高度を下げていき、大地に車輪をついた。

「少々お待ち下さい」

地面に描かれた巨大な魔法陣の上に、オットルルーが立っている。彼女は大きなねじ巻きを、その魔法陣のねじ穴に差し込み、両手で回した。

「《銀海鯨(ギジラ)》」

ねじが三回巻かれる。すると、扉が開くように、魔法陣の一部が開き、そこから銀水が溢(あふ)れた。魔法陣いっぱいに銀の湖ができると、水面にぬっと巨大なクジラの口が現れた。体表は青く、初めて見る種類だ。

「ふむ。なんだこれは？」

魔王列車の窓から顔を出し、オットルルーへ俺は問う。

「銀海クジラと呼ばれています。銀海を泳ぐ数少ない魔法生物です」

クジラの体勢が傾いていき、ざぶんっと銀水に沈み込む。背中の穴から潮を吹くように青々とした蛍のような光が噴出された。火露である。

「こちらが銀水序列戦用の火露です」

すべての火露を吐き出すと、銀海クジラは湖から勢いよく飛び出し、第二バランディアスの空を漂うように泳ぎ始めた。オットルルーがまたねじを巻けば、銀水は穴に吸い込まれるように消えていき、最後には魔法陣も消えた。

「火露は自由な方法で管理していただいてけっこうです。ただし、船の中にあるものだけを、その陣営が保有する火露とみなします。また船外に出された火露は三分で銀海クジラが回収します。一緒に食べられないように気をつけてください」

彼女は事務的に説明する。

「貨物室に入れろ」

俺が言うと、砲塔室にいるファンユニオンの少女たちが言った。

「歯車砲照準っ！」

「照準よしっ！」

歯車がセットされた砲塔が火露の光へ向けられる。

「《吸収引力歯車》発射！」

鎖つきの歯車が砲塔から発射された。それは引力を放ち、磁石のように火露の光をピタッとくっつける。

「回収、回収ぅっ！」

鎖が引かれれば《吸収引力歯車》は砲塔に戻っていき、くっついていた火露の光が貨物室へ格納された。ファンユニオンの少女たちは、次々と《吸収引力歯車》を放ち、そこにあった火露をすべて回収していく。第一、第二、第三貨物室のすべてが火露の光で満たされる。

「攻性魔力を確認。魔法砲弾と推定」

ミーシャが言った瞬間、ダァンッと砲撃音が鳴り響いた。次々と魔王列車の周囲に砲弾が撃ち込まれ、地面が派手に爆発する。

「……きゃあぁぁっ……!!」

「っんだよっ！　まだ始まってないんじゃないのかっ……!?」

「汚い真似すんじゃねえっ!!」

地面が激しく揺れ、生徒たちが抗議の声を上げた。

『わはははははははははは！』

カルティナスの笑い声がこの場に響き渡る。《思念通信(リークス)》だ。

「上空から、飛空城艦接近。数二五」

空に魔眼(め)を向ければ、ゼリドヘヴヌスを中心として、合計二五の飛空城艦がこちらへ飛んでくるのが見えた。

『ただの挨拶で、ずいぶんと騒ぎおるのう。当たりもせん砲撃など空砲と同じじゃ。なにをそんなにビビッておる？　腰抜けどもめが』

挑発するようにカルティナスが言う。虎城学院の飛空城艦は、上空に布陣を敷くようにそこで静止した。

『ま、その戦力では無理もないがの。そんなみすぼらしい船一隻で、我がバランディアス城艦部隊とやり合うつもりとは、哀れすぎて涙が出てくるわい』

「ほう。節穴とはいえ涙ぐらいは流せるものだな」

滑らかだった奴(やつ)の口が、ぴたりと止まった。怒りに震えている姿が目に浮かぶようだ。

『もう一度言うてみい』

「節穴なのはお前の魔眼(め)だけではない。王虎メイティレンもそうだ。お前たちは、誰を敵に回したのかまるでわかっておらぬ」

《遠隔透視(リムネト)》を送り、カルティナスに俺の姿を見せてやる。

「バランディアスの城艦部隊など、この魔王列車一両で十分だ。御託はいいから、とっととかかってくるがよい」

玉座に座り、頬杖をつきながら、俺は言った。

「全艦まとめて、叩き落としてやる」

『大口を叩きおって。身の程知らずが！』

俺の目の前の魔法水晶に、奴が送ってきた《遠隔透視》が映し出される。怒髪天を衝くと言わんばかりに、奴は髪を逆立てていた。

『大人しくしておれば、手加減してやろうと思ったが、どうやらその必要はないようだなっ！その貧相な船を、我が城でぶっ潰してやるわい。オットルルーッ！合図を出せっ！』

オットルルーは第二バランディアスの空に舞い上がり、双方へ《思念通信》を飛ばした。

「只今より、ミリティア世界、魔王学院と銀城世界バランディアス、虎城学院による銀水序列戦を開始します。舞台となる第二バランディアスの損傷は、これを不問とします。パブロヘタラの理念に従い、銀海の秩序に従うならば、我らは深き底へと到達せん」

上空に魔法陣が描かれ、そこにオットルルーはねじ巻きを差し込む。両手でねじを巻くと、そこから紺碧の水が溢れ出した。波打つ水は薄いカーテンのように広大な範囲を覆っていく。流れ弾を防ぐための結界だろう。ある程度の火力であれば、波の結界に阻まれ、第二バランディアスを傷つけることはない。

「缶焚き、火夫、全力で石炭をぶち込みたまえ。進路は敵飛空部隊のど真ん中、全速前進」

「りょ、了解っ！」

「全速前進！」

エールドメードの指示のもと、機関室は進路を定め、車輪を高速で回した。

「いきなりど真ん中に突っ込むって、いくらなんでもハチの巣じゃないっ？」

砲塔室からサーシャが言う。

「カカカ、ありえん、ありえん、ありえんぞっ。泡沫(ほうまつ)世界の不適合者どもと侮(あなど)っているあの俗物が、いきなり集中砲火で戦いを終わらせると思うかね？　じわじわといたぶり、真綿で首を絞めるように殺そうとするに決まっている」

「それは、そうかもしれないけど……」

魔王列車は上昇し、布陣を敷く城艦部隊へ向かっていく。

「魔王の魔法。全力の結界で守りたまえ。オレたちを侮(あなど)っている奴(やつ)らの布陣に風穴を空け、目を覚ましてやろうではないか」

「了解だぞっ！」

魔王列車はみるみる加速し、城艦部隊に迫っていく。

「魔王聖歌隊。射程に入り次第、目の前の城を撃て。ただし、列車任せの豆鉄砲だ」

「「了解っ！」」

エレンたちの声が響く。

「第一砲塔から第九砲塔まで照準」

「全砲塔照準よしっ！」

「いっくよぉぉっ！」

飛空城艦を射程に捉え、砲塔が魔法陣を描く。

「「《断裂欠損歯車(アビス)》ッッッ!!」」

魔王列車の砲塔から、無数の欠けた歯車が発射される。それは、目の前の飛空城艦に直撃するも、いとも容易く外壁に弾かれた。

『わーははははっ、なんだその豆鉄砲はっ！　城壁を展開するまでもないわっ！　本当の大砲というものを教えてやろう』

『不動王、魔法通信がつながったままですが？　秘匿通信に切り替えましょう』

ザイモンの声が響く。通信がつながっているため、こちらにまで筒抜けだ。

『構わん構わん。聞かせているのじゃ。手の内を曝して勝つ。これが強者の余裕というものよ』

『……わかりました。昨日のお話では、ファリスに指揮を取らせるということでしたが？』

『ああ、気が変わったわい。こんな豆鉄砲しか撃てん連中の弱点などつく必要もないわ。朕が戦というものをあの盆暗どもに見せてやろうぞ』

『窮鼠猫を噛むという言葉が。油断は禁物かと』

『貴様は蟻を踏み潰すのに、わざわざ城剣を抜くのか？』

『……では、せめてカムラヒ四隻とゼリドヘヴヌスを下がらせましょう。こちらの戦力が上とはいえ、万が一、火露を奪われれば敗北です』

『貴様も慎重な男よのぉ、ザイモン。まあ、いいわい。ゼリドヘヴヌス、カムラヒ四隻は後退じゃ。エテン二〇隻微速前進、奴らを堂々と迎え撃て』

飛空城艦五隻が後ろへ後退していく。ザイモンとカルティナスの通信から察するに、あの中のどれかに火露が積載されているのだろう。

『エテン四番艦、砲門開け。本物の大砲というものを見せてやるわい』

前列の飛空城艦が砲門を開く。構わず、魔王列車は直進した。

『撃てぃっ！！！』

けたたましい音とともに、魔法砲撃が放たれた。次々と着弾する砲弾が、火花を散らせ、激しく燃え上がる。あっという間に車体は爆炎に包まれた。

『撃ち方やめぃっ！　わはは、どうだ？　まだ飛んでいられ――』

カルティナスが言葉を失う。爆炎を斬り裂くように、煙状の結界を纏った魔王列車が一直線に突っ込んできたのだ。コウノトリの羽根が無数に舞っていた。《根源降誕母胎》。それにより魔力を際限なく上昇させたエレオノールが、魔王列車の機構を利用し、秩序と魔法の結界を張っていた。

『て、敵機健在っ！　無傷ですっ!!』

『城壁展開間に合いませんっ！』

『回避ーっ！』

さすがに判断が早い。最前列のエテン四番艦は突っ込んできた魔王列車より強力な結界を張るのが間に合わないと悟るや否や、すぐさま上昇した。

しかし――

『て、敵機進路変更っ！　接触しますっ！』

『読まれていただとっ!?　馬鹿な、あの程度の結界では、あちらもただでは済まんぞっ！』

魔王列車はまっすぐ飛空城艦エテン四番艦の城門へと突き進む。

「カーカッカッ!!　さあ、さあさあさあっ！　度肝を抜いてやりたまえ」

「《聖域白煙結界(テオボロス・イジエリア)》」

煙突から噴射された白煙が、車体にまとわりつくように結界と化す。かつて《運命の歯車》であった魔王列車ベルテクスフェンブレムの秩序結界に、《根源降誕母胎(エンネスオーネ・エレオノール)》の魔力が加えられ、滅びの魔法さえも遮断する防壁と化した。

即席で張られたあちらの魔法障壁をいとも容易(たやす)く弾(はじ)き飛(と)ばし、暴走する列車の如(ごと)く城へ突っ込んでいく。めき、と先頭車両が飛空城艦の門にめり込む。次の瞬間、ドゴオオォォォォとけたたましい音を立てて、魔王列車は飛空城艦の門を突破し、そのまま壁という壁を貫き、一直線に外まで貫通した。

コウノトリの羽根が無数に舞う。結界室でエレオノールが人差し指を立て、笑顔を見せた。

「魔王の結界で、ぶち抜いちゃうぞっ」

§30.【聖剣の息吹(いぶき)】

ど真ん中に風穴を空けられたエテン四番艦は、浮力を失い墜落していく。

『……ぬ、ぬぅぅ……！　な、なんという体たらくだっ……!?　泡沫(ほうまつ)世界の船なんぞに、朕の城を落とさせるとはっ……！　城壁はどうしたっ!?』

臣下を叱責するカルティナスの怒声が飛ぶ。

『は。し、しかし、防衛陣形ではなかったため、あのタイミングでは間に合いようが――』

『それをどうにかするのが城主の役目ぞっ!!　役立たずが!!』

魔王列車は《聖域白煙結界(テオボロス・イジエリア)》を纏(まと)いながら、そのまま正面にいる飛空城艦へ突っ込んでいく。

『――《堅牢結界城壁(バディレイヒア)》』

巨大な魔法陣が描かれ、エテンの前方に城壁型の魔法障壁が構築された。ジジジジッと《堅牢結界城壁(バディレイヒア)》と《聖域白煙結界(テオボロス・イジエリア)》が衝突し、魔力の火花を激しく散らす。

『ようしっ！　六番艦、よくやったわいっ！　そのまま捻(ひね)り潰してやれいっ！』

エテン六番艦の両翼が魔力を発する。だが、馬力では魔王列車が勝っていた。

『なにをやっておる？　泡沫(ほうまつ)世界の船に押し負けるつもりかっ！』

『……不動王。恐らくこれは、ミリティア世界の主神の権能かと。あるいはこの列車そのものが奴(やつ)らの主神なのでは？　魔王学院は主神の力に自らの魔力を足して戦っているものと』

『なにぃ……？』

『であれば、いかに浅層世界とはいえ、エテン一隻で押し切るのは、得策ではない』

奴(やつ)らの口振りからして、深層世界の住人なら誰でも、浅い世界の主神を簡単に倒せるというわけではなさそうだな。小世界の中でも主神は別格扱い。むしろ、飛空城艦一隻で主神の突進を受けとめられるのは、深層世界の住人の為(な)せる技といったところか。

『――ふん。そういうカラクリか』

突撃していく魔王列車は、しかし、その《堅牢結界城壁(バディレイヒア)》を破ることができない。エテン六番艦は力負けしながらも、巧みに魔王列車の速度を殺していった。

『一隻落とした程度で、調子に乗って突っ込んできおって。わかってしまえば、後は料理するだけよ。包囲の陣を敷け。バランディアス城艦部隊の砲撃戦を奴(やつ)らに拝ませてやれいっ！』

『『『承知！』』』

　魔王列車を受けとめるエテン一隻を残し、残り一八隻が速度を上げる。奴(やつ)らは魔王列車の逃げ場を塞ぐように布陣を展開し、一定の距離を保ちながらも包囲網を作った。

「《剛弾爆火大砲(ヴェイロボズム)》準備じゃ」

　飛空城艦の砲門が次々と開き、エテン六番艦を射線上から外し、魔王列車に照準が向けられる。

「ハチの巣にしろ」

　飛空城艦の砲門という砲門から魔弾が雨あられの如(ごと)く降り注ぐ。威力は先程の砲撃の比ではない。それは一発ごとに、確実に《聖域白煙結界(テオボロス・イジエリア)》を削り、魔王列車から防壁を奪っていく。

　魔王列車の車輪が勢いよく回転するが、しかし、目の前の城壁は緩やかに後退するのみだ。

「《聖域白煙結界(テオボロス・イジエリア)》第一層、第二層全損。結界維持限界点まで、一分と予測」

　魔眼室からミーシャの報告が上がる。《聖域白煙結界(テオボロス・イジエリア)》は一三層。《運命の歯車》と《根源降誕母胎(エンネス・オーネ・エレオノール)》の力を合わせたその魔法結界は、かつて戦った歯車の集合神エクエスよりも頑強だ。《獄炎殲滅砲(ジオ・グレイズ)》では千発撃とうと穴一つ空かぬが、さすがに深層魔法はわけが違う。

「カカカ、動きを止められては撃たれ放題ではないか。進路を塞いでいるあの城壁をどうにかしなければ、魔王列車は穴だらけになってしまうが、どうするかね？」

「それじゃ、斬ってくるよ」

こともなげにレイが言った。彼がいるのは射出室である。

「簡単に言うが、勇者。あの《堅牢結界城壁(バディレイヒア)》はどうやら深層魔法だ。少なく見積もって、エクエス程度には頑丈そうだぞ？」

「たぶん、それ以上じゃないかな？」

レイは静かに霊神人剣を見つめる。壊れた柄は、ミーシャが創造した新しい柄に変えられていた。

「斬れると言うのかね？」

愉快そうに、エールドメードが唇を吊(つ)り上(あ)げる。

「エヴァンスマナがそう言っている。たぶん、この剣もアノスと同じだ」

「《聖域白煙結界(テオボロス・イジエリア)》第五層まで破損。砲撃は激化。防壁全損まで残り二〇秒」

ミーシャからの報告が上がった。

「レイ・グランズドリィを射出したまえ」

「了解っ！　射出室開きますっ！」

射出室の扉が開き、レイは霊神人剣を構えた。

「レイ君射出っ！」

勢いよく射出室からレイを乗せた大型歯車が射出される。それは弧を描き、目の前にある飛空城艦へ突撃していく。

「気をつけるんだぞっ」

エレオノールの言葉とともに、白い煙がレイの体を包み込む。《同調結界(リアート)》だ。《聖域白煙(テオボロス・イジ)

結界（エリア）》と同調することで、結界をすり抜けることができる。

「エヴァンスマナ。君の力が伝わってくる……。見せてくれるかい？　深層（ここ）での君の姿を――」

　霊神人剣から発せられた神々（こうごう）しい光が、一瞬この小世界を太陽の如（ごと）く照らした。これまで抑えていた真の力を、解放するように――

『敵飛行兵接近！』

『数は？』

『一名です！　武装は、聖剣と思われますっ』

『一名？　馬鹿めが。泡沫（ほうまつ）世界の剣で、《堅牢結界城壁（バディレイヒア）》がどうにかできるとで――』

　嘲笑（あざわら）うような言葉と同時に、魔法城壁ごとエテン六番艦が真っ二つに割れていた。

『……ば…………馬、鹿な…………』

　驚愕（きょうがく）に染まったカルティナスの声が響く。

『……あれは……あの聖剣は……ま、さ、か……』

『魔力波長を照合しますっ！』

　警戒するように、付近のエテン数隻はレイから距離を取る。包囲網が歪（ゆが）み、そこに僅かな穴が空いた。その道を魔王列車は勢いよく突き進み、バランディアス城艦部隊の包囲網を抜けていく。真っ二つになり墜落した飛空城艦が地上で派手に爆発した。

『照合確認っ！　間違いありませんっ！　聖剣世界ハイフォリアの象徴、霊神人剣エヴァンスマナですっ……!!』

『……エヴァンスマナ……。なぜ、そんな大それたものを、泡沫世界の住人なんぞが……』

《思念通信》から、不動王の驚きの声が漏れる。奴が思考しているその僅かな間に、魔王列車は砲塔を近くの飛空城艦へ向けていた。九つの歯車が回転し、木造の車輪が回り始める。

「砲撃準備よーしっ！」

「「《古木斬轢車輪》ッッッ！！！」」

古びた車輪が九つ、弧を描きながら、飛空城艦の魔法城壁に衝突する。ギギギ、ガガガガッと車輪が食い込み、《堅牢結界城壁》を削る。

それは牽制だ。足が止まった飛空城艦へ、レイが《飛行》で接近していく。

「ふっ……!!」

一閃。霊神人剣は、いとも容易く巨大な城を斜めに斬り落とした。

「カカカカ、素晴らしいではないかっ！　真の力を発揮すれば、ミリティア世界がもたない。さすがは魔王を滅ぼす聖剣だ。暴虐の魔王と同じで、あの聖剣も浅層では本来の斬れ味を発揮できなかったかっ！」

被弾を避け、結界を張り直す時間を稼ぎながらも、エールドメードが褒め称える。

わは、と声が聞こえた。

『……わは……わはは……わははははは……向いてきた。あぁ、ようやく朕にも運が向いてきたわ……！　ハイフォリアの霊神人剣、あれを手に入れれば……』

『え、エヴァンスマナの剣士、エテン九番艦に接近しますっ……!!』

『そう浮き足立つでないわ。いかに霊神人剣、アーツェノンの滅びの獅子（しし）さえ斬り裂く聖剣といえども、使い手は聖王でも、五聖爵でもない。それどころか泡沫（ほうまつ）世界の雑魚（ざこ）ではないか。のう？』

エテン九番艦に接近し、レイが霊神人剣を振り下ろす。だが、その魔力は先程よりも更に増し、ミーシャが創った柄に亀裂が入る。莫大（ばくだい）な力をレイは御しきることができず、それた斬撃は城壁の一部を斬り裂いて、地面を割った。

『どうじゃ、見たか？　思った通り、持て余しておる。あちらの船と分断してしまえば、仕留めるのは容易（たやす）いわい。奴（やつ）を倒し、エヴァンスマナを奪え。くれぐれも、先に火露を奪い尽くしてしまわんようにな』

上機嫌に、カルティナスは言う。

『──ふむ。それはいいが、カルティナス。《思念通信（リークス）》からお前の作戦が筒抜けなのを忘れているわけではあるまいな？』

『ふん。聞かせているのだと言っただろう。不適合者が。貴様の強気の理由もようやくわかったわい。ハイフォリアの霊神人剣があるからと粋がっておったのだろうが、聖剣は使い手が優れていてこそだというのを教えてやろう』

飛空城艦の砲門が一斉に開く。そこに魔法陣が描かれた。

『《剛弾爆火大砲（ヴェイロボズム）》、撃てぃっ!!』

弾幕を張るように、魔法砲弾が降り注ぐ。十分に距離を取っていた魔王列車は空を走りながら、それを避けていく。しかし、如何（いかん）せん数が多すぎる。二割は被弾を余儀なくされ、張り直した《聖域白煙結界》が削られる。

「……ちょっと……結界より先にボクがもたないかも……」

エレオノールが言った。《剛弾爆火大砲》の弾幕の薄い箇所へと魔王列車は走り抜けるが、レイとの距離がみるみる離れる。エールドメードは最善手を打ち続け、魔王列車の被弾を最も少なくなるようにしているが、あちらは船の数が一〇倍以上だ。

バランディアス城艦部隊はボードゲームのように自軍の駒を進め、魔王列車とレイの分断を余儀なくしていた。

「レイ君が孤立しちゃったよぉっ……！」

「援護射撃しなきゃっ！」

ファンユニオンの声が響く。砲塔から《古木斬轢車輪》が発射されたが、しかし、目標とは別の飛空城艦が割り込んできて、それを城壁で防いだ。

『ふん。助けが必要なのは、その貧相な船の方だわい。エヴァンスマナの援護がなければ、捻り潰すのは容易いからのう』

「さて。そう容易くはないぞ」

先頭車両の上に立ちながら、俺は言う。周囲には一〇隻の飛空城艦が見える。どこを飛び抜けようと、この包囲網は崩せぬだろう。

「エレオノール」

「了解だぞっ！」

俺が飛び上がると同時に、この身に《同調結界》がかけられ、魔王列車を覆う白煙の結界をすり抜ける。

『馬鹿め。船を囮にすれば、抜けられると思うてか』

俺の動きに瞬時に反応した一隻の船が、進行方向に魔法城壁を張り巡らせた。直後、二隻の飛空城艦エテンが、魔法城壁を展開しながら、俺の左右から猛突進を仕掛けてくる。

止まる気配はまるでない。圧し潰す気だ。ドッゴオォォォォォォォォとけたたましい音を立てながら、二隻の船が衝突した。

『わっはっはっはっはっは——っ！ 思い知ったか、身の程知らずの元首めが。ろくな城も持たずに、朕の城艦部隊に敵うはずもないだろうが』

「ほう」

俺の声に、カルティナスは一瞬言葉を失う。

『な、なにをしているっ？ 七番艦、八番艦っ！ 出力全開だっ!! さっさと圧し潰し、声も出んようにぺしゃんこにしてやれっ!!』

『そ、それが……!!』

『出力は全開のはずなのですが、これ以上前に進まず……』

『いや、それどころか、これは……？』

城壁二つに指を食い込ませ、ぐっと左右に押し放す。黒き粒子が俺の体に螺旋を描いた。

『ばっ、馬鹿なっ……！ こ、こんな……』

『……生……身で……押し返された……だと!? こちらは飛空城艦だぞっ!!』

『故障っ!? いや、奴の魔法かっ!? 動力部を至急点検しろっ。呪いの類かもしれんっ！』

『飛空城艦、全状態を点検完了。正常ですっ！　たっ、単純に力負けしていますっっ!!』

『馬鹿なぁぁぁっ!!　生身の魔族に力負けなどするかっ……!?　浅層世界の不適合者だぞっ!!』

混乱が極まったように、城魔族どもの声が響く。

「ろくな城も持たずに、と言ったな、不動王。確かにその通りだ。つい、さっきまではな」

《飛行》を使い、俺はゆるりと体を回転させていく。それと同時に、つかんだ二つの城が、静かに回り始めた。

『しゅ、出力全開っ！　全速後退っ！　奴を振りほどけっ！』

『や、やっていますっ！　しかし、びくともしませんっ！』

『……なんだ、これは……ま、さ、か……飛空城艦が振り回されて……』

俺を中心に回転する二つの城はみるみる勢いを増していき、さながら巨大な羽根車と化した。

二つの城を持ち上げ、竜巻の如く回転しながら、俺は上方を塞ぐ飛空城艦エテンに突っ込んだ。ダッガッガッガガガガァアアアンッと爆音が何度も鳴り響き、城壁と城壁、城と城が叩きつけられ、両者が互いにボロボロになっていく。

『ばっ……ぐ、ぐあああああああああああああああぁぁぁぁぁっ！！！』

容易く一隻のエテンを破壊すると、俺はそのまま次の城へ突っ込んでいく。

『ほ、砲撃だぁあっ！　う、撃ちまくれっ!!』

『だ、だめですっ！　この状況では、誤射の可能性がっ……!!』

『こっ、こっちに来ます……!!』

『さ、三隻で押さえ込めぇぇっ!!』

『ば、馬鹿なっ、一瞬で巻き込まれただとぉぉ、ぎゃ、ぎゃあぁぁぁっ……!!』

『な、なんだこれは…………!! なんなんだこれはぁぁっ……!? 城が、我らの城同士が、叩きつけられて……!!』

『う・あ・あ・あ・あ・あ・あああああああああああああああああぁぁぁぁっっ！！！』

阿鼻叫喚がこだまする。

戦場では、敵に呑まれた者から死ぬ。城魔族らは深層世界の住人、これが来るとわかっていれば、対処することはできただろう。しかし、奴らは想像力を欠いた。俺が二つの城を羽根車のように回して突っ込んでくることを考えられなかったがゆえに、浮き足立ち、対応が後手に回る。その僅かな判断の遅れが命取りだ。

「カカカ、カーカッカ、カ――――カッカカッカカッ！！！」

包囲する飛空城艦を、回転する城にて悉く呑み込んでいく俺を見ながら、エールドメードは機関室にて高らかに笑った。奴らは最早、魔王列車やレイに構う余裕すらない。

「恐れ、戦け、バランディアスの住人ども。そして、恐怖を仰ぎ見よ」

勝利を謳うように、その声は第二バランディアスの空に響き渡った。

『こっ、こっちに向かってきますっ……！』

『こ、後退だっ、全速後退ーっ……!! 一度、体勢を立て直すっ！』

『だめです、速すぎ――――』

ドッゴオオオオオオオオオオオオオオォォォッと轟音が耳を劈く。

僅か数十秒の出来事だった。バラバラと瓦礫を落とし、粉々に砕かれた破片を砂埃のように舞い散らせながら、飛空城艦エテン一四隻が、墜落していく。

「深層世界なにするものぞ。これが魔王、アノス・ヴォルディゴードだ」

§31. 【銀城世界の真価】

次々と飛空城艦が地表に激突する音が、多重に重なり響き渡った。こちらを遠巻きに見ていたゼリドヘヴヌス、飛空城艦カムラヒ四隻から、城魔族たちの声が聞こえてくる。

『……エテン一四隻……修復不能……ぜ、全滅しました……』

『信じられん……バランディアスが誇る城艦部隊が、たった一人の男に……総崩れにされるなど……』

『……あやつはいったい何者だ……？　元首とはいえ、浅層世界のレベルをゆうに超えているぞ……？』

『エテン二隻を軽々と振り回すあの力、そこらの主神など歯が立たないのではないか』

『暴虐の魔王……アノス……ヴォルディゴード……』

『……魔王を名乗っているのは、本当に偶然なのか……？』

『確か、姿を消した魔王がいたはずだったな……あるいは……』

夥しい数の魔眼が、俺の深淵を覗こうと視線を飛ばしてくる。瞬間、カルティナスの怒声が響いた。

『この、馬鹿どもめがっ！　怖じ気づくのも大概にせいっ！　呑まれるな。呑まれれば、敵が必要以上に強くみえるものだわいっ‼　泡沫世界の不適合者にすぎぬあやつが魔王だとっ⁉　深層世界に君臨する不可侵領海が、なぜ泡沫世界で不適合者なんぞをやらねばならんのだっ⁉　常識で物事を考えるがいいわっ！』

『常識？』

カムラヒ二番艦の城主は憤りを隠すことなく反論した。

『お言葉だが、不動王、常識が今なんの役に立つ？　たった今、その目でご覧になったばかりであろうっ！　これまで相手にしてきた浅層世界の元首とは、魔力の桁が違いすぎる！　エテン一四隻を生身で落とす常識がどこにあるのだっ⁉』

『魔王か否かなど今は些末なこと。我々が言いたいのは、伊達に魔王を名乗っているわけではなかった、ということだ。少なくとも、それだけの自負があるということ』

『ハイフォリアの霊神人剣を持っているのも偶然ではないのでは？　我々は考え違いをしていたのかもしれん』

三番艦、四番艦の城主もそう具申した。

『浅層世界の不適合者だと侮っていた。しかし、不適合者が元首を務める小世界など類を見ない。ミリティア世界の主神が弱かったのではなく、その逆、あの不適合者らが強すぎたのだとしたら……？』

『これまでにない未知なる発展を遂げた小世界。少なくとも、バランディアスと同格のつもりで臨まねば、足をすくわれるかもしれん』

『たわけたことを抜かすでないわっ!!　奴は魔王の意味すら知らぬ阿呆ぞっ!!　泡沫世界の元首が、朕と同格だとっ!?　貴様はバランディアスの城主でありながら、元首たる朕を見くびる気かっ!?』

『……な、なにを……？　今、そんな話をしては……!?』

『よいか？　朕を誰だと思っている？　不動王カルティナス。いずれは、この銀水聖海のすべてを手中に収める男ぞ！　泡沫世界の元首が、多少予想より強かったとして、臆するような男ではないのだっ！　それを肝に銘じよっ!!』

臣下を威圧するように、カルティナスは怒声を発す。

『さあ行けいっ！　二番、三番、四番艦っ！　ゼリドヘヴヌスに勝るとも劣らぬ名城、飛空城艦カムラヒの力を見せてやれいっ!!』

不動王から命令が下される。だが、飛空城艦カムラヒは、俺を警戒するように魔眼を向けたまま、動こうとはしなかった。

『……どうした？　早く行けいっ!?　エテンを落とした程度で粋がっている、あやつの鼻を明かしてやれっ！』

二度の命令にも、やはりカムラヒは動かない。

『不動王。敵はただの泡沫世界の元首ではない。これだけの城艦を失った今、なんの策もなく、力押しで勝てる相手ではないかと。見誤ったのならば、それを認めねば。奴は強い。それは少なくとも事実なのだ』

カムラヒ二番艦の城主が、毅然とした口調でカルティナスに進言した。

『ははあ。さては貴様、臆病風に吹かれおったな？　飛空城艦カムラヒの城主ともあろう者が、とんだ腰抜けだわいっ！』

『……な……！　この期に及んであなたという御方は……』

言葉の節々から城主の失望が、ありありと伝わってくる。それさえ、カルティナスにはわかっていないのだろう。

『我らバランディアス城艦部隊は、対艦戦においては決して負けはせんっ！　しかし、それも象徴たる銀城ゼリドヘヴヌスがあってこそっ！　本来の主が指揮をとっていたならば、エテン一七隻もむざむざ落城することはなかったっ！』

『……貴様……』

不動王の憤慨した声が響く。

『元首たる朕にその物言い、どうなるかわかっていような？　もうよい。臆病な城主などバランディアスの恥ぞっ。即刻、城を下りるがいいわっ！』

『では、我らも下ろさせてもらおう！』

三番艦の城主が言った。

『……なんだと？』

『カルティナス様。あなたの我が儘には、ほとほと呆れ果てた。我らもバランディアスのためと思えばこそ、今日まで口を噤み、この身を城として君主を守るように耐え忍んだ。しかし、得られたものは我が世界への悪評ばかり。なにも知らぬ浅層世界を騙し打つために、我らは城主となったわけではないっ！』

『綺麗事を抜かすなっ！　誰のおかげでバランディアスが二一層まで到達したと思っているっ⁉　深層世界に至ったのは、この不動王たる朕の手腕だろうがっ！』

『それより先には一向に進めないではないか』

そう口にしたのは、四番艦の城主だ。

『汚いやり口で、弱者から搾取するだけのことで、いったいどこへ辿りつけるというのか。こんなやり方で聖上六学院に上り詰めようと、バランディアスを認める世界などどこにもないっ！』

『我ら虎城学院がなんと言われているかご存知かっ！　張り子の虎ぞっ⁉　弱い者だけを相手にする見かけ倒しの深層世界っ！　我らもバランディアスに戻れば、一国一城の主。このような屈辱、耐えられるものかっ！』

『我らを罷免したいのなら、どうぞ好きになさるがいい。今この場をもって、全員、この城から出ていかせてもらう。すべての校章を魔王学院に渡してな』

『…………………な……』

カルティナスが絶句する。狼狽する様子が、目に浮かぶようだ。

『……貴様ら……そんなことを、すればどうなるか……』

すると、これまで沈黙していたカムラヒ一番艦から、ザイモンの声が聞こえた。

『銀水序列戦に敗北するだけではなく、虎城学院はパブロヘタラの学院同盟から除名される。

それでもよろしいか？』

『……ザイモン……。そうか。貴様の手引きか……』

カルティナスがぎりぎりと歯軋(はぎし)りをする。

『我らは耐えた。この屈辱の日々を。バランディアスのためと耐え、闇討ちに等しき戦いに身を投じてきた。だが、それも終わりだ。盗人(ぬすつと)のように火露を集める手口では、盗賊の王になれても、覇者にはなれんっ！』

真正面から堂々とザイモンは不動王に問う。

『答えよ、不動王カルティナス。我らを罷免するか否(いな)か？』

カルティナスは答えない。答えられない。これまでの積み重ねがすべて無に帰すのだ。到底受け入れられるものではあるまい。

『……まったく……』

怒りに震えた声が響く。

『……貴様らときたら、本当に無能ばかりよのう……揃(そろ)いも揃(そろ)って勘定一つ、満足にできんか……』

忌々(いまいま)しそうにカルティナスが言う。

『この銀水序列戦においては、朕は貴様らに手は出せん。パブロヘタラを脱退したくはないからのう。それで？　その後はどうするつもりぞ？』

謀反(むほん)を起こした城主たちへ、カルティナスが鋭く問う。

『忘れるな。朕は王虎メイティレンに選ばれし世界元首ぞ。家臣すべてが反逆しようとも、バランディアスを支配するのは朕だ。この戦が終わった後も、貴様らに城主としての立場があると思うてくれるなよ？　素っ首まとめて叩き飛ばし、一族郎党皆殺しにしてくれるわ』

一転して、ザイモンらの弱みを攻めるように、カルティナスが脅す。バランディアスにおいては、それだけ元首の命は絶対なのだろう。ザイモンたちは迂闊に言葉を発せないでいる。

『よいか？　三秒待つ。床に額をこすりつけて嘆願すれば、一生飼い殺しで許してやる』

嘲笑うようにカルティナスが言った。ザイモンたちが、結局は逆らえないことを見透かしたかのようだ。城主としての誇りを重んじた彼らは、その誇りゆえ、自らの一族にまで処罰が及ぶことを受け入れられぬ。カルティナスはそう考えているのだろう。

『三』

ザイモンたちは動きを見せない。ただじっと口を噤んでいる。謀反を起こせば、こうなることは彼らもとうに承知であっただろう。この銀水序列戦の舞台で不動王に逆らったのは、ただ感情に任せてのことではあるまい。《思念通信》がこちらに筒抜けなのもそうだ。不動王は聞かせてやるように言ったが、さすがにこの内輪揉めまでだだ漏れにしておくというのは本意とは思えぬ。ザイモンの一派が、あえて通信をこちらへ流してきているのだ。俺に状況を知らせ、静観するように仕向けているのだろう。なにか策を講じたはずだ。

『二』

やはり、ザイモンたちは動かない。それがまるで彼らの固い覚悟の表明のように思えた。

『一』

一言も発さず、僅かたりとも城を動かさないことで、彼らは主張していた。なにかを待っている。誰かを、待っているかのように――

『ぜっ、がっ――』

カルティナスの苦悶の声が、響く。

『……か、は……貴様……なぜ……メイティレン……朕を、助け、な……ん……だ……』

魔法陣が展開される音が響いた。数秒の静寂の後――

『皆、どうかご安心ください』

《思念通信》から響いた声は、ファリスのものだ。

『悪王カルティナスは討ちました。これでバランディアスは私たちの手に』

瞬間、虎城学院の者たちが皆一斉に勝ち鬨を上げた。耳を劈くほどの大合唱。《思念通信》など関係なしに、五隻の城から声が溢れ、大気を激しく震わせた。余程の圧政だったのか、誰も彼もが喉が張り裂けんばかりに叫んでいる。

『やってくれた。銀城創手がやってくれたぞ……!』

『我らが希望、我らの翼が！』

『信じていた。ファリス殿ならば、必ず我らのために剣をとってくれると！』

『これでとうとうカルティナスの暴政から解放される……！』

『取り返した！』

『ああっ！ ついに、ついにっ、ついにっ！ ついに我々はバランディアスをこの手に取り返したのだっっっ!!』

『元首ファリスの誕生だ！　彼ならば、このバランディアスを正しく導いてくれる！』

『万歳っ！　元首ファリス、万歳っ!!』

『『『万歳っ!!』』』

『『『元首ファリス』』』

『『『万歳っっ！！！』』』

『『『うおおおおおおおおおおおおおおおおおおぉぉぉぉぉぉぉっっっ!!』』』

城主たちが声を揃える。銀水序列戦であることを忘れるほどの喜びようだ。

これが、ザイモンの謀反の計画だったのだろう。銀水序列戦ならば、不動王は必ずゼリドヘヴヌスに乗る。周囲の城魔族も校章の数に限られるため、余計な邪魔が入りづらい。校章を人質に取れば、カルティナスはその場を放棄して、逃げ出すこともできぬ。ゼリドヘヴヌスを操るファリスは、必ずカルティナスのそばにいる。奴は謀反を警戒していたが、主神のメイティレンまでが自らを裏切っているとは、思わなかったのだろう。

メイティレンの結界に守られていると信じている心の隙をつき、寝首をかいたというわけだ。

口振りからして、ファリスが謀反に賛同するかは、ザイモンたちにとっては賭けだったようだな。彼がやらなければ、ザイモンたちはおろか、その一族郎党に至るまで皆殺しにされていた。あのとき、言っていた通り、覚悟を見せた、といったところか。

『ファリス』

ザイモンが言った。

『戦友よ。お前ならば、やってくれると信じていたぞ』

『喜ぶのは早いですよ、ザイモン』

冷静にファリスは言った。

『ああ、確かに。序列戦の途中だったな』

ゼリドヘヴヌスを中心とし、五隻の飛空城艦がこちらへ向かって飛んでくる。先程までとは明らかに士気が違う。それがゼリドヘヴヌスと四隻の飛空城艦カムラヒが発する魔力から、如実に伝わってきた。

味方を鼓舞するように、ザイモンが声を上げる。

『行くぞ、ミリティアッ！　貴様らの元首が、たとえ本物の魔王に伍するとしても最早恐れはしないっ！　ここからが我らバランディアスの真価と知れっ‼』

§32. 【二千年前の戦友へ】

ズゴォォォッと地面から轟音が響く。

「アノスッ！」

レイの声とともに、俺に向かって城がすっ飛んできた。

「ふむ。ちょうどいい」

霊神人剣の一突きで、ど真ん中をぶち抜かれた飛空城艦エテンを俺は素手で軽く受けとめた。

「残りの一隻もこちらへよこせ」

言うや否(いな)や、まっすぐ踏み込んだレイは霊神人剣にて城壁ごとエテンを貫き、そのまま魔力任せに空へ投げ飛ばす。

「……はあぁっ……!!」

「そ、総員、脱出っ……!!」

空いた穴から城主の声が響き、《転移(ガトム)》の光が見えた。無人のまますっ飛んできた飛空城艦を左手で受けとめる。これで合計二〇隻のエテンを落とした。こちらへ接近してくるゼリドヘヴヌスとカムラヒ、五隻の船を睨(にら)む。

「真価とやらを見せてもらおうか」

二隻の城をつかんだまま、俺は回転しながら突っ込んでいく。

「援護したまえ」

すぐさま、エールドメードが言った。俺の後ろに続き、魔王列車が全砲塔を城艦部隊へ向ける。魔法陣の歯車が勢いよく回転した。

「照準よしっ！」

「いっくよぉおーっ!!」

「「《古木斬轢車輪(ボロス・ヘテウス)》ッッッ！！！」」

援護射撃とばかりに古びた車輪が弧を描きながら、城艦部隊へ射出される。カムラヒ二番艦の砲門が開き、火を噴いた。

放たれた《剛弾爆火大砲(ヴエイロボズム)》は車輪に直撃し、その軌道を僅かにそらす。三番艦が《堅牢結界城壁(バディレイヒア)》を遠隔で展開。それに《古木斬轢車輪(ボロス・ヘテウス)》を食い込ませ、その隙に車輪を追い越した。

ファリスの指揮だろう。さすがに、よい魔眼をしている。

「では、こっちはどうだ？」

巨大な飛空城艦を振り回しながら、竜巻の如く俺は布陣を敷く城艦部隊へと突っ込んだ。

『斬城不敵、カムラヒ一番艦ザイモン・エパラ。推して参るっ!!』

声とともに、カムラヒ一番艦が俺を迎え撃つように前へ出る。その城が、俺が振り回す飛空城艦エテンにぶち当たろうとする寸前、外壁全体に魔法陣が描かれた。

『抜刀！　《艦剣城刀》!!』

巨大な城剣が、カムラヒ全体から無数に伸びた。

『おおおおおおおおおおおおおおおおおぉぉぉぉぉぉっっっ！！！』

カムラヒ一番艦は猛烈な勢いでコマのように回転し、俺の手にした飛空城艦と衝突した。

《艦剣城刀》が飛空城艦二隻を瞬く間に斬り刻み、俺の武器はバラバラと大地へ落下していく。

「くはは、そうこなくてはな」

『ザイモン殿が道を切り開いた。進めぇぇぇっ!!』

一番艦と一合を交わしたその隙をつき、飛空城艦三隻が全速で俺の真横を通過し、魔王列車の砲撃をすり抜けては、地上へ向かっていく。

「狙いはレイか」

一番艦めがけ、《覇弾炎魔熾重砲》の魔法陣を描く。瞬間、俺の体が衝撃を覚え、弾き飛ばされた。

「……ほう」

なにも見えなかった。魔法が発動した気配すらなく、気がつけば体がいきなり衝撃を食らっていた。この権能は――

「いかなる抵抗も、無駄なあがきというもの。最早、バランディアスは盤石ぞ」

俺の目の前に、王虎メイティレンが飛んでくる。

「ましてやここは妾の世界。王虎が司る城の中じゃ。いかな強者とて、勝ち目はないぞ」

「さて、本当に盤石か？」

俺の問いに、メイティレンが鋭い視線を返してくる。

「お前は嘘をついている」

「泣き叫ぶがよいわ、小僧」

メイティレンが高速で、空を駆けた。それを魔眼で追った瞬間、再び体が衝撃を食らい、弾き飛ばされる。

「面白い権能だ」

「よいのかのう？　か弱い配下と、どんどん離れているぞ？」

言葉と同時、今度は胸を斬り裂かれた。前触れはなにもなく、しかし、爪痕は確かに残り、血が滲む。

『ゼリドヘヴヌス接近』

ミーシャの《思念通信》が響く。俺に宛てたものではなく、機関室への報告だ。視界の遠くで、飛空城艦ゼリドヘヴヌスと魔王列車ベルテクスフェンブレムが相見えていた。

『カカカカッ、あの船と戦うときが来るとはっ！　愉快、痛快、欣快千万っ‼』

魔王列車から車輪が射出され、ゼリドヘヴヌスからは大砲が火を噴く。空を自由に駆ける飛空城艦は、容易く魔王列車の攻撃をかいくぐり、その結界を確実に削っていく。

地上では、四隻の飛空城艦カムラヒがレイの前後左右を包囲し、《剛弾爆火大砲》の弾幕を張っている。レイが接近しようとしても、速度に勝る飛空城艦はその分だけ引き、決して霊神人剣の間合いに入ろうとしない。

「霊神人剣、秘奥が弐――」

ぐっと踏みしめた地面を大きく蹴って、レイはエヴァンスマナを突き出した。

「――《断空絶刺》っっっ！！！」

レイの体ごと、霊神人剣が神々しい光に包まれ、一条の剣閃と化した。その光量はミリティア世界で見せた秘奥の比ではなく、目の前の弾幕すべてを呑み込み、飛空城艦カムラヒ二番艦の速度さえも上回った。

《飛行》の魔力が集中し、カムラヒは全速で回避行動を取った。僅かにあちらの判断が早かったか、その外壁を、霊神人剣がかすめていく。

『……これで――なっ……!?』

驚きの声が、外壁とともに破壊された《思念通信》の魔法術式から外にこぼれ落ちる。僅かにかすめただけの《断空絶刺》。それだけで、カムラヒの半分が吹き飛んでいたのだ。

『……かすっただけで……このカムラヒを……』

レイの視線が、外壁を失ったカムラヒの城主を射抜く。彼は更に一歩を踏み込もうとして、しかし、がくんと膝を折った。

「…………く…………」

霊神人剣を大地に突き刺し、立ち上がろうとするが、しかし、足に力が入らぬ様子だ。秘奥を放ったことでますます覚醒が進んだか、エヴァンスマナの力が先程よりも更に増している。

「……は、ぐぅっ……」

歯を食いしばり、レイが苦痛を堪える。握っているだけで、彼の根源の一つが弾け飛んだ。エヴァンスマナをレイは御しきることができず、その荒れ狂う力に体を浸食されているのだ。

『今だぁぁあっ！　城が崩れようと構うなっ！　撃ちまくれっ!!』

《剛弾爆火大砲》の集中砲火がレイに浴びせられる。霊神人剣を盾に堪えているものの、その聖剣自体が彼を蝕む。

『一番艦、突貫っ！』

ザイモンの声が響き渡った。《艦剣城刀》により、カムラヒ一番艦から無数の城剣が伸びた。

ファリスは勇者カノンを知っている。この状況下でも時間を置けば、霊神人剣を使いこなす可能性をふまえ、一気に勝負を決めるつもりだ。巨大な飛空城艦が低空スレスレを飛び、レイに押し迫った。

「残念じゃったのう。霊神人剣が落ちれば、あっちの列車も落ちたも同然じゃ。主を倒すまでもなく、決着よなぁ」

前足の爪を銀に光らせ、メイティレンが言う。

「俺の配下を甘く見ぬことだ」

瞬間、カムラヒ一番艦の翼に雷が走り、派手に爆発した。

『うっ、右翼大破っ……!!』

『馬鹿なっ！　被弾すらしていないぞっ！』

片翼を失ったカムラヒは、レイからそれて、大地を数度削る。あわや墜落というところで、なんとか立て直した。

『なっ、内部からですっ……!!　一瞬だけ、魔力反応を確認しました。敵は一番艦に侵入しており、一部の魔力回路がすでに掌握されていますっ！　この通信も傍受されている可能性がっ！』

『……元首が振り回したエテンを斬り裂いたとき、か……？　ずいぶん簡単に通らせたと思ったが、配下を潜入させていたわけだ……』

ふむ。察しの良いことだ。

『外への魔眼をすべて内側に向けろ。侵入者を洗い出せっ！』

『……動力部付近に反応、それから、これは、こ、このブリッジに――かは……ぁ……!!』

カムラヒ一番艦に潜入した配下の魔眼へ、俺は視界を移す。

そこはブリッジだ。ミサの《悪戯神隠》が解かれ、姿を現したシンが、魔剣にて虎城学院の兵を串刺しにしていた。

剣を抜けば、がくんと兵士はその場に崩れ落ちた。彼はまっすぐ一番艦の城主であるザイモンを見据える。

「お前たちは中に侵入したもう一人を捜せ」

そう命令を下すと、ザイモンは城剣を抜き放ち、シンに対峙した。他の者たちは、彼に構いもせず、すぐさまカムラヒの修復と侵入者の捜索を始める。

信頼があるのだろう。学院筆頭、斬城不敵のザイモン・エパラならば、侵入してきた賊の一人、容易く斬って捨てる、と。

「剣は用意できたか？」

「いいえ」

「なるほど。見上げた覚悟だ。霊神人剣の男が復活するまで、盾になる気か」

眼光鋭く、ザイモンは殺気を放つ。

「思惑通りにはいかん。早々に終わらせてもらうぞ」

シンが一足飛びに間合いへと踏み込み、魔剣を振り下ろした。

「遅い――」

シンよりも数段速く剣を振るい、ザイモンは彼の魔剣を叩き斬る――そのはずが、城剣は狙いをそらしたように空を斬った。

「――な、に…………？」

遅れて、シンの緩やかな剣が、ザイモンの肩口を斬り裂く。

「……ぬぐっ……!!」

ガ、ギギィ、とまるで石や金属を打った音が響く。ザイモンの体は頑強極まりなく、切断できたのは僅かに表皮のみ。斬りつけたシンの刃の方が逆に折れていた。だが、彼は想定通りという顔で魔剣を捨てた。

「時間を稼ぐつもりなどありませんよ。彼のような力任せの剣では、せいぜい斬れるのは的の大きい城どまりですので」

描いた魔法陣に手を差し入れ、新たな魔剣をシンは抜く。

「あなた方は弱い」

「……見慣れぬ技だ。もう一度やってみろ」

再びシンが前へ出る。ザイモンは彼の剣を見極めようと、振り下ろされたそれをぎりぎりまで引きつけ、そして城剣を一閃した。

「……ぐっ……!!」

緩やかな魔剣が、ザイモンの速き剣閃をすり抜け、今度は彼の脳天に直撃した。僅かに血が溢れるも、またしてもシンの剣がバキンッと折れた。

「私は絵を解しません。ですから、彼が嫌いでした」

静かに、シンは言う。

「我が君の命を軽視し、ろくに見張りにつこうとせず、戦地の只中でキャンバスを広げる。敵を見逃したことさえ、一度や二度ではありません。過酷な大戦において、その手で命を奪うことさえ躊躇う。戦場に出ながら、味方を危険にさらすような甘えた男、それがファリス・ノインです」

再びシンは、新しい魔剣を抜く。ザイモンがその技の深淵を見抜こうと魔眼を光らせた。

「……昔の話であろう。今のファリスはその甘さをとうに克服した。自ら剣を取り、圧政を敷く悪王を討ち取った！　たった今、お前たちの目の前で起きたことだ！」

「それでも、我が君はその甘ささえ愛し、勝手を許されたのです」

シンが三度、歩を刻んだ。速度に任せ、その身を斬り裂こうとザイモンの城剣が走った。だが、今度はその剣がシンの体をすり抜け、空を斬った。

「……ぐぅっ……」

シンの魔剣がザイモンの胴を薙ぎ、ポキリと折れた。

「たかだか絵描きに剣を握らせ、あまつさえ王に担ぎ上げる。こんな度量もない、か弱き世界に、彼はさぞ絶望したことでしょうね」

魔法陣から魔剣を抜き、シンは切っ先をザイモンへ向けた。

「ファリス。そこでご覧になるといいでしょう」

冷たい視線を放ちながら、かつての戦友へシンは言った。

「あなたに筆を握ることすら許さなかった臆病な世界を、私が斬り裂いて差し上げます」

§33.【剣の理合】

シンとザイモン、二人は互いに剣を構え、真っ向から対峙していた。

「臆病だと？」

ザイモンが殺気を込めた鋭い視線を放つ。

「ええ」

ジリジリと間合いを詰めてくるザイモンに、シンは油断なく視線を配る。

「絵を描きたいという願いすら叶わない理不尽な世界。その理不尽に挑もうとすらせず、唯々諾々と従う城主たち。バランディアスを臆病と呼ばずして、なにを臆病と呼びますか」

ザイモンが城剣を振りかぶり、大きく踏み込んだ。彼は奇妙な錯覚に陥っただろう。二人の間合いに変化はない。前へ進んだはずが、僅かたりともシンに近づかないのだ。

それは起こりを皆無に等しくしたシンの歩法が為せる技。予備動作がほぼ見えぬ彼の足捌きが動いたことを知覚させずに、間合いを計る。

ザイモンが踏み込む呼吸を読み、その分だけ後退したにすぎぬが、そうと気がつくまでの僅かな時間が、ザイモンの感覚を微妙に狂わせていた。

「銀城世界とはよく言ったものですね。あなた方は庇護された城から出る勇気のない、臆病な戦士にすぎません」

シンの魔剣が、ザイモンの魔眼に突き刺さる。瞳を貫こうかというその直前で、やはり魔剣の方がバキンッと折れた。奴の魔眼には、僅かに血が滲むばかりだ。

「それは、戦う覚悟を決めたファリスに対しても侮辱だ」

ザイモンの姿が、二人に分かれた。魔法ではない。残像だ。軽やかに歩いているようにしか見えぬ奴は、その実高速で動き回り、シンの視界を幻惑している。

技には技で対抗する。呼吸や間隔を狂わすシンの歩法を、逆に乱そうというのだろう。

「我らは待った。真にバランディアスに相応しい王が現れるのを。屈辱に耐え、泥をすすり、城剣を抜かずに忍びに忍んだ。臆病とそしられようとも、それが我らの戦いだったのだっ！

誇りと命を捨てても、崇高なる城を築かんっ！　それが城魔族の魂だっ‼」

分身するザイモンが、一斉にシンを襲う。目にも止まらぬ速度で走った刺突は、またしてもシンの体をすり抜ける。

だが、今度は先程とは違う。シンの頬から、血が滴っていた。避けきれなかったのだ。

「我が戦友ファリスは、光を待っていた。優しく無欲なあやつは、自らが元首になることなど、想像すらしなかったようだ。だからこそ、我らは示したのだ！　この命を差し出して、お前は確かに元首に足る器だとっ‼」

ザイモンの速度が更に増す。深層世界バランディアスにおいて筆頭を名乗るほどの城魔族は、シンよりも数段上手の速さを誇り、彼の視界を翻弄する。

「ファリスはその魂でもって応えてくれたっ‼　戦う決意をし、カルティナスを討ち取り、この銀水聖海にバランディアスという真の銀城を築く誓いを示したのだっ‼　我らが覇道、最早何人たりとも妨げられはせんっ‼」

六人に分身したザイモンは、目にも止まらぬ連撃を繰り出す。一秒毎に、シンの体から鮮血が散った。その歩法と体捌きにて、ぎりぎり致命傷を避けているが、ザイモンは速すぎた。

彼の服が、みるみる朱に染め上げられていく。だが、それでもなお、その眼光は鋭いままだ。

「命を差し出し、元首の器だと示した……ですか」

ゆらりとシンの体が揺れる。ザイモンの知覚を乱すように、彼は歩を進ませる。

「自らの命を人質に取り、彼を脅したのではありませんか？」

ザイモンの刺突を寸前のところでかわしながら、シンはその左胸に刺突を繰り出す。見事に本体を捉え、ザイモンの足が止まった。

奴の体から血が溢れると同時に、シンの魔剣が砕け散る。

「あのとき、ファリスがカルティナスを討たなければ、あなた方城主はその一族郎党に至るまで皆殺しにされていたはずですが……それでも、彼は自分で決意し、選んだと言えるのでしょうか？」

至近距離で、ザイモンとシンは睨み合う。

「彼は強欲ですよ。戦乱の時代に、平和を求めるほどに」

「だからこそ、覇道を行く決意をした」

「彼が本当に光を待っていたのではないかと、考えはしませんでしたか？」

ザイモンは袈裟懸けに剣を振り下ろす。

「己でなすしかなかろうっ！　最も相応しきは、あやつなのだからっ!!　覇道を為せば、どのみちすべてに手が届くのだ」

高速の斬撃が、シンの胸を僅かに斬り裂く。彼は魔法陣から新たな魔剣を抜いた。

「覇道を行く者の後ろ姿は、その人には見えません」

再び振るわれたザイモンの斬撃は、一呼吸の間に一〇〇を数えた。それをすっとすり抜け、シンは奴の背後を取る。

「見えないものを、誰がどうして描けるのでしょう？」

ザイモンの背中に、シンは魔剣を突きつける。

「……己を俯瞰することぐらい、俺の魔眼でもできることだ。絵を描きたければ、好きに描けばいい――

突きつけられた魔剣に意識を傾けながらも、ザイモンは言った。

「私もそう思います」

「……なに？」

「ですから、あなたはわかっていないのですよ。私と同じように」

業炎剣、秘奥が伍――《轟魔炎獄》。渾身の力で振り下ろされた形を持たぬ炎の刃が、ザイモンを斬りつけ、燃やす。蜷局を巻いた炎刃は決して離れず、いかに奴の体が頑強とて折れることはない。刻一刻と反魔法を突破し、皮膚を焼いては、肉を焦がす。その瞬間――

「《堅塞固塁不動城》」

ザイモンが呟く。銀城世界バランディアスの築城属性最上級魔法が、彼の全身に城を彷彿させる鎧を創る。シンが放った炎刃が一瞬にして消し飛んだ。

「業炎剣、秘奥が陸――」

炎の刃が、鎧の隙間となる首筋を狙った。

「――《赤熱紅蓮》」

極限まで熱せられた紅蓮の刃、根源を焼き切る《赤熱紅蓮》が、ザイモンの首に触れ、そして弾け飛んだ。剣身だけではなく、シンの手の中にあった柄すらも消滅している。

「切り札が、この程度か」

落胆したように、ザイモンが言う。

「ファリスの戦友。万が一に備えていたが、どうやら警戒するまでもなかったようだな」

城鎧を纏ったザイモンは、真正面から飛び込んできた。シンは新たな魔剣を抜き、振り下ろすも城剣に容易く打ち払われた。同時にシンの太ももが斬り裂かれ、血が溢れ出す。

「美辞麗句を並べ立てるだけで世界が変わるならば、喉が裂けるまで喋り倒そうぞっ!!」

瞬く間に攻守が逆転していた。シンは肩を斬られ、頬を裂かれ、腹を貫かれ、みるみる追い込まれていく。

「ファリスもそれに気がついたのだ！　絵など描いても一人も救えんっ！　強き城を、何者にも屈することなき強大な城を建ててこそ、初めてバランディアスの平定はなるのだっ！」

シンの最大の一撃が致命傷にならぬと悟ったザイモンは、間合いも呼吸もなにも考えず、《堅塞固塁不動城（バランディアルタ）》の鎧に任せてただ猛進した。どう斬られても構わぬという防御を捨てた攻撃。それでは、シンの技も歩法も効果が薄い。

「お前の言葉は、お前の剣と同じだっ！　美しく、敵を幻惑こそすれ、速さも力も重さもない。俺一人斬り捨てられん男が、バランディアスを斬り裂くだと!?」

シンは左手でもう一本の魔剣を抜こうとするが、それよりも速く、ザイモンが魔法陣ごとその魔剣を叩き斬った。すかさずシンは右手の魔剣をザイモンの鎧の隙間に通す。ガギィンッと硬質な音が鳴り響き、薄皮一枚裂けなかった。

「見ろ。これが現実、これが世界の秩序だ。それが間違っているとほざく暇があれば、我らは目の前の敵を斬り捨てねばならなかった」

「あなた方はそうやって言い訳をして、真の敵である秩序から逃げたのです。己の弱さを武器にして、味方へ突きつけるのはやめることです。敵に立ち向かってこそその戦士でしょう」

「もう黙れ――」

　ザイモンが振るった城剣を、シンはその魔剣で受けとめる。鈍い音が響き、奴は膂力任せにシンの体を宙へ弾き飛ばした。瞬間、ザイモンの魔力が無になり、その根源が城剣をつかんだ。

「斬城剣、秘奥が壱――」

　シンが地面に着地した直後、魔力が迸る斬城剣が振り下ろされた。

「――《凩一刀》」

　それは、目に見えぬ不可視の斬撃。袈裟懸けに振るわれた長大な刃は、天井と城の内壁ごと、シンの体を肩口から斜めに両断していた。

「二度と綺麗事は言えまい」

　血振りをし、斬城剣を鞘に納め、ザイモンはくるりと踵を返す。あまりの斬れ味に数瞬遅れ、シンの体がズレ落ちる。その刹那、シンの腕が動いた。魔法陣から魔剣が抜かれ、彼は自らの体に突き刺した。両断された体を縫いとめたのだ。

「今の秘奥は、悪くありませんね」

　再生剣ケヘス。傷を癒やすその魔剣をもう一本抜き放ち、自らに突き刺しては、ズレた体をシンは強引に戻し、縫合する。

「力の差は十分に理解したと思ったが」

　ザイモンが振り向く。

「捨て身で埋まるほど浅くはないぞ」

「そろそろ、この小世界にも慣れてきましたので。あなたと剣を交えたおかげで」

　再び斬城剣が鞘(さや)から抜き放たれる。ザイモンは言った。

「慣れたところで、力が増すわけでもあるまい」

　一歩、奴(やつ)は前へ踏み込んだ。先程同様、《堅塞固塁不動城(バランディアルタ)》の鎧(よろい)に任せた、不倒の猛進だ。洗練さの欠片(かけら)もないそのシンプルな力こそが、シンの多彩な技を封じる。

「ましてや、その半死半生の体でっ！」

　容赦なく振り下ろされた斬城剣を、しかし、シンの魔剣が受け流した。

「なに……っ？」

　二撃、三撃、四撃と高速で繰り出されるザイモンの剣撃に、シンはついていった。

「ちっ！」

　ザイモンがぐんと加速する。ここに来て一番の速度でもって、シンの後ろに回り込んだ。

「速いだけの無駄な動きです」

　ガギィンッと金属音が鳴り響く。弾(はじ)かれたザイモンの斬城剣が、くるくると回転して、床に突き刺さった。

「……手を抜いていたと？」

「いいえ。慣れてきただけです」

　シンは一歩を刻み、魔剣を振るう。ザイモンが大きく飛(と)び退(の)いてそれを避けると、後方に刺さっていた斬城剣を手にした。

「慣れたところで力も速さも増すわけがない」

　ザイモンが魔眼を光らせる。ここに来て、自分と伍(ご)する剣戟(けんげき)を演じた、シンの深淵(しんえん)を覗(のぞ)こうとしていた。

「力任せに振るえばそうでしょう」

大上段からシンが振り下ろした魔剣を、ザイモンは斬城剣で受けとめる。瞬間、途方もない重さに、奴は膝を折った。

「この第二バランディアスは、私たちのミリティア世界よりも深層にあるため、剣の重さも、魔力場も、まとわりつく空気まで、すべての作用が強く働きます」

「……ならば、お前は自由に動けないはずだ……」

「それが誤りですね。この第二バランディアスでは、私の剣はミリティア世界よりも速く、そして重くなります」

シンがぐっと力を込めれば、ザイモンが更に膝を折る。その力をなんとか受け流して、奴は後方に下がった。

「理合に適うように、剣を振るうなら、すべての枷は反転します。重さと魔力場は剣をより速く、より重く、そして強くするでしょう」

前へ出たシンを迎え撃つが如く、まっすぐ最短距離に突き出されたザイモンの剣。それに対してシンの魔剣は長く、複雑な軌道を描いた。距離を考えればザイモンの方が早い。にもかかわらず、先に届いたのはシンの剣だ。

「……ぐっ……!!」

鎧の隙間に、魔剣が刺さる。やはり、皮膚すら裂けないが、鈍い痛みにザイモンは顔をしかめた。

「築城の秩序、この世界ではそれが最も強いのでしょうね。ゆえに、秩序の城を斬り崩す剣がもっとも理合に適っています。それが成れば、力などいりません」

「……バランディアスでは、剣よりも、築城が強い……そんなことができるはずが……」

「では魔眼を凝らし、この剣の深淵を覗くといいでしょう」

シンは更にザイモンに剣を押し込んだ。バランディアスの秩序が彼に味方するように、ミリティア世界の何倍もの力と速度で魔剣が走った。

「……ぬうぅぅぅっ……!!」

「剣の秩序が最大と築城の秩序が最小、二つが重なり合う一点にて、秩序を斬り裂く技は成る。これが剣の理合です」

その一点を見抜く魔眼もさることながら、斬り裂くとなれば尋常なことではない。速ければいいというわけではない。強ければいいというわけではない。理に適った絶妙な技が成ったとき、その斬撃の瞬間だけ、魔剣は秩序を斬り伏せる。

重さ、魔力場、大気、あらゆる秩序の枷が、斬撃に味方するのだ。力も速さも魔力も、ザイモンは今のシンよりも上手。それでも、力任せの剣では彼に及ぶことはない。ミリティア世界でなら、レイもそれに近いことができるだろう。何度も繰り返した根源と体が、正しい剣の振り方を理解している。

だが、来たばかりの第二バランディアスでそれを容易くやってのける者は、俺の配下にもシンしかおらぬ。

「がっ……ぐぬ!!」

口から血を吐きながらも、ザイモンは魔力を噴出し、両足を床にめり込ませて、踏ん張った。

その魔剣に左手を伸ばし、奴(やつ)はぐっとつかみあげる。

「――剣が止まっていれば、叩(たた)き折れるということだろうっ!!」

渾身(こんしん)の力で振り下ろされた斬城剣が、シンの魔剣に激しく叩(たた)きつけられた。だが、僅かに刃は欠けたものの、その剣は折れない。

「……なに……っ……?」

「先程から折れなかったでしょう。この魔剣だけは」

シンが更に一歩踏み込む。そのまま魔剣を突き出せば、ザイモンの鎧(よろい)の隙間から血が滲(にじ)んだ。

「《剛弾爆火大砲(ヴェイロボズム)》ッ!!」

至近距離でシンに爆炎が放たれた。直撃したかに思われたが、ザイモンの視線がすぐさま険しく染まる。奴(やつ)の腹から魔剣を抜き、シンは《剛弾爆火大砲(ヴェイロボズム)》を受けとめていた。

ザイモンは飛(と)び退(の)きながら、《剛弾爆火大砲(ヴェイロボズム)》を連射する。それをシンは、悉(ことごと)く斬って捨てた。

「……なんだ、その魔剣は?」

「落城剣(らくじょうけん)メズベレッタ。城しか斬れない上、斬れ味もさほどではないので、ミリティア世界では抜く機会もなかったのですが」

爆音とともに、斬り裂いた炎が渦を巻く。

「バランディアスは、この魔剣が苦手のようですね」

銀城世界という特性、城魔族という種族ゆえにだろう。奴(やつ)らは恐らく、その本質が城なのだ。

鎧(よろい)の隙間を通しても、ザイモンの皮膚は貫けなかった。それは《堅塞固塁不動城(バランディアルタ)》により、彼の体自体が堅固になっていたからだろう。本質が城だからこそ、築城属性の魔法にて自らを強化することができる。

　恐らくシンは戦っている途中に、魔剣によってミリティア世界とは僅かに力の多寡、その性質が異なることに気がついたのだろう。もしやと思い、抜いてみた落城剣メズベレッタが、バランディアスの弱点だった。

「……馬鹿な……貴様らの主神の秩序は、回転……車輪や羽根車ではないのか……。バランディアスの秩序と相反するほど偏った属性の魔剣がなぜ……？」

「あれはただの乗り物です」

「とぼけるな。元首が羽根車のように回転していただろう」

「我が君が城とともにお回りになられましたのは、ただの気分、お気になさらず」

「ただの気――!?」

　ザイモンが目を見開く。《剛弾爆火大砲(ヴェイロボズム)》の弾幕を駆け抜け、シンが奴(やつ)に肉薄した。

「――おのれ、そのような揺さぶりをっ!!」

　ザイモンの斬城剣が閃光(せんこう)の如(ごと)く走った。狙いは、シンの体をつなぎとめている再生剣である。《凩一刀(こがらしいっとう)》にて斬り裂かれた体は、まるで癒えておらず、その魔剣さえ破壊すれば、シンは行動不能に陥るだろう。だが、閃光(せんこう)よりなおも速く、シンは落城剣メズベレッタにて、ザイモンの斬城剣を打ち払った。

　剣の理合にて振り下ろされたメズベレッタは刃こぼれを起こしながらも、ザイモンの首筋を僅かに傷つける。ぐっとその一撃を耐え、ザイモンは再び城剣を振りかぶる。

「斬城剣、秘奥が壱――」

不可視の斬撃が至近距離にて放たれる。

「落城剣、秘奥が参――」

同時にシンは、その場でくるりと回り、魔剣の力を解放していく。

「――《凩一刀》」

メズベレッタは巨大な魔力を纏う。それはさながら、城壁を破壊する攻城兵器だ。

「――《破城槌》」

けたたましい衝撃音とともに、斬城剣がザイモンの手から離れた。

不可視の斬撃よりも先に、シンの《破城槌》が、ザイモンの土手っ腹に突き刺さったのだ。

《堅塞固塁不動城》の鎧が、ボロボロと崩れ落ちる。同時に落城剣の刃も、砕け散っていた。

銀城世界の弱点といえど、浅層世界の魔剣では耐えきれなかったのだろう。

「悪いが」

ザイモンの手が、シンの体に刺さっている再生剣をつかんだ。そこに《剛弾爆火大砲》の魔法陣が描かれる。

「俺の勝――」

ザイモンが目を疑ったように、それを見つめる。

彼の手から離れた城剣を、シンが整然と構えていた。

「――《凩一刀》」

不可視の斬撃にて、城の内壁が斬り裂かれ、ザイモンの首が飛んだ。

「……握った……ばかりの……斬城剣の、秘奥、を……」

奴の体が倒れ、その首が床に転がる。シンはその傍らに立ち、制服の胸についたパブロヘタラの校章を斬城剣で外し、宙へ飛ばす。

「何度でも申し上げましょう」

校章を手にし、身動きのとれぬザイモンへ、シンは言った。

「それが世界の秩序だからと言い訳をして、あなた方は現実から逃げたのです」

§34.【主神の天敵】

第二バランディアスの中空。

右から左、左から上へと宙を蹴り、王虎メイティレンは縦横無尽に駆けずり回る。

「小手調べはそのぐらいにしておくのじゃなぁ。主の本気を見せてみい。でなければ――」

奴の姿が一瞬ブレたかと思うと、俺の至近距離に現れた。

「――食ろうてしまうぞ」

顎が開き、鋭い牙がぎらりと光る。俺を頭から食いちぎろうという奴の大口へ、右手を突っ込んでやった。

「存分に食らえ」

王虎の体内に魔法陣を描き、《覇弾炎魔熾重砲(ドグダ・アズベダラ)》を撃ち放つ。轟音(ごうおん)を響かせながら青き恒星が荒れ狂い、無数の火花が弾(はじ)け飛ぶ。

「……やはり、のう」

吹き飛ばされながらもメイティレンは、ニタァと笑った。

「カルティナスの言うことは信用ならんわい。まさか、《覇弾炎魔熾重砲(ドグダ・アズベダラ)》とはのう。遡航(そこう)術式を使えるどころの話ではないわ」

驚いた素振りも見せず、メイティレンはくるりと身を翻(ひるがえ)し、何事もなかったかのように空に踏みとどまった。

「誰に習った、小僧？」

「なに、森を散歩していたら、通りすがりの男が教えてくれてな」

魔法陣を一〇門描き、蒼(あお)き恒星を撃ち放つ。弧を描き、逃げ場を塞ぐように四方八方から迫った《覇弾炎魔熾重砲(ドグダ・アズベダラ)》に銀の爪痕が現れ、散り散りに消え去った。

爪を振るった気配はなく、爪痕だけが出現した。体内に打ち込んだ《覇弾炎魔熾重砲(ドグダ・アズベダラ)》もあれで消したか。

「主はなにか隠しておるな」

メイティレンがその神眼(めがん)を光らせ、俺を睨(にら)む。

「銀海に出て間もないというのに、バランディアスよりも深き魔法を身につけ、霊神人剣エヴァンスマナを所有する。聖剣世界ハイフォリアに通じておるのか？　あるいはその仇敵(きゅうてき)、災淵(さいえん)世界イーヴェゼイノか？」

奴は空を駆けながらも、カマをかけるようにそう問うた。

「深層世界のいずれかが、主をパブロヘタラに送り込んだ。深層魔法とエヴァンスマナを持たせておけば、泡沫世界と油断した敵につけいる隙はいくらでもある」

「後ろ盾を勘繰るのは妥当なところだがな、メイティレン。そいつらより、俺が強い可能性は考えたか？」

「しらばっくれるのが上手いのう。命が惜しければ、洗いざらい白状することじゃ」

メイティレンの前足の爪が銀に輝く。

「引き裂かれるがよいわ。城さえ落ちる《破城の銀爪》にてのう」

閃光の如く突っ込んできたメイティレンの体を、真正面から両手で受けとめる。直後、奴の爪が触れていないにもかかわらず、俺の背中に、銀の爪痕が走った。纏った反魔法を無視したかのように、根源が斬り裂かれ、鮮血とともに魔王の血が溢れ出す。

ロンクルスとの戦いで負った傷は、癒えたわけではない。俺の体内で、滅びの根源が荒れ狂った。

「泡沫世界の住人の分際で、頑丈な元首じゃのう。呆れ果てるわい」

一瞬、視界に神の魔力がちらついた。目の前の王虎が発するものではない。オットルルーが作り出した水の結界の外、第二バランディアスの天蓋だ。

逆さに立てられている長い城が銀色に光り輝いている。その城は天蓋からぐるりとこの世界を囲うように大地にまで続き、再び天蓋に戻ってきている。小世界を覆う城の円環だ。その円環はもう一つあり、別の円環と交わっていた。

「ふむ。あの長い城が、お前の権能か」

「ようやく気がついたかの」

隠されていたヴェールを脱ぎ捨てるように、世界を覆う城が膨大な魔力を放ち始めた。

「石垣積んでは城をなし、因果重ねて長城をなす。城は因果ぞ、因果は城ぞ。余さず重ねて世界とし、そびえ立つは王虎の巣」

メイティレンの言葉とともに、世界の秩序が歪んだ気がした。世界を覆う長き城と共鳴するかの如く、王虎メイティレンが銀の体毛を輝かせる。

「《因果の長城》へイズベンイエリヤ」

刹那、頭部に激しい衝撃を覚え、俺の体が真下に吹っ飛んでいた。

「この世界は妾の城。積み重ねられた石垣は、世界の因果ぞ。わかるかのう？　バランディアスの因果を、妾は支配しているのじゃ。城を積むも崩すも妾の意のまま、すなわち、原因を切り崩し、結果だけを手にすることができるということよなぁ」

爪を振るい、体に当てるという原因を取っ払い、爪痕を刻んだ結果だけを得られる、か。なかなかどうして、主神らしい権能だ。

「この銀城では、あらゆる結果が自由自在ぞ。主の敗北はここへ来た時点で決まっておる」

空中で体を反転して、俺は大地に着地する。結界の水飛沫が上がり、なおも地面にどでかい穴ができた。

「大言がすぎるな」

地上から、滅紫に染まった魔眼で、ふてぶてしく宙に浮かぶ王虎メイティレンを睨む。

「因果を完全に支配しているなら、先の一撃で俺の根源を滅ぼさなかったのはなぜだ？」

メイティレンは答えず、ただその獰猛な瞳を俺に向けるばかりだ。

「結果が自由自在というなら、ファリスを元首にすることなど容易かったはずだ。だが、お前はそうしなかった。できなかったのだ」

ゆるりと指先を奴に向ける。

「城という性質上、お前にできるのは自らが口にした通り、因果を崩すか積み上げるかだ。原因を崩し、結果だけを押しつけたとて、切り崩せる原因には限界がある。爪を振るう動作と俺の体に当てるという原因を無視できたとして、せいぜい爪痕を刻むという結果が精一杯。俺の根源の抵抗までは切り崩せぬ」

因果を崩しすぎれば、城自体がもたぬのだ。原因を重ね、より強い結果を得ることもできようが、それにも自ずと限界がある。

「その因果の支配が及ぶのは、せいぜいその前足一本が届く範囲といったところか。この狭い世界の中ではそれで十分だったやもしれぬがな」

不敵に笑い、俺は言った。

「どれだけ原因を崩し、結果を重ねたところで、チャチな城では俺には届かぬ」

「確かに、因果を崩すか積み上げるかのみじゃ。今はまだのう」

知られたところでなんら意に介さぬ様子で、メイティレンは言った。

「妾にはファリスがおる。あやつが元首となれば、やがてこの《因果の長城》を自由な形で描くことができようぞ。バランディアスは更に深層へ至り、妾の四つの足がすべて因果に届く。

いよいよ深淵の底に到達すれば、この思考が銀水聖海の因果を支配するのじゃ」

ケタケタと笑い声が空から響く。

「そうなれば、思うだけですべてが叶う。主など、通過点にすぎんわい。ファリスが妾のものとなった今、この悲願を阻む障害はなくなった」

《破城の銀爪》が光り輝き、距離も、原因も無視して、俺の胸を背後から貫いた。胸と口から、夥しい量の血が溢れる。

「のう、不適合者や？　ファリスを元首にするのが不可能でも、戦においては前足一本で十分ぞ？　偉そうな口を叩くのは、妾にかすり傷一つでもつけてからにせい」

「ふむ。かすり傷と言うと――」

俺は二律剣を抜き放つ。その魔力にて、《二律影踏》を使うと同時に、思いきりメイティレンの影を踏みつけた。

「……がっ、ぬ、ががが、があああああああああああああああああああああああああああああああああぁぁぁ…………!!!!」

空から思いきり踏みつけられたかのように、メイティレンの体が勢いよく落ちてきて、大地に激突した。

「――これぐらいか？」

前足一本の因果を、いかに崩し、積み上げようと己の影は消せぬ。俺の滅びの魔力が十分に蓄えられた二律剣の《二律影踏》を食らえば、そうなるのが道理だ。

「……ぐ、ぐぐぅぅ……こ…………れ、は…………」

ミシミシと大地を割りながら、メイティレンが驚愕(きょうがく)の声をこぼす。

「……これは……《覇弾炎魔熾重砲(ドグダ・アズベダラ)》よりも、遙(はる)かに深層の……いや……それどころか──」

起き上がろうとした奴(やつ)の影に、六本の《影縫鏃(デミレ)》を飛ばし、体を縫いとめる。

「ぬぐ……ごぅっ……」

改めてメイティレンの顔面を踏み直した。

「……まさか……まさか……まさか……」

信じられぬとばかりに、王虎は言う。

「……二律僭主の……魔法じゃというのかっ……!? そんなことが、この魔法を、あの不可侵領海以外に使えるはずが……‼」

驚愕(きょうがく)に染まった瞳が、俺を見つめる。

「……いったい……? 主は……いったい何者ぞ……?」

「二度と訊(き)くことのないよう、その頭蓋に刻んでおけ。暴虐の魔王、アノス・ヴォルディゴードだ」

二律剣を逆手に持ち、メイティレンの脳天に振り下ろす。

「……まさか、妾が──」

刃は届いていない。どれだけ押し込もうと、刃は頭に到達せぬ。奴(やつ)の頭に突き刺さるという結果が、崩されたかのように。

「ほう」

「──まさか、泡沫(ほうまつ)世界の不適合者如(ごと)きに、これを使うことになろうとはのうっ‼」

　メイティレンの体を、城のような鎧が覆っていく。天蓋にそびえる《因果の長城》ヘイズベンイエリヤが、銀の光を奴に注いでいた。

「長城甲冑ヘイズベンイエリヤ――」

「ふむ。因果に守られた鎧か。銀城世界というだけあって、そうそう落ちる代物ではなさそうだ」

　二律剣をゆるりと引く。

「ちょうどよい」

　俺は頭上を見上げる。空には射出された歯車に乗る、一人の少女がいた。

「お前のそれが、本当に対主神用の権能なのか、試してみよ」

　少女は静かにうなずいた。

「月は昇らず、太陽は沈み、神なき国を春が照らす」

　静謐な詠唱が、第二バランディアスに響き渡った。

「《背理の六花》リヴァイヘルオルタ」

　燃え盛る氷の大輪が、アルカナの背後に出現する。凍結と燃焼の同時発生。その矛盾した権能の前に、王虎メイティレンが纏おうとしている長城甲冑が凍り、そして燃え始めた。

「いかなる魔法も、いかなる力も、バランディアスにそびえる銀城を傷つけることはできん。この小世界のあらゆる因果は、妾の城を守るように働――」

　メイティレンが目を見開く。第二バランディアスを囲む銀の城。《因果の長城》ヘイズベンイエリヤが、がらがらと音を立てて崩れ始めたのだ。世界の秩序がみるみる狂い始めていた。

「……な…………………な、ん、じゃ？　これは……？」

《因果の長城》が崩れ落ち、その巨大な瓦礫が王虎メイティレンに次々と降り注ぐ。

「ぐ……ごぉっ……な……こんな……妾の城が……妾に牙を剝くわけが……！」

主神を守るための因果が狂い、その城はメイティレンを襲い始めた。次々と銀城の瓦礫が突っ込んできて、奴の体が圧し潰されていく。

「ぎゃっ……がっ……馬、鹿なっ⁉　これは……妾の力が……消える……消えていく……………」

瓦礫に埋められ、奴は悲壮な声を漏らす。

「……バランディアスを、支配する……主神の力がぁあっ……⁉　なぜっ⁉　ありえんっ‼　いかな強き権能だろうと、たとえ不可侵領海だろうと妾の権能を消すことだけはできんっ……！　いったい、いったい、これは、なんなのじゃっ……⁉　なにをしたぁっ、不適合者っっっ！！！」

「我が世界に、俺に負けた不適合者が一人いてな。そいつが主神が生まれたときのために生み出した対抗手段だ。効果があるか確かめたかったのだが」

先端の尖った一際大きな銀城の一部が、まっすぐこの場に落下してくる。

「秩序は歪みて、背理する。我は天に弓引くまつろわぬ神」

ズガァアンッと瓦礫が瓦礫を吹っ飛ばす。鋭い城の瓦礫はメイティレンの体を貫き、圧し潰した。メイティレンは自らが作り出した銀城に埋められている。因果の権能が狂っているからか、瓦礫は奇妙なバランスを保ちながら、王虎の体の上に積み重ねられていた。

かろうじて埋まっていないのは、頭部だけだ。主神が有する権能の一切が消え失せ、抵抗もままならなかっただろう。

「効いたのだろうか？」

言いながら、アルカナが空から降りてくる。

「覿面だ」

すると、彼女ははにかんだ。

「魔力はまだ持つか？」

「リヴァインギルマを使わなければ数分は大丈夫だろう。その代わり、とどめはさせない」

《背理の六花》が消えれば、メイティレンはまたその権能を取り戻す。現状はまだ奴の力と動きを封じたにすぎぬ。

「別世界の主神の権能は、完全には封じられないかもしれない」

「それも確かめておくか」

二律剣にて、俺はメイティレンの首を切断した。

「……な、に……を……するつもりぞ……不適合者……？」

首だけになったメイティレンが、それでも言葉を発す。さすがにしぶとい。動けぬだけで、まだ根源には魔力が十分に残っている。

「お前を滅ぼそうとすれば、その前に降伏するだろう。それでは、ファリスを取り戻せぬのでな」

王虎の首をわしづかみにし、俺は撃ち合いを続ける魔王列車とゼリドへヴヌスのもとへ飛んだ。

「特等席で見せてやろう。バランディアスの完膚無きまでの敗北をな」

§35.【破壊の空】

爆発音が響き渡り、ぎちぎちと歯車の回転する音が鳴る。魔法砲撃を撃ち合いながら、飛空城艦ゼリドヘヴヌスと魔王列車ベルテクスフェンブレムが、空を疾走していた。

爆炎纏う大砲《剛弾爆火大砲》を被弾しながらも魔王列車は、ゼリドヘヴヌスに真正面から突っ込んでいく。正面衝突する勢いで、みるみる両者の距離がゼロに近づく。

『ゼリドヘヴヌス、連射限界。次弾装塡まで六秒と予測』

ミーシャの声が響く。

『全砲塔、照準よしっ』

『まだだ。引きつけたまえ』

エールドメードが砲塔室へ指示を出す。

『進路変更。行き先は、ゼリドヘヴヌスのど真ん中だ』

『ぶ、ぶつかりますよっ？』

『カカカ』

構わずエールドメードは杖で舵を切り、進路をゼリドヘヴヌスへ向けた。

『ぶつかるなら儲けものではないか。あの創術家が、そんな下手な操船をすると思うかね』

機関室の生徒たちが目を見張る。ゼリドヘヴヌスにあわや接触というその瞬間、かくんとその軌道が変わり、飛空城艦は魔王列車をかわした。

『撃ちたまえ』

『今度こそっ。いっくよぉぉぉーっ！』

砲塔室から、ファンユニオンの声が響く。

『『『《古木斬轢車輪》！！！』』』

すれ違い様にゼリドヘヴヌスへめがけ、古びた車輪が次々と発射される。《剛弾爆火大砲》の次弾装塡まで残り一秒。撃ち落とす弾はない。至近距離で放たれたその歯車に対して、ゼリドヘヴヌスはただ加速した。風を切り、大空を駈け、その翼は砲撃以上の速度で飛んでいく。

『うっそっ、魔法砲撃より速いなんて、どうなってるのっ？』

砲塔室でエレンが、信じられないというように叫んだ。なおも誘導する《古木斬轢車輪》を巧みにかわしながら、ゼリドヘヴヌスは旋回して、あっという間に魔王列車の後ろを取った。

『カカカッ、食らいついたではないか！』

魔王列車の全車両からもくもくと煙が立ち上る。

『《彼辺此辺煙列車》ッ!!』

さっと煙が消え去ると、魔王列車の最後尾は先頭車両に変わっていた。ゼリドヘヴヌスとの空戦に入る前、《彼辺此辺煙列車》による煙の幻影により、魔王列車は前後が逆に見せかけられていた。つまり、先程までずっと後ろ向きに走っていたのだ。

『車輪を第五歯車へ連結。全速前進』

『了解っ！　第五歯車へ連結、全速前進っ！』

エールドメードの指示にて、素早くギアが後進から前進に切り替わる。列車の特性上、ベルテクスフェンブレムは前進も後進も同じ速度が出せる。だが、機関室と煙突が先頭車両にある分、操縦性は前進の方が優れており、煙による結界は前方が最も厚く、背後が最も薄い。

　まさか今の今まで薄い後列から突っ込んできていると思わなかったファリスは、最後尾を狙ったのだが、それこそエールドメードの打った博打(ばくち)だった。

『カーカッカッ！　突撃、突撃、突撃だぁぁっ!!』

　魔王列車に振り切られないように、ゼリドヘヴヌスは全速で追いかけていた。しかし、列車が途端に急停止し、更には逆向きに走り出したことで、両者が先程以上の全速でみるみる接近する。急停止も間に合うまい。この速度では、さすがに回避は至難だ。

『ちょ、ちょっと！　本気で当てる気っ!?　さすがにゼリドヘヴヌスの城壁に当たったら、無事じゃすまないわよっ！』

『構わん、構わんぞっ！　そうでもしなければ、あの馬鹿っ速い船を捉えられるわけがないではないかっ！　魔王の魔法を信じたまえ！』

　サーシャの警告を、エールドメードが一蹴する。

『さすがにしんどくなってきたけど、がんばるぞっ！』

《聖域白煙結界(テオボロス・イジエリア)》の光が増し、結界が多重に重ねられた。けたたましい轟音(ごうおん)とともに《剛弾爆火大砲(ヴエイロボズム)》の集中砲火が浴びせられるが、前方にのみ集中された結界がそれを防ぐ。

あっという間に魔王列車はゼリドヘヴヌスの魔法城壁に迫った。今にも衝突しようかというその瞬間――今度は煙突から立ち上っていた白煙が消えた。《聖域白煙結界(テオボロス・イジェリア)》がゆっくりと消滅していく。機関室では、投炭していた生徒の一人、缶焚き(かまた)が力を使い果たしたかのように倒れていた。

《古木斬轢車輪(ボロス・ヘテウス)》、第五歯車速度、《聖域白煙結界(テオボロス・イジェリア)》、そのいずれも魔王列車の動力となる火室の燃焼が不可欠だ。訓練以上の投炭速度を出していた彼らに、とうとう限界がやってきたのだ。

『――カカカカッ、大外れではないかっ!!』

博打(ばくち)の失敗を嬉(うれ)しそうにエールドメードは嘆く。《聖域白煙結界(テオボロス・イジェリア)》が消えかけたこの状況でゼリドヘヴヌスの《堅牢結界城壁(バディレイヒア)》に突っ込めばひとたまりもないだろう。

『相変わらず、デカルコマニーが好きですね、熾死王。あなたの戦いにはシュルレアリスムの美学があります』

ファリスの《思念通信(リークス)》が届くと同時、ゼリドヘヴヌスの魔法城壁に魔王列車が衝突する。

バチィッと防壁と防壁が触れた途端、消えかけていた《聖域白煙結界(テオボロス・イジェリア)》が完全に消滅する。瞬間、ファリスは自らの船の魔法城壁をあえて消した。

『私の趣味ではありませんが、それもまた趣深きかな』

城壁を消した分生じた僅かなスペースを使い、ゼリドヘヴヌスは魔王列車の衝突を華麗に避けた。そうして、長い車両とすれ違う瞬間、僅か二度だけ《剛弾爆火大砲(ヴェイロボズム)》を発砲する。

『連結部二箇所被弾。第一、第二、第三貨物室、落下』

ミーシャの声が響く。火露を収納している貨物室がすべて、魔王列車から切り離されて、落ちていく。あれを奪われれば、銀水序列戦は敗北だ。ゼリドヘヴヌスは素早く旋回し、貨物室へ向かった。

『《吸収引力歯車》を撃ちたまえ』

『了解っ!!』

『《吸収引力歯車》発射っ!!　回収回収っ！』

砲塔から、《吸収引力歯車》が次々と発射される。落下する貨物室を回収しようとしたその歯車は、しかし、ゼリドヘヴヌスが発射した《剛弾爆火大砲》にて爆散した。

今の魔王列車の速度では、ファリスが駆るゼリドヘヴヌスの速度には到底及ばぬ。みるみる貨物室に迫った飛空城艦は、そこに魔法陣を描く。城壁を展開され、貨物室がその内側へ取り込まれる――

「《覇弾炎魔熾重砲》」

ドゴオオオォォオンッとけたたましい音が鳴り響き、《堅牢結界城壁》に風穴が空いた。俺はそこに《森羅万掌》の手を伸ばして、貨物室三つを引き寄せる。

「くはは。惜しかったな、ファリス」

貨物室を《飛行》にて飛ばせば、やってきた魔王列車がそれと連結した。

「お前たちの主神はこの様だ」

王虎メイティレンの首を見せ、ゼリドヘヴヌス内部で飛び交う《思念通信》を傍受する。反魔法にて防げただろうが、ファリスはそれを阻止しなかった。主神がこの手にある以上、従うしかあるまい。すでに勝敗は決したも同然だ。

『…………ぁ……』

息を呑む音と茫然自失となった声が聞こえた。

『……な……』

『……なんということだ……』

『……メイティレン様が、あのような無残な御姿に……』

『……なんの悪夢だというのだ……？　信じられぬ……この第二バランディアス、我ら城魔族の世界にて、こうも容易く《因果の長城》が落ちるなど……』

『あの小娘、なにをした……？　神族……のようだが……？』

『……主神ではない神が、主神を倒したというのか？　なにを司る神だ？　そんな秩序が存在するわけが……』

『ザイモン殿もやられたようだ……包囲網は崩され、飛空城艦カムラヒはすべてが沈黙した……』

ゼリドヘヴヌスの中から驚愕の言葉が漏れ落ちる。

『……ザイモン殿を一騎打ちで破る剣士。あの霊神人剣エヴァンスマナの使い手。主神の秩序を封じる得体の知れぬ神族。元首だけではなく、その配下まで化け物揃いだと……？』

『ミリティア世界の魔王学院、こやつらいったい何者だ……？　甘く見たわけではないが、いくらなんでも不適合者にしては強すぎるっ……』

『……伊達に魔王を名乗っていないとは思ったが……まさかここまでとは……』

城魔族たちは、まざまざと突きつけられた結果に、戦々恐々とした。最早、奴らの船はゼリドヘヴヌス一隻のみだ。

『敵わぬものですね、陛下。バランディアスの総力をもってしても、あなたには』

「いいや、遊びの決着がついたにすぎぬ。まだ終わりではない」

俺は魔王列車のもとまで上昇し、今なお悠然と空を飛ぶゼリドへヴヌスを見下ろす。

「ファリス。お前とゼリドへヴヌスが残っている。城魔族たちが戦場に見た希望の翼。その両翼、へし折ってやらねば、バランディアスは悪夢から覚めぬ」

勝敗はとうに決している。それでも俺は、ファリスへ告げた。

「最後の勝負だ。その翼をもって、我が魔王列車のもとまで飛んでみせよ。それができたなら、この銀水序列戦の勝利はくれてやる」

あえてバランディアスに勝ちの目を作る。奴らに完膚無きまでの敗北を与えるために。

『列車に翼が届かなければ？』

「我がもとへと戻り、絵を描け。あの日、約束した平和の絵を」

一瞬の沈黙――ゼリドへヴヌスを巨大な立体魔法陣が覆った。ファリスの魔力が、城魔族たちの魔力が、飛空城艦から溢れ出す。

『その勝負、受けて立ちましょう。しかし、たとえ負けても絵は描けません』

はっきりとファリスは断言した。

『私は筆を折ったのです。決して……もう決して、絵を描くことはないでしょう。その代わりに、誓ったのです。バランディアスの翼になると。陛下、あなたのようになることはできずとも、いつの日か現れるその光のもとへ運ぶ翼にはなれる』

ゆっくりとゼリドヘヴヌスは上昇を始める。これまでにないほどの魔力を纏いながら。

『私の筆は折れた。だからこそ、この翼は決して折れはしません。この世界が、バランディアスが光へと届くそのときまで』

「気高き挺身、見事な覚悟だ、ファリス。世界のために我が身を捨てようとはな。勝手気ままに絵を描いていたお前が、一端の戦士になったか。だがな――」

なぜ彼が筆を折らねばならなかったのか。それが生半可な覚悟ではないことは、よくわかっている。戦士になろうとした決意に、嘘などあろうはずもない。

ゆえに、俺は言った。

「決して褒めてはやらぬ」

この身を恐れもせず、まっすぐ飛んでくる飛空城艦を見据えた。

「サーシャ」

魔王列車から出たサーシャが、《飛行》を使って空を飛ぶ。

「ようやく出番？　待ちくたびれたわ」

「あれを使え」

サーシャは《破滅の魔眼》を浮かべ、その両眼を右手で覆う。さっと手を振り下ろせば、彼女の瞳は、滅びへと誘う闇の日輪の形をしていた。《終滅の神眼》である。

「《破壊神降臨》」

魔王列車が更に上空へと舞い上がり、それを中心にして、闇の日輪が姿を現す。かつてミリティア世界にて、破壊神の神眼に映るすべてを灼き滅ぼした《破滅の太陽》サージエルドナーヴェが、第二バランディアスに顕現した。

　魔王列車はその日輪の内部に飲み込まれていった。これで《破滅の太陽》を破らぬ限り、ゼリドヘヴヌスの翼は届かぬ。

「破壊神の力、見せてあげるわ」

　オットルルーの結界を容易く灼き滅ぼし、更に上空へ昇った《破滅の太陽》は、バランディアスを黒き光にて照らし出す。夥しい魔力がそこに集い、黒陽が照射された。

　その滅びの光は、空を目指すゼリドヘヴヌスに降り注ぐ。《想司総愛》を秩序に変えた現在のミリティア世界では、神の権能に愛が伴う。二千年前よりも遥かに強く、その黒陽はゼリドヘヴヌスの翼を燃やしていく。

『艶やかな太陽、二千年のときを越え、陛下はあの禍々しき太陽を、平和の象徴に変えられたのですね』

　翼を燃やしながらも、ゼリドヘヴヌスの上昇は止まらない。

『ですが、私もこのバランディアスで戦ってきたのです。ゼリドヘヴヌスは、決して揺るがすことのできない不動の銀城。この翼は決して堕ちず、最後まで戦場を飛び続ける、バランディアスの勝利の象徴です』

　黒陽を真っ向から斬り裂いて、その破壊の空をゼリドヘヴヌスが上昇していく。まるで、あの日と同じように。

『さあ、参りましょう。恐れることはありません。美しくあれ、とは言いません。どうかこの背に続いてください。泥をすすってでも、私はあなた方に勝利をもたらす』

城壁を灼かれ、翼をボロボロにしながらも、ゼリドヘヴヌスは空を行く。

『あのときと同じです、陛下。私の翼は、その《破滅の太陽》の中へ、必ずや希望を届けるでしょう』

一瞬たりとも怯(ひる)みもしないファリスに鼓舞されたかのように、配下の城魔族たちが更に強大な魔力を発揮した。それは、決して落ちぬ不動の城を創り出す魔法――

『《堅塞固塁不動城(バランディアルタ)》』

ゼリドヘヴヌスが銀の光を纏(まと)う。

バランディアスの築城属性最上級魔法が、みるみる内に飛空城艦を創り変えていく。銀に輝く分厚い城壁、長く広く強い翼、無数の砲門。その巨大な城は、紛(まが)うことなく要塞だった。ザイモンでは、その身に鎧(よろい)を纏(まと)うのが精一杯。しかし、ファリスは城魔族たちの魔力を借りているとはいえ、その魔法を城艦全体に使ってのけたのだ。

同志たちの作品を守るため、自らの作品を兵器へと変える決意をした男の――それは強く、そして悲しい翼だ。

黒陽にさえも傷一つつかず、悠然とゼリドヘヴヌスは空を駆ける。その光景を彼女は、悲しげに見つめた。

「ミーシャ」

サーシャが呼ぶと、魔王列車の中から声が響いた。

「《創造神顕現(ミリティア)》」

まっすぐ太陽へ向かう翼へ、雪月花が舞い降りる。ひらり、ひらり、と無数の雪の花が、空を覆いつくしていく。《破滅の太陽》の真横に、白銀に輝く満月――《創造の月》アーティエルトノアが出現していた。

動いている。太陽と月が背中合わせに寄り添うように、サージエルドナーヴェが欠けていく。

バランディアスを闇が覆った。《破滅の太陽》の皆既日蝕である。その暗い日輪に、一人の少女の影が映った。

「――あの日、あなたは笑っていたわね」

二千年前を振り返るように、サーシャは言う。

「あんなときだっていうのに、世界が平和になるって笑って、破壊の空を壊されながらも飛んでいた。美しくあれって、馬鹿みたいに飛び込んできて。壊されても壊されても、新しい翼を作って。そんな頑丈なだけの、不格好な船じゃなかった」

閉じた瞳を、サーシャが開く。《終滅の神眼》が、鮮やかに輝いた。

「あなたは強くなったつもりかもしれないけど、おあいにくさま。わたしは笑顔だから負けたのよ。あなたが笑っていたから、その翼は破壊の空を自由に飛べたの」

キッと一睨みすると同時に、《終滅の日蝕》が瞬く。

「だから、壊すわ。わたしが見たかったのはこんな悲しい結末じゃない」

刹那、ミリティア世界を滅ぼさんとした終滅の光が放たれる。その闇の光は、ゼリドヘヴヌスのみならず、俺やオットルルー、水の結界、そしてバランディアスの大地に降り注いだ。

だが――この身は一切灼かれることはない。

転生したミリティア世界では、破壊神の秩序もまた進化している。その権能である《破滅の太陽》は、彼女の愛を得た力へと変わったのだ。滅ぼすべきものだけを滅ぼす終滅の光へと。俺を灼(や)かず、大地を灼(や)かず、城魔族たちすら灼(や)かずに、その輝きは、ただ飛空城艦ゼリドヘヴヌスのみを灼(や)く。

滅びの対象を限定することにより、その権能は何倍にも高まった――

「《微笑みは世界を照らして(エイン・エイアール・ナヴエルヴァ)》ッッッ！！！」

§36.【魂の在処(ありか)】

終滅の光が、ゼリドヘヴヌスに降り注ぐ。輝く銀城と化した巨大な要塞、その城壁を燃やし、その艦体を灼(や)いては、その翼を破壊していく。《堅塞固塁不動城(バランディアルタ)》は、世界が滅びても決して落ちぬ不動の城――とカルティナスは言った。今のゼリドヘヴヌスには、確かにそれだけの頑強さが備わっていたことだろう。

しかし、歯が立たぬ。サーシャが放った《微笑みは世界を照らして(エイン・エイアール・ナヴエルヴァ)》は、圧倒的なまでの滅びの力でゼリドヘヴヌスを蹂躙(じゅうりん)する。瞬(また)く間(ま)に分厚い外壁が灼(や)き滅ぼされ、艦体は半壊した。

「それだけ傷つけば、最早(もはや)まともには飛べまい」

ゼリドヘヴヌスを見下ろし、俺は言う。

「いつまで重荷を背負っている？《創造芸術建築(アストラステラ)》で来い、ファリス。バランディアスの者どもに、お前が描く本当の翼を見せてやれ」

『——血を、筆に塗りたくり』

ファリスの声が響いた。ボロボロの艦体を創造魔法でつなぎとめるが如く、ゼリドヘヴヌスは未だに輝きを失わぬ。両翼を懸命に広げ、魔力を振り絞りながら、終滅の光が降り注ぐ真っ直中を、僅かに、しかし確実に上昇していた。

『——死体を、キャンバスに描き』

ファリスの魔力がひたすらに、崩れ落ちそうな城の形をかろうじて保っていた。

『陛下、私はそれでも守らなければと思ったのです』

自らの言葉で、自らを奮い立たせるように彼は言う。

『戦友を』

転生した後、幾多の戦場を越えてきたのか。

『民を』

容易い戦でなかったことは、このゼリドヘヴヌスを見れば想像がつく。

『老師たちの作品を』

そこは彼にとって、紛れもなく地獄だったのだ。優しすぎた創術家には、決して抜け出すことのできぬ——

『強大な敵が目の前に迫ってきたとき、私が戦うための手段は一つしかなかった。創術家として死ぬか、それとも戦士として彼らを守るのか。その選択を突きつけられたとき、私はこの船を、真っ赤に染め上げることを決めたのです』

死力を振り絞るように、魔法障壁がゼリドヘヴヌスの全方位を覆った。

『今更……私に今更……どうして絵が描けるというのでしょうか？　作品を血で汚した私に、筆を持つ資格はありません』

　ふわりとゼリドヘヴヌスが舞い上がる。

『私はこのゼリドヘヴヌスを兵器に変えた。魂を汚し、あまつさえ悪魔に売り渡した。たとえ誰が許そうとも、絵は、私を許してはくれません』

　彼の想いに呼応するかの如く、その翼は終滅の光の中を雄々しく飛んだ。

『どうか情けなどおかけにならないよう。それでも、醜くとも、後悔などしてはおりませんっ！　絵を描いていては救えぬものを、私は救ったのですからっ！　平和の絵は描けずとも、平和を描くことはできる。それが、戦士となった私に残された最後の希望――』

　機体をボロボロに破壊されながら、それでもゼリドヘヴヌスは《終滅の日蝕》に押し迫る。

『この翼で必ずバランディアスを導いてみせましょうっ!!』

　ぐんとその船は加速する。折れかけた翼で、けれども、これまで以上に力強く。

「そうだ、行けっ！　ファリスっ!!」

　地上から声が響いた。ザイモンやバランディアスの城主たちである。

「お前がっ、お前こそがバランディアスの翼だっ！」

「戦場の申し子、戦の化身っ！」

「ファリス殿ほど銀城に愛された者はおらぬっ！」

「我が世界唯一の銀城創手にして、最強の戦士ぞっ！」

「我らが城魔族の意地をっ！　難攻不落のゼリドヘヴヌスにて、ミリティア世界に一矢報いてくれようぞっ！！！」

声援に押されるように、更にゼリドヘヴヌスが上昇する。ボロボロの艦体と折れかけた翼で光へ向かうその姿が、まるでファリス自身にダブッて見えた。俺は、王虎の首に《飛行》をかけ、宙へ放り捨てる。そうして、ゆるりと眼下へ加速する。

「ファリス殿っ！　我らが元首！　あなたこそが、バランディアスの希――」

バギ、ギギギィィイと轟音が耳を劈く。城魔族たちの目の前で、この右腕はゼリドヘヴヌスの右翼をへし折っていた。

「……………な……………………………………………あ………………う、あ………………」

「戯言はそのぐらいにし、とくと見るがよい。そして、思い知れ。バランディアスの住人ども、戦しか知らぬ城魔族よ。お前たちの魔眼は、節穴だっ!!」

拳を握り、外壁を砕き、

「ファリス。自由を愛した、我が配下よ。よくぞこの地獄を生き抜いた」

砲塔を引き裂き、素手で引き千切り、

「誰も彼もがお前を戦士と褒め称え、どいつもこいつもお前の力に及びもせぬ」

ゼリドヘヴヌスの周囲を飛び回り、四角い城を丸くするように次々と艦体を粉砕していく。

「だが、もうよい。こんなものは俺がへし折ってやる。奴らの希望を、目の前で粉々に粉砕し、本当の戦士の存在を教えてやろう」

まっすぐ飛んで左翼をぶち抜き、力任せに叩き折った。終滅の光が降り注ぐ中、世界よりも頑丈な城を、壊して、壊して、粉々に破壊していく。奴らがすがった希望の翼を、お前を縛りつけるだけの動かぬ城を。

俺がバランディアスの目の前で、完膚無きまで破壊してやる。

「恐怖に震えよ、バランディアス。これが力だ。これが真の戦いだ」

誰かが言ってやらねばならなかった。誰かが止めてやらねばならなかった。だが、いなかったのだ。バランディアスの住人は絵を理解せず、誰一人として、創術家のファリスに敵わなかった。

「これが兵器か？　こんなものが？　こんな紙細工のように繊細な城が？」

半壊したゼリドヘヴヌス、その前面には、無数の術式がつながり、魔力が供給される一点があった。その場所に描かれているのは、《堅塞固塁不動城》の術式だ。二千年前、ファリスはそこに、ファシマの群生林の絵を描いた。

たとえ戦場へ出ようとも、創術家として、そこに術式を刻むことだけは許さなかった。彼の信念が、そこにあった。戦場の只中で、ほんの小さなそのキャンバスだけが、彼の魂の在処だったのだ。彼が彼としていられる、創術家として戦場を飛ぶために、決して侵してはならぬ聖域。それをファリスは曲げた。

どれほどの葛藤だったか、どれほどの苦悩だったか。この城を見る度に、ファリスは果てしない慟哭に身を置くことになっただろう。

「この牢獄から、お前を解放してやる」

七重螺旋の黒き粒子が俺の全身に纏う。思いきり拳を振りかぶり、《堅塞固塁不動城》の術式めがけ、殴りつけた。

ドッゴゴゴゴォォォッと耳を劈く轟音とともに、それを壊し、壁を砕いた。戦士として戦うことを刻んだその哀れな術式を、殴り、砕き、この手で粉々に滅ぼしていく。石垣とともに悲劇を積み重ねた城を、破壊して、破壊して、完膚無きまでにぶち壊す。

そうして、ゼリドヘヴヌスの分厚い防壁をすべてぶち破って中に入れば、ブリッジに立つファリスの姿が目に映った。

「なあ、ファリス」

俺はゆるりと床に足をつき、彼に言った。

「やはり、お前には向いておらぬな。戦士など」

「…………陛下……」

毅然とした戦士の顔。だが、それが俺には、今にも泣き出しそうな迷子の子どもに思えた。

「魔王軍には戦うのが得意な奴らがごまんといる。だが、彼らに絵は描けぬ」

一歩、彼へ向かって足を踏み出す。

「英雄など柄ではあるまい。元首などもっての外だ。お前の居場所がここにあるか？」

息を呑んで、彼は言う。

「……創術家ファリス・ノインは死んだのです。悪魔に魂を、売り渡してしまったのですから……」

「魂を売った？　誰にだ？　カルティナスにか？　馬鹿を言え」

俺は笑い、彼に言った。

「お前の魂は二千年前に俺が買った。持っていないものをどうやって売るつもりだ？」

ファリスが目を丸くする。俺はまっすぐ歩を進めた。

「どいつもこいつも好き勝手なことばかりを言ってくれたがな。お前の意思でないのなら、誰に渡すつもりもないぞ。カルティナスにも、メイティレンにも、このバランディアスにも」

ファリスのもとへ歩み寄り、彼のそばでそっと囁く。

「泣こうが喚こうが、その手に筆を握らせ、無理矢理にでも描かせてやろう、ファリス」

ファリスの顔を至近距離で見据え、揺るぎない意思を込めて言った。

「お前は俺のものだ」

自らの胸を、俺は手で指し示す。

「お前の魂はここにある。創術家ファリス・ノインの魂が、今も変わらずここにある。その気高き心は、血糊で曇るほど安くはないぞ」

「…………陛下…………」

衝撃を受けたような顔で、崩れ落ちてその場に膝をつき、ファリスは俺の足元に頭を垂れる。

「……私は、絵を……」

涙の雫が、とめどなくこぼれる。掠れた声で、彼は想いを吐き出した。

「……もしも、まだ、許されるのであれば……」

拳を握り、俺にすがりつくようにファリスは言った。

「……絵を、描きとうございます……陛下……」

まるで希うように。

「……二千年前のように……あなたの御側で……」

「許す」

彼は求めていたのだ。戦火の絶えぬバランディアスにあって、それでも。

絵が描ける場所を。絵を見てもらえる場所を。魂の置き場所を、求めていたのだろう。

「思う存分に描くがよい。お前の自由を縛りつけるありとあらゆる理不尽を、俺がすべて滅ぼしてやる」

ファリスの目の前にすっと手を伸ばす。涙をこぼしながら、彼は俺を見上げた。

「ずいぶん待たせたな、ファリス」

§37.【銀城世界に翼舞う】

俺の手を取り、ファリスはゆっくりと身を起こす。憑きものが落ちたような顔をしていた彼は、すぐにその表情を引き締めた。

「陛下。不動王は――」

そのとき、ガタガタと飛空城艦が揺れ始めた。すでに《微笑みは世界を照らして》（エイン・エイアール・ナヴエルヴァ）の照射は止んでいる。ゼリドヘヴヌスといえど、さすがにここまで壊れれば艦体も限界か。

いや、違うな。ゼリドヘヴヌスが、なにかに上から押さえつけられている。魔眼に映るのは強大な魔力、神の権能だ。

「――ものじゃ…………」

不気味な声が響く。その方向へ振り返り、城に空いた穴から頭上を見上げた。

「……妾のものじゃ………」

そこに浮かんでいたのは、王虎メイティレンの首だ。

「やらぬ、やらぬ、主(ぬし)にはやらぬ。それは妾のものぞ。ファリスは、バランディアスを導く翼。我が理想の城を築く銀城創手じゃ……!!」

すぐにアルカナから《思念通信(リークス)》が届く。

『《背理の六花》で封じきれない。王虎は命を燃やしているのだろう』

灯滅せんとして光を増し、その光をもちて灯滅を克す。滅びに近づく王虎の根源は、神族の弱点である《背理の六花》さえも凌駕(りょうが)しようとしている。アルカナの魔力も尽きる頃だ。さすがに深層世界の神ともなれば、完全に無力化はできぬか。

『ゼリドヘヴヌスッ!!　聞こえるかっ……!?』

今度はザイモンからの《思念通信(リークス)》だ。切迫した声が、ゼリドヘヴヌス中に響き渡った。

『今すぐ船を捨てて脱出しろっ!!　メイティレン様は神の咆吼(ほうこう)を使うつもりぞっ！』

即座に乗員たちが反応し、《転移(ガトム)》の魔法陣を描く。しかし、彼らが転移するより先に、銀の爪痕が現れ、術式が砕け散った。

「な……!?　なぜ……!?」

「……《転移(ガトム)》の因果が支配されて……これはメイティレン様の権能では……」

「馬鹿な、どうして我々までっ……!?」

「メイティレン様っ！　これはいったい、どういうおつもりでっ!?」

　頭上に浮かぶ王虎の首が、ニタァと笑った。

「逃がしはせん、逃がしは。砂粒一つ抜ける隙間を作れば、そこな不適合者につけ込まれるからのう」

　ゼリドヘヴヌスの遙か下方、《因果の長城》に圧し潰されているメイティレンの体が銀色に瞬く。それに呼応するように、積み重なった銀城が再び光を取り戻した。

『メイティレン様っ!!　それをここでつかえば、第二バランディアスがただではすまんっ！　自らの世界を滅ぼされるおつもりかっ！』

「一つの銀泡と引き換えに、ファリスが手に入るなら安いものぞ。誰にも渡さん。誰にものう。主は妾のものじゃ、ファリス。永遠に」

　王虎の首から、妄執に満ちた言葉がこぼれ落ちる。

『……馬鹿なっ！　その位置ではファリスまで巻き込まれるっ⁉』

　ザイモンが叫ぶ。しかし、メイティレンは不気味に笑った。

「死すれば、不適合者との絆は断ち切れよう。そうして、ファリスの火露は、いつの日かまたバランディアスの翼となる。それまで待つわい。何千年でも、何万年でものう」

《根源光滅爆》にも似た激しい光が、《背理の六花》をみるみる振りほどいていく。《因果の長城》がめきめきと歪みながら、変形する。象られたのは巨大な虎の頭であった。
ゴ、ゴゴゴゴォ、と重厚な音を立て、その顎が開かれれば、命を燃やす王虎の魔力がそこへ集う。
「さあ、妾と一緒になるがよい」

王虎は言った。

「《因果弾丸長城虎砲(ヘイズ・ベルムト・イエリヤーデ)》」

それは、大気を劈く(つんざく)王虎の咆吼(ほうこう)。空を撃ち抜く銀の弾痕が、その口からゼリドヘヴヌスへ向かって無数に出現した。原因を無視し結果を強制する王虎の権能は、いかに頑丈な結界とて、撃ち抜いたという結果を強制する。頑強さなどものともせず、万物を滅ぼし尽くすだろう。

ゼリドヘヴヌスの乗員たちは、咄嗟(とっさ)のことに身動きを取ることすらできなかった。バランディアスの住人である彼らは、本能のうちに察知したのだろう。自らの世界を司る(つかさどる)主神、王虎メイティレンの権能。その因果の力の前には最早(もはや)、避ける術も、防ぐ術もありはしない。すなわち、死は必至、と。だが――

「――美しくあれ」

魔法陣から抜かれた一本の魔筆。それを一度、宙に走らせれば、ゼリドヘヴヌスを立体魔法陣が覆っていた。彼と《魔王軍(ガイズ)》の魔法線をつなぎ、足りぬ魔力を補っては、二人で集団魔法を行使する。

「見せてやれ。真の翼を」

一瞬瞳を閉じて、ファリスは意識を集中する。

「《創造芸術建築(アストラステラ)》」

空をキャンバスに、ゼリドヘヴヌスの折れた両翼が、瞬く間(またたくま)に描かれる。先程より、長く、鋭く、なによりも美しく。外壁や城門、城壁、砲門が再生された。半壊していた飛空城艦が、その魔法により瞬く間(またたくま)に創造されたのだ。

刹那――因果の咆吼、《因果弾丸長城虎砲》がゼリドヘヴヌスを飲み込んだ。銀の弾痕に撃ち抜かれるが如く、ゼリドヘヴヌスは震撼し、ガラガラと崩壊していく。魔法城壁、魔法障壁、いずれの護りも無視し、その弾痕は撃ち抜いたという結果によって、ゼリドヘヴヌスを破壊していく。

だが、崩れ落ちはせぬ。破壊されたそばから、その翼は新しく誕生する。それだけではない。《因果弾丸長城虎砲》が、ゼリドヘヴヌスに与える損傷が明らかに小さかった。恐らくこれは王虎の切り札。ザイモンらの慌てようからして、一瞬で《創造芸術建築》の術式ごと壊せてもおかしくなさそうなものだが、因果の咆吼は、ゼリドヘヴヌスの根幹を撃ち抜けはしなかった。

それどころか、ゼリドヘヴヌスが新しく描かれるごとに、その翼は《因果弾丸長城虎砲》への抵抗力を増していくのだ。

因果が積み重なる銀城世界バランディアス。城の石垣を崩すのが容易いように、王虎には因果を崩すのは容易いことだ。その因果を正しく認識できてさえいれば――

石を積めば、城になる。それと同じように、メイティレンは絵の具を重ねれば絵になると思ったのだろう。だが、魔筆を撃ち抜こうと止まらぬ。《創造芸術建築》には筆も絵の具も必要ない。それは、ファリスの想像一つで描かれる絵画だ。ゆえに崩すならば、ファリスの頭の中を、その想像を正しく認識しなければならぬ。

それが、王虎にはできなかった。どれだけ因果を辿ろうと、その権能がファリスの頭の中を覗き込んだとしても、奴には理解できない領域がある。バランディアスには芸術が存在しない。城の建て方なら百も承知だろうが、絵画の描き方は知りもしない。機能美とはほど遠いファリスの描くその芸術的な翼が、奴にはまるで因果を無視し、飛躍しているように感じられたに違いあるまい。

どれだけ石垣を積み重ねても届かぬ高みを、勝手気ままに飛ぶが如く――それゆえ、王虎はファリスを求め、執着したのやもしれぬな。不完全な世界を補うために。

「……ああ……あぁ……！　ファリス……その力、主が……元首になれば、妾は更に……」

「そろそろ敗北を認めるのだな。お前に残されたのは、その滅びかけの根源のみだ」

ゼリドヘヴヌスから飛び出した俺は、そびえ立つ虎頭の長城へ飛んでいく。

「黙れいっ!!　やらん……やらんぞ……ファリス……主は、妾のもの……決して……決してぇぇっ……主なんぞにぃぃいぃっ……くれてやるものかっ！！！」

銀の弾痕が俺の体を撃ち抜いた。瞬間、バランディアスの空では、禍々しい日蝕が光を放つ。

「覚えておけ、メイティレン」

遙か上空から、サーシャが《終滅の神眼》を王虎の城へ向けた。暗き光が日蝕に集う。

「過ぎた執着心は、身を滅ぼす」

「《微笑みは世界を照らして》ッッッ！！！」

王虎とその城のみを滅ぼす終滅の光が、《因果の長城》に降り注ぐ。それでも、異様なまでの執着で、メイティレンはゼリドヘヴヌスに銀の弾痕を放ち続ける。だが最早、その因果の咆吼は彼の翼には届かない。無数の弾痕が放たれる空をゼリドヘヴヌスはゆうゆうと飛び、終滅の光の前に《因果の長城》は黒く染められ、崩壊していく。

「……おの、れぇ………」

宙に浮かぶ首が、悔しげに声を漏らす。《因果の長城》は綺麗（きれい）に消滅した。今にも滅びそうな首なしの体に、王虎の首がふっと降りてきてくっついた。

「……口惜（くや）しいが、これまでかのう……。覚えておけ、ミリティア世界。覚えておけ、魔王学院の不適合者どもっ！　この恨み、この怒り、決して忘れはせん。我が銀城世界は、これより主らを滅ぼすためだけの飢えた虎と化す。民が苦しもうが、世界が滅びようが、知りはせん。主らを追い、追って追って、地獄の果てまで追い回して、骨まで貪り食ってくれようぞっ……!!」

「――その負け惜しみの代わりに降伏しておけば、助かったものをな」

王虎の背後をとった俺は、奴（やつ）の毛をわしづかみし、夕闇に染まったの右手で、終滅の光を握り締めていた。

サーシャが《微笑みは世界を照らして（エイン・エイアール・ナヴエルヴア）》を撃ち終えたのではない。俺が《掌握魔手（レイオン）》でつかみとったのだ。並の小世界ならば軽く滅ぼす威力を誇る破壊神アベルニユーの終滅の光が、更に《掌握魔手（レイオン）》で増幅されていく。その拳を奴（やつ）の根源めがけ、俺は思いきり突き出した。

「――ま、待て、こっ、降さぎゃああぁぁぁっ……!!!!」

王虎の体を貫き、その根源の中心で、《微笑みは世界を照らして（エイン・エイアール・ナヴエルヴア）》が爆発した。闇の光が、第二バランディアスを照らし、その場を暗黒が包み込む。滅びの一切が、メイティレンの根源に集中し、散り散りに引き裂くように粉砕していく。

僅かに、闇が晴れた。少しずつ、少しずつ、視界は明るくなっていき、やがて元の色を取り戻す。空を禍々(まがまが)しく彩(いろど)っていた《終滅の日蝕》は姿を消していた。俺の足元に残されていたのは、殆(ほとん)ど灰になった奴(やつ)の骸と、なんとか原形を保っている虎の頭蓋骨だ。まだかろうじて生きている。

「最早(もはや)、助からぬ。降伏せぬ方がバランディアスのためだ」

メイティレンの頭蓋骨へそう言い含める。そうして、遠くで様子を窺(うかが)っている奴(やつ)らに視線を向けた。

「終わったぞ。バランディアスの城魔族。こちらへ来るがいい。最後の決着をつけてやろう」

§38.【門出】

城魔族たちが、こちらへ飛んでくる。先頭はザイモンだ。シンに斬られた首は応急処置でどうにかつないだか、まだ完治はしていないものの、動くだけなら問題なさそうだ。

俺の目の前に奴(やつ)は着地した。城主たちがすぐ後ろに控えており、その後方には城魔族たちがずらりと並ぶ。

「……決着を、と言ったが？」

ザイモンが、静かに口を開いた。

「ああ」、

「銀水序列戦は、完全にバランディアスの敗北だ。校章を奪われた以上、俺はもう戦えん。元首はひれ伏し、主神はその有様、今更なんの決着を――」

「お前たちの元首はまだひれ伏していない」

俺は頭上に視線を向けた。

「そうだな、ファリス」

ゼリドヘヴヌスから降りたファリスが、緩やかに降下してくる。

「……お見通しでしたか」

彼は俺の傍らに着地した。

「どういうことだ？　現にファリスはお前に忠誠を……」

「ファリスはバランディアスの元首ではないということだ」

ザイモンははっとしたような表情を浮かべ、ファリスを見た。

「もしや、カルティナスは……………？」

「……申し訳ございません、ザイモン」

ファリスが魔法陣を描けば、そこに一つの額縁が現れた。描かれた絵は、不動王カルティナスである。苦悶の表情の肖像画だが、生々しく今にも動き出しそうだ。

「《封描絵画》にて、額縁の中に封じ込めました」

カルティナスを滅ぼしていれば、その時点でバランディアスの元首は空位となる。主神メイティレンがそばにいたため、ファリスはすぐさま元首となれただろう。だが結局、彼は躊躇してしまったのだ。

「決着をつけるのはお前たちだ。己が世界のため、命をなげうって挑んだ、その戦いのな」

《封描絵画（ロッセン）》に《封呪縛解復（ラエルエンテ）》を使えば、絵の中のカルティナスが目を見開いた。

「……こ、これは……？　朕はいったい……」

額縁に手を当て、外に出ようとしているが、見えぬガラスにでも当たったかのように、奴（やつ）はそこから動くことができない。

「窮屈だろう。今、出してやる」

額縁の中に手を差し入れ、カルティナスの胸ぐらをつかむ。

「……ぬぐっ……貴様……」

力尽くで絵から不動王を引っぱり出し、そのまま地面に放り捨てた。

「ぎゃっ……！」

尻餅をつきながらも、奴（やつ）は怒りを灯（とも）した目で俺を睨（にら）みつけてくる。

「ふんっ、そのまま火露でも奪っておけばいいものを、欲をかきおって……！　二兎を追う者は一兎をも得ず、という言葉を知らんかっ……！」

言いながらも、カルティナスが魔法陣を描く。するとオットルルーが張った結界の外から、なにかがこちらへ向かって飛んでくる。五つの額縁だ。老師カルゼンら、ファリスの同志たちが遺（のこ）した城である。

「わっはははっ！　こんなこともあろうかと、いつでも使える準備をしておいたのだ！　ファリス、朕に逆らったからにはわかっていいような？」

カルティナスは自らと、五つの額縁に魔法陣を描く。

「メイティレンッ！　さっきの件は許してやろうぞっ！　まずはこやつらを叩きのめす。朕が不動王と呼ばれる所以、とくと見せてくれるわっ」

六つの魔法陣は、どれも半分欠けている。どうやら主神と元首、二人一組で発動する術式のようだな。

「さあ、後悔するがいい、不適合者。朕の本気は、ただ一人でバランディアス城艦部隊に匹敵する。あの五つの名城を使ったならば、無敵ぞ！」

半分だけの魔法陣がカルティナスに、城のような鎧を纏わせる。それはみるみる巨大化していき、そびえ立つような城ができていく。

「どうした、メイティレン？　なにをもったいぶっておるっ。主神は元首を殺すことはできん。貴様を煮るなり焼くなり朕の勝手というのを忘れるなっ!!　とっとと力を寄越せいっ!!」

不動王が魔法陣に魔力を注ぎ込む。しかし、当然のことではあるのだが、欠けたもう半分の魔法陣が埋められることはない。

「ザイモンッ！　貴様らもなにをしているっ!?　そやつをやれいっ！　一族郎党皆殺しにするぞっ!!」

ザイモンたちの鋭い視線が、カルティナスに突き刺さる。

「あーん？　なんだ、その顔は？　いいのか？　殺すぞ？　殺してしまうぞ？」

ザイモンら城魔族は、整然とカルティナスへ手を向け、魔法陣を描いた。

「不動王カルティナス。貴様のおかげで、何人もの戦友が旅立った」

低く、淡々とした、義憤に満ちた声であった。

「誇りを失おうと民のため。そう思って耐え忍んだが、得られたものは僅かばかりの力と、我がバランディアスの悪評のみ。民も満足な暮らしができぬというのに、元首の貴様は私腹を肥やすばかりっ！　そんな王ならば、最早（もはや）いらんっ!!」

《剛弾爆火大砲（ヴェイロボズム）》が、カルティナスへ向かって一斉に発射された。

「ごぼぉぉおっ……!!」

「悪王カルティナス、バランディアスの平定のため貴様を討つ！　天誅（てんちゅう）っ!!」

　魔法砲撃が次々と着弾し、構築途中だったカルティナスの城が、みるみる内に崩壊していく。

「……ぬぐっ……ごおっ……！　こ、ここまで、愚かとは……バランディアスの平定だと？　そのバランディアスの意思に、朕が選ばれたのではないか。ならば朕の行く道こそが、我が世界の望みぞっ！」

　爆炎に城を半壊にされながらも、カルティナスはなおも強気だ。

「メイティレンッ！　さっさとせいっ！　朕の本気で、こやつらを蹂躙（じゅうりん）してくれようぞっ！」

「ふむ。お前がさっきから呼んでいるのは――」

　俺は地面に転がっていた虎の頭蓋を持ち上げた。

「――ひょっとしてこいつのことか？」

「……な、げ、げえええぇぇぇぇぇぇぇぇぇぇ、うっがはああああああああああああああああぁあっ……!!」

　カルティナスが驚愕（きょうがく）したその瞬間、《剛弾爆火大砲（ヴェイロボズム）》の集中砲火を浴びせられ、魔法の城は、構築前にあえなく落城する。

「そんなに恋しいなら返してやろう」

城の鎧を剝がされ、生身となった奴の足元に、王虎の頭蓋を放り投げる。それを見るなり、ひいっと声を上げ、不動王は腰を抜かした。節穴となった頭蓋の目と、節穴同然のカルティナスの魔眼が合った。

「……ぁ……こ……ぁ……な……ぁ……ぅ……」

言葉にならぬ声と、歯の根の合わぬ音が響く。

「き……きさ……どう……これ……は……？」

「見てわからぬか？」

ゆるりと奴のもとへ歩を進ませ、俺は軽く足を上げた。

「滅ぼしたのだ」

ぐしゃり、と王虎の頭蓋を踏み潰す。キモが冷えたかのように、カルティナスは真っ青になった。

「まあ、まだかろうじて生きてはいるがな。わかっていると思うが、お前が降伏したとて、主神が滅びるのは時間の問題だ」

「……わ、わかった……朕も小世界を治める元首……ここまで来れば、抵抗はせんわい……」

途端に潔くなり、カルティナスは居住まいを正す。

「ミリティアの軍門に下ろう……。我らバランディアス城艦部隊は、今日よりミリティア城艦部隊と名を変え、貴様の臣下となる……！」

主神の末路を見て、あっさりとカルティナスはそう言った。

「ほう」

奴に顔を近づけ、その本心を暴くように、俺は魔眼を向けた。

「不適合者しかいないミリティア世界、適合者の自分ならば元首に成り上がるのは容易いとでも考えたか？」

「……め、めっそうもないことで……」

「お前のような愚者は、俺の配下にいらぬ。返してもらうのはファリスの火露とあの五枚の絵だけだ」

指先でそっと魔法陣を描く。

「バランディアスの行く末を教えてやろう」

「ま……待て……やめろ……やめろ――」

「銀海に浮かぶ神なき泡、泡沫世界だ」

「やめっ――」

《獄炎殲滅砲》を撃ち放てば、王虎の頭蓋が爆散した。

「……あっ、あああぁぁぁぁぁあっっっ!!!!」

自らの野望が燃え尽きていく光景を見ながら、カルティナスはまるで断末魔のような叫び声を上げた。

「……朕の……主神が……これまで、築き上げた銀城が……燃えて……ぁ……ぁぁ……あぁぁ…………」

生気を失ったような瞳で、カルティナスは呆然と黒き炎を見つめる。

「……た、頼む…………」

弱々しく、言葉がこぼれ落ちる。

「王虎を……!! メイティレンを助けてくれっ……! これでは……このままでは……この通り、この通りじゃっ……!!」

地面に額をこすりつけ、不動王は平伏した。

「これまで駒のように扱われてきた臣下や民たちは、お前をどうするだろうな?」

その要求に取り合う気はないとばかりに俺は言った。

「銀水序列戦でお前が蹴落とした小世界も、バランディアスが泡沫世界となったと知れば、血眼になってお前を捜そうとするだろう」

ぶるぶると震えながら、奴は俺に頭を垂れ続ける。

「……これでは、バランディアスまで……滅びてしまう……」

主神の加護がない世界は、秩序の整合がとれず、火露が外へ溢れ出ていく。行きつく先は世界の終わりだ。

「……それ、だけは……なんの罪もない民まで、滅ぼすことだけは……すべての責は……この朕に……」

「ほう。やり直す覚悟があるのか?」

ばっとカルティナスは顔を上げた。見えすいた嘘を並べるように、奴は殊勝な表情を作って言った。

「も、勿論でございます。ですから、メイティレンのことだけは、何卒……」

「主神がなくとも、世界は回る。我がミリティアのように」

さーっと波が引くように、奴の顔面が蒼白になった。

「己が見下した泡沫世界の住人となって生きることだ。神も銀城もなく、裸一貫となって、それでも国と世界を思う心があり、民がそれを認めるのならば、再びバランディアスの元首となれるだろう」

俺は言った。

「つまらぬ神に委ねるな。勝ち取れ。この世界が愛おしいのならばな」

ざっと足音が響く。城主たちが、不動王カルティナスの背後に立っていた。俺が踵を返せば、奴らはすぐにカルティナスを取り押さえにかかる。

「……う、あ……ま、待て……貴様ら……な、なにを……朕は、うぐぅっ……ぎゃあぁぁあぁあっ……」

縄で体を縛られ、カルティナスはあっという間に拘束された。

「ミリティアの元首、アノス殿」

ザイモンが俺の前に立つ。その後ろには三人の城主がいた。恐らくは、カムラヒを駆っていた三人であろう。

「……かたじけない……本来ならば、主神を滅ぼされた我らバランディアスは、すべてを奪われるが常……この情けを忘れはしない……」

「なに、その当たり前が気に食わなかっただけだ」

「陛下」

ファリスが俺に視線を向ける。

「……不動王カルティナスには当然の結末なれど、城魔族たちは生きて戻れぬ崖に突き進むことになるかもしれません……その戦いは、あまりに酷かと……」

バランディアスのため、とりなそうと進言するファリスへ、ふっと笑みを返してやる。

「お前はやはり戦士ではないな」

《飛行(フレス)》にて、俺はゆるりと飛び上がった。ファリスは頭上を見上げ、戸惑ったようにこの身を視線で追う。やがて、その視界に、翼を広げるゼリドヘヴヌスが映った。

「――《創造芸術建築(アストラステラ)》。あれが、お前の本来の翼なのだな」

ファリスは視線を下げる。傍(かたわ)らには、ザイモンがいた。彼はゼリドヘヴヌスを見上げている。

「美しい城だ……。城を美しいと感じるのは、生まれて初めてかもしれん……」

空を行く翼に視線を惹(ひ)きつけられながら、ザイモンは傍(かたわ)らに立つ戦友に言葉をこぼした。

「創術家というのは、すごいものだ。戦うしか能のない俺とは違う」

ファリスは目を丸くする。

「志は同じと信じていた。だが、お前は俺とは、違ったのだな」

ファリスは申し訳なさそうな表情を浮かべる。だが、ザイモンはすぐに頭を下げた。

「……すまん……ファリス……。俺はお前に、重荷を背負わせた」

再び、ファリスの瞳が驚きに染まる。彼は、否定するように首を何度も横に振った。

「……いいえ。いいえ、ザイモン。私は自ら望んで背負ったのです。まっすぐ、美しく、清々(すがすが)

しいほど愚直な心を持つあなたたちが、傷ついていくのをただ見てはいられなかったのです。私は自ら戦士となる道を選んだ。にもかかわらず、最後の最後にあなた方を裏切り、結局カルティナスを――」

言葉を遮るように、ザイモンはファリスの肩に手を回す。

「なあ、戦友よ。俺が弱かったのだ。俺は強くあらねばならなかった。お前が自由に絵を描けるほど、強くあれば、お前の心を二つに引き裂いてしまうこともなかった」

ザイモンは真剣な顔で言う。

「これは俺の責だ。俺が元首になればよかったのだ。そうであろう」

創術家として、強くなくともよかったファリス。

戦士として、強くあらねばならなかったザイモン。

それでも、今間違えたと悟った彼は、ファリスに責を押しつけるほどに弱くはなかった。

「出直すぞ。泡沫世界から。なあ、皆の者っ」

ザイモンは振り返り、城魔族たちへ言う。

「一から、このバランディアスをやり直そう。我らが翼が教えてくれた。主神の権能にすら、我らは立ち向かうことができるのだ！　そして、ミリティアの元首、暴虐の魔王アノス・ヴォルディゴードが教えてくれた。我らは世界の秩序に立ち向かい、主神さえも打ち倒すことができるのだ、と！」

城魔族たちは晴れやかな顔でうなずく。ここからが、バランディアスの始まりだと言わんばかりに。

「新しい城を築こうぞ。愚かな王や、強いだけの主神に支配されることのない、俺たちの城をっ！　戦うだけではない、絵画や美しい城に溢れた、素晴らしい世界をっ！　そして、いつしか、我らをここまで導いた翼、銀城創手をここに招くのだっ」

「「「応っ！！！」」」

城魔族たちが声を揃える。そうして、彼らはファリスのもとに集まっていく。

「ファリス殿、たとえミリティア世界に戻ろうとも、我らのことはお忘れなく」

「あなたは今もバランディアスの翼。城魔族の目が覚めるまで、戦って下さった。このご恩は一生忘れることはない」

「安心して下され。我らも誇り高きバランディアスの城主。創術家でありながら、城剣を手に戦った勇姿を見て、奮い立たぬほど腑抜け揃いではない」

ファリスに裏切り者の負い目を持たせぬよう、皆、笑顔で彼を送り出そうとしていた。絵を描きたい、とあの場で崩れた落ちたファリスの嘆きが、城主たちの心を打ち、その魂を奮い立たせたのだろう。彼らの戦士の魂を。

ファリスがこれまで築いてきた絆を眼下に見ながら、俺は彼らに声を飛ばした。

「生まれ変わったバランディアスの門出だ。我がミリティア世界からも、餞別をくれてやろう」

バランディアスの空に浮かんでいた《終滅の日蝕》。それが反転し、今は赤銀の光を発している。

《源創の月蝕》だ――

『――三面世界《創世天球(そうせいてんきゅう)》』

ミーシャの声が天に響き、赤銀(しゃくぎん)の月明かりが降り注いだ。灰と化した王虎メイティレンの骨、崩れ落ち破片と化した《因果の長城》が、その創造の権能によって少しずつ創り変えられていく。

「あともうちょっと、がんばるぞぉっ！」

「えいえい、おーえん……です……！」

赤銀の月明かりの中、コウノトリの羽根が無数に舞う。

《根源降誕母胎(エンネスオーネ・エレオノール)》によって、創り出されていく想い(おも)は、無数の愛と優しさである。

「レイ君も聖剣で大変だろうけど、もう少しがんばるんだぞっ」

「……わかってるよ」

霊神人剣エヴァンスマナの力を解放しながら、レイはエレオノールが生み出した愛と優しさを《想司総愛(ラー・センシア)》に変換する。

「カカカッ、ついでに希望も持っていきたまえ！」

機関室のエールドメードは、倒れた缶焚き(かまた)の代わりにスコップを握り、火室に勢いよく投炭する。神の魔力とともに、激しく炎が渦巻いた。

『……うごごっ……や、やめろぉ……私はぁぁ……』

エクエスの声が響き渡る。魔王列車の水車と風車が勢いよく回転し、バランディアスの絶望が希望へと変換されていく。

『《優しい世界はここから始まる(アール・アント・エルトノア)》』

第二バランディアスが赤銀に染まった。ミリティア世界で行ったときと同じように、ミーシャは創造神の権能にて、バランディアスの秩序を整え、王虎メイティレンと《因果の長城》を優しく創り変えていく。

「――王虎メイティレンの消滅を確認しました」

上空で事態を見守っていた裁定神オットルルーが言った。

「オットルルーは、ここに魔王学院の勝利を宣言します。主神が消滅したため、バランディアスの火露の所有権が、ミリティア世界へ移ります」

《微笑みは世界を照らして（エイン・エイアール・ナヴエルヴァ）》により、メイティレンが別物に創り変えられたため、主神としての資格を失ったのだろう。

「いらぬ。それはバランディアスのものだ。ファリスの火露だけ返してもらおう」

「バランディアスの全火露を回収すれば、ミリティアは深層世界へ至ることもできます。本当によろしいですか？」

「構わぬ」

「承知しました。主神を滅ぼした元首の決定に従います。火露の回収は独力で可能ですか？」

俺は《源創の月蝕》に視線を向けた。さすがに火露の見分けはつかぬ。

『ファリスの火露は、ここにない』

ミーシャが言った。

『第一バランディアスだと思う』

「ふむ。では、そこまで行かねばならぬか」

「問題ありません。距離は離れても、秩序はつながっています」

オットルルーが魔法陣を描き、その鍵穴にねじ巻きを差し込んだ。三度それを回せば、魔法陣が開かれ、その奥に火露の光が見えた。

「どうぞ、お受け取り下さい」

赤銀の月明かりが降り注ぎ、火露はゆっくりと《源創の月蝕》に吸い込まれていく。

「……これは…………？」

オットルルーが、不思議そうに地上を見つめる。その神眼の奥に、歯車が現れていた。

「……滅びたはずの主神の力……？　確かにメイティレンの消滅を確認したはずですが……？」

「よく見ておけ。バケツの穴の塞ぎ方をな」

赤銀の月明かりが収まり、空にあった《源創の月蝕》は消えた。バランディアスの再創世が終わったのだ。

「……空が…………」

地上でザイモンが呟いた。城主たちがこぞって頭上を仰ぎ、それを見つめていた。

生まれ変わったバランディアス。天蓋は消え去り、そこにはかつてはなかった果てしなく青い空があった。

「……バランディアスに青空ができるなど…………」

「ザイモン。あれを……」

二人は目を見開く。青空に浮遊しているのは、巨大な八枚の翼。より正確に言えば、翼の形をした建物である。

「ふむ。なにを創ったミーシャ？」

　空を飛ぶサーシャとミーシャが俺の位置まで降下してくる。

「見てみる？」

　俺はうなずき、地上にいる城魔族たちを振り返った。

「ともに来い。お前たちを支配していた《因果の長城》がどう変わったのか、その目で見ておくことだ」

§ エピローグ 【～平和の絵～】

　美麗な扉を、開け放つ。

　八枚翼の建物の中は広く、白を基調とした空間だった。柱や壁、天井は曲線を描く独得な形状となっており、様々な飾りつけがなされている。真っ白な壁の至るところに、多くの額縁がかけられていた。ただし、額縁だけで、絵は一枚もない。

「なるほど。美術館か」

　俺の言葉に、ミーシャがこくりとうなずく。ザイモンは物珍しそうな顔で館内を見回しながら、ゆっくりと歩き出した。

「……美術館というと、確か、売買を目的としない品物などを飾る……？」

ザイモンの疑問に、隣を歩くファリスが答える。

「バランディアスにはありませんでしたね。美術作品、絵画などを収集し、展示を行う場所ですが、それだけではなく、文化財の保存も目的としているのですよ」

「《因果の長城》は、バランディアスに戦の因果をもたらしていた。だから、美術館に創り変えた。戦の代わりに、今度はバランディアスに絵と文化をもたらしてくれる」

ミーシャが淡々と説明する。

「この《因果の画楼》は、きっと新しいバランディアスに相応しい」

「……創造神が、それも別世界の神が、バランディアスの主神を創り変えるなど……そんなことができるのだな……」

信じられないといった表情で、ザイモンが言う。

「主神が滅びかけだったから」

ミリティア世界が生まれ変わったことにより、創造神の権能にも愛と優しさが伴うようになった。ミーシャの想いに応えるよう、世界をより優しく創る力が備わったのだ。

「とはいえ、これで安泰というわけでもないがな」

ミーシャがこくりとうなずく。

「普通の泡沫世界より、多少マシといったところだ。ミリティア世界ではすべての民の想いを結集して、世界を丸ごと創り変えた。いかに主神が滅びかけだったとはいえ、ミーシャと魔王学院だけの力ではそこまでできぬ」

火露は僅かだが抜けていくやもしれぬ。秩序も完全に安定したわけではない。場合によっては、秩序の整合が再び乱れるといったことも考えられる。

「十分だ。十分すぎる助言と餞別をいただいた、元首アノス」

ザイモンは言う。

「新たなバランディアスに浮かぶこの翼を頼りに、必ず主神のいない見事な城を築いてみせる。その暁には、この真っ新な画楼も、多くの絵で埋まっていることだろう」

「そのときは我が世界からも寄贈させてもらいたいものだな」

「ああ。この《因果の画楼》はミリティアとの友好の証。拒む理由はありはしない」

ザイモンは、傍らにいたファリスを振り向く。

「さすがに額縁が並んでいるだけでは寂しい。どうせだ。一枚、描いていかないか？」

「そうですね。しばらく筆を握っておりませんでしたから、すぐに描ければいいのですが……」

笑みをたたえながら、ファリスは画楼を見回していく。

「なにを最初に描くのが美しいか。まだ頭の中で漠然としております」

ザイモンが困ったように、口を噤む。なんと言っていいのか、わからなかったのだろう。

「つまり……それは……そう、誰彼構わず斬ればいいというものではない。剣を抜くべきときを、見極めているようなものだと……？」

ファリスはくすりと笑った。

「……違ったか？」

「いえ。絵を剣にたとえるのも、また美しきかな」

「……そ、そうか」

ザイモンが安堵(あんど)したように、息を吐く。そのとき、小さな影が視界に現れた。

「……任せる……です……！」

胸をはって、ザイモンの前に現れたのは、パレットと筆を握り締めたゼシアだ。その隣に、キャンバスを抱えるエンネスオーネがいた。

「……お絵かき……得意……です……げーじゅつせい……あります……」

エンネスオーネがパタンと床にキャンバスを置く。ゼシアは絵の具をつけた筆で、すぐさま絵を描き始めた。

「なにを描くの？」

パタパタと頭の翼をはためかせ、エンネスオーネがキャンバスを覗(のぞ)く。

「……お城……です……銀のお城より、金のお城が……好きです……エンネも……描くです」

ゼシアはエンネスオーネに筆を渡す。二人は楽しそうに、ゼシア城、エンネ城と名づけた城を描いていく。ザイモンや城魔族たちは、その様子を興味深そうに眺めていた。

「あ、あー。あんまり熱心に見られても。ただの落書きだぞ？」

「なんの。今のバランディアスには、落書きさえも貴重な品だ。是非、寄贈していってくれ」

ザイモンの大真面目な顔に、エレオノールが本当にいいのかといった表情を浮かべていた。

「絵が必要なら、あたしもとっておきのこれ、寄贈しよっかな？」

ふと思い立ったようにエレンが、魔法陣から一枚の絵を取り出した。

「って、あんた、それ、もしかして？　バランディアスが芸術を勘違いしたらどうするのっ？」

　すかさず、ジェシカが言う。

「こ、これもある意味、芸術だからっ。色んな文化があるってことを知るのも大事かなーって」

「どんな文化よ、ちょっと見せなさいっ」

「きゃー、春の画っ、ただの春の画だからっ！」

「わ。ほんとに春の画……」

「すごい力作……」

　後ろからノノとマイアがエレンの絵をじーっと覗く。

「きゃっ、きゃあぁ、えっち」

「なにがえっちよ。自分で描いたんでしょっ？　あたしにも見せなさいっ」

　エレンの絵を巡って、ドタバタとファンユニオンの少女たちは追いかけっこをしていく。

「しかし、絵画一枚ろくにない世界とは珍しいことだな」

「銀泡においては、その世界の意思が色濃く反映されると言われております」

　振り向けば、裁定神オットルルーがそこにいた。

「銀城世界バランディアスは、その意思たる王虎メイティレンにより、城が力を持ち、戦を尊ぶ世界となりました。そのため、誕生する生命の多くが城魔族です。彼らは絵画などを解する力が他の世界に比べて弱いのです」

「主神がバランディアスの住人から芸術を奪っていたか」

「主神は小世界の意思そのもの。その神の意向に世界が流れていくことは、銀水聖海の秩序です」

ファリスが筆を折る選択をせざるを得なかったのも、その秩序に従ってのことなのだろうな。

「殆(ほとん)どの小世界には大きな偏りが存在します。それにより、住人の能力や性質、また文化が決定されるのです。しかし、ミリティア世界は、その偏りが極めて少ない可能性があります」

「ほう」

俺の横に並び、画楼を歩きながら、オットルルーは説明する。

「銀水序列戦で使われた落城剣、あれはミリティア世界で生まれた魔剣ですか？」

「ああ」

「あなた方の主神、エクエスの権能から類推すれば、本来あの魔剣はミリティア世界に存在しないはずです。存在したとしても、世界が進化するときに別の魔力が混合され、主神の属性に傾くことになったでしょう」

落城剣の存在に、ザイモンは驚いていた。ちょうど気になっていたところだ。

「落城剣は、限定属性を有する魔剣です」

限定属性、か。

「初耳だな。なんだ、それは？」

「魔法や魔法具などにおいて、単一の秩序、単一の属性のみを有することを指します。その中でも、城を落とすことだけに特化した、極めて特殊な限定属性でしょう」

「その話でいうなら、エヴァンスマナも限定属性か？」

「そうです」

あれは暴虐の魔王を倒すことに特化した聖剣だ。それゆえ、真に聖なる者、神族などには効きづらいという欠点もある。まあ、この銀海ではアーツェノンの滅びの獅子とやらを滅ぼすため、となっているようだがな。奴らと俺は、どうにも魔力の波長が似通っている。

「小世界で生み出されるものは、僅かなりとも必ずその主神が秩序の影響を及ぼすのです。銀城世界バランディアスにおいて、築城の秩序を帯びない魔法具や住人は存在しません」

たとえ九分九厘が炎の性質を宿す魔剣であっても、バランディアスに生まれる限りは、残り一厘は築城の性質を持ってしまう。ゆえに、バランディアスで炎の限定属性は生まれない、ということだろう。

「つまり、バランディアスでは、築城の限定属性しか生まれぬ。聖剣世界ハイフォリアであれば、霊神人剣エヴァンスマナと同一の限定属性しか生まれぬわけだ」

「霊神人剣は特殊ですが、その理解は正解です。ですから、ミリティア世界では、本来ならば、主神エクエスの所有する秩序、歯車の限定属性しか生まれないはずでした」

城を落とすことに特化した落城剣が存在するはずがない、か。

「落城の秩序を持つ主神は、パブロヘタラでも確認できておりません。限定属性であれば、浅きものでも、深きものに影響を与えることが可能です。しかし、バランディアスの弱点となる限定属性は、銀水聖海に存在しないはずでした」

だから、ザイモンは驚愕したのだろうな。奴らにとって、落城剣メズベレッタは、この海に存在しないはずのものだったのだ。

「それがお前にも不可解でならぬというわけか？」

「非常に稀なことですが、いくつか可能性は考えられます。理由をご存知でしたら、教えていただけますか？」

「あれはできそこないと言っただろう。王虎メイティレン同様、エクエスは便利な道具に変えてやってな。簡単に言えば、ミリティア世界は主神の支配下にはないのだ」

一瞬、オットルルーは口を閉ざした。思い当たる可能性のいずれにも該当しない、といったところか。

「……そのような銀泡は、存在しないはずでした……」

「これで理解したか？」

再びオットルルーは押し黙る。しばらく考えた後に、彼女は口を開いた。

「オットルルーは確認しました。ミリティア世界は、この銀水聖海において、類を見ない進化の道を辿っています」

オットルルーは、俺から視線を外し、《因果の画楼》を見回した。

「バランディアスにあるものの、この画楼にはミリティア世界からの魔力が働いています。恐らくは、偏りのない無色の秩序が。王虎メイティレンは、ミリティア世界の所有物に創り変えられたということでしょう」

ミーシャが創り変えたため、必然的にそうなったのだ。

「滅ぼすのはもったいなかったのでな」

彼女は無言で、俺を見返した。

「なにか問題か？」

「……主神の意思の恩恵がない世界も、他の世界の主神を獲得した世界も、パブロヘタラの歴史にはありません。問題があるかどうかわからないのが問題です」

「くはは。道理だがな。そんなことを言い出したら、悩みの種はつきぬ」

「パブロヘタラの理念に従うのでしたら、元首の判断を尊重するのがオットルルーの役目です」

裁定神というだけあり、オットルルーは中立のようだな。他の世界の元首たちも、そう言ってくれればよいが、さて、どうだろうな？

「パブロヘタラは情報を求めます。この画楼を調べても構いませんか？」

「好きにせよ」

「ご協力、感謝します」

お辞儀をして、オットルルーは立ち去っていった。

「ミーシャ。アレはどこだ？」

「こっち」

ミーシャの後に続き、俺は画楼を歩いていく。隣でサーシャが不思議そうな顔をしていた。

「ねえ、アレってなに？」

「コーストリアたち、アーツェノンの滅びの獅子に母さんは狙われている。イージェスを護衛につけたが、奴らは深層世界の住人だからな。エクエスの守りもあるとはいえ、なにがあるかわからぬ」

「それはわかるけど、この画楼となにか関係があるの？」

ミーシャが扉を開く。その部屋に、一枚の絵が飾られていた。

「あれ？　ここだけ額縁にちゃんと絵が入ってるわ」

サーシャは絵に目を向けた。描かれているのは、銀の体毛を持った虎の赤子だ。

「それで、どういう――」

『がおっ！』

びくっとサーシャが仰け反った。絵の中の子虎が、可愛らしく吠え、動いたのだ。

「もしかして……エクエスと同じように…………？」

「戦いの因果を感じとれれば、絵から飛び出し、身を挺して母さんの盾となってくれるだろう。時間稼ぎにはなる」

俺はその絵画を手にした。

「それに母さんは猫が好きだ」

「……虎でしょ」

『がおっ!!』

威嚇するように、絵の中の子虎メイティレンが吠える。その様を、俺は《滅紫の魔眼》で冷たく見下ろした。

『…………にゃ、にゃあ…………』

か細い声で、子虎は鳴いた。

「猫だ」

「……どっちでもいいけど……」

呆れたようにサーシャがぼやく。にゃあ、とミーシャが絵の中の子虎に声をかけた。

「そろそろ行くか、ファリス」

足音を聞き、俺は振り返る。ファリスは静かにこちらへ歩いてきた。

「どちらへ？」

「ディルヘイドだ。二千年後の我が国がどう変わったのか、お前に見てもらいたい」

そう言うと、ファリスははっとした。なにか思いついたような表情、まるで頭の中で想像が広がっていくようなそんな顔だ。

「どうした？」

「──いいえ。確かに、拝見しました。たった今」

「ほう？」

視線で問うた俺の前を通り過ぎ、彼はまっすぐ壁の前に立った。それは高く、広く、キャンバスのように白い。

「たとえ遠く離れていようと、陛下、あなたとあなたの配下の後ろに、確かに、私は生まれ変わったディルヘイドを垣間見たのです」

魔法陣を描き、そこからファリスは愛用の魔筆を引き抜いた。

心が研ぎ澄まされていくのがわかった。戦いの最中、決して見せることのない創術家の魂が、そこに剝き出しになっている。静かで、それでいて温かい。なにを描くべきか、漠然としていると言っていたが、もうファリスの頭の中は描くべき絵のイメージでいっぱいだ。やはり、この男にはこれが一番似合っている。

「ああ、美しきかな、この世界は」

魔力の粒子が集い、ファリスはさっと筆を走らせる。まるで魔法のように、画楼の壁に色が幾重にも重ねられていく。

ただ三つの色が巧みに混ぜ合わされ、様々な異なる色へと変わる。色はやがて輪郭を持ち、その姿が浮き彫りになった。僅か数秒の出来事だ。その瞬間に全霊を注ぎ込(こ)んだかのように、ファリスは玉のような汗を流し、肩で息をする。

「――いかがでしょう？」

くるりと振り向き、礼をしながら、彼はその場に跪(ひざまず)いた。

「二千年前、魔王陛下と約束をした、平和の絵にございます」

広い壁のキャンバスに描かれているのは、一本の道。ディルヘイドのどこかを描いたようで、どこでもない、あたたかな空想の道だ。

大勢の魔族たちがそこを歩んでいる。ミーシャがいた。サーシャがいた。シンやレイ、ミサ、アルカナ、エレオノール、ゼシア、エールドメード――我が配下たちが皆、揃(そろ)って同じ道を進んでいる。

その中心には、魔王がいた。笑っている。配下たちとともに、肩を並べ、平和の道を行きながら、絵の中の俺は笑っていた。浮かべたこともない、聖人のように穏やかな顔で。

「俺とは思えぬな」

サーシャがうーんと頭を悩ませ、ミーシャがふるふると首を振った。ファリスはじっと俺の次の言葉を待っていた。

「ある者に聞いたが、銀水聖海には不条理や横暴が蔓延っているそうだな。バランディアスのような世界も珍しくはないか？」

「美しいものばかりではありません。パブロヘタラの理念は、銀海の凪。海面が荒れ狂うからこそ、それを掲げ、願っているのです」

ファリスは率直に答えた。その顔を見れば、ろくでもない世界を見てきたというのは想像がつく。

「この絵は気に入った。是非、次の絵も見てみたい」

跪く彼に、俺は告げる。

「なにがご所望でしょうか？」

「海だ。俺のそばに控え、この背を魔眼に焼きつけ、《因果の画楼》の壁面にそれを描き出すがよい」

この部屋にある空白の壁すべてを、俺は両手を上げ、指し示す。

「今度はお前に銀海の凪を見せてやる」

顔を上げ、ファリスはその魔眼を輝かせる。二千年前と同じだ。平和の絵を願った彼は、それが叶った今、更なる平和を描きたくて仕方がないのだろう。銀水聖海が、美しく輝く瞬間を。

「たとえ幾度生まれ変わろうとも、私の魂は常に御側に」

再び頭を垂れ、忠誠を誓うように彼は言った。

「生涯、御身のために絵を描いて参ります、陛下」

この真っ白な壁を、彼はなにより美しく塗り替えるだろう。俺が想像すらしない色を、思いも寄らぬ姿を見せてくれるはずだ。本物をより本物らしく、想像がまるで羽ばたくように。

創術家ファリス・ノインが、キャンバスに翼を広げ、どのように飛んでいくのか。

それが、楽しみでならなかった。

了

あとがき

この11巻が発売される頃、しずまよしのり先生が描かれた魔王学院の不適合者の画集が発売されます。

ライトノベルにおけるイラストの役割は大きく、文字表現だけでは読む人によってバラつぃてしまうキャラのイメージを固定し、より魅力的なものにします。

私が三、四〇〇ページかけて表現していくキャラたちが、イラスト一枚で十二分に表現されているというのが、しずま先生の描いたものの素晴らしいところと思っております。画集の発売にあたって、これまでのイラストを見返していたのですが、私は各巻のカバーイラストがどれも大好きで、本を開く前にこれからどんな物語が始まるのかといった期待を感じさせ、非常にワクワクします。

中でも特に好きなのが、七巻と八巻です。七巻のアノスは達観した雰囲気、地底の危機を目の前にし、それを止めようという真摯さに加え、魔王としての余裕や自負が見え、この一枚絵でアノスという人物が如実に表現されており、後ろのファンユニオンとの関係性も伝わってくるようで、素晴らしいとしか言いようがありません。八巻は背中合わせのアノスとセリス。読み終えた後に改めて見返すことを考えたとき、緊張感のある重たい雰囲気も相まって、もうこれしかないというぐらいの出来映えで、控えめに言って最高です。

一巻ラストの挿絵ミーシャの笑顔や、四巻〈下〉口絵表のシンとレノの別れ、八巻四一六ページのアノスなど、文章でもしっかり表現しようと頑張っているつもりなのですが、やはりこの挿絵やイラストの方がより具体的に伝わりますし、なによりまさにそれ、というものが描き上がってきますので、毎回毎回嬉しさが止まりません。是非是非、画集も手に取っていただけましたら嬉しいです。

勿論、本巻においても、しずま先生には素晴らしいイラストを描いていただきました。ありがとうございます。

また担当編集の吉岡様にも大変お世話になりました。ありがとうございます。

最後になりますが、お読みくださいました読者の皆様に心よりお礼を申し上げます。次巻も頑張りますので、何卒よろしくお願い申し上げます。

二〇二二年　一月四日　秋

◉秋著作リスト

「魔王学院の不適合者 ～史上最強の魔王の始祖、転生して子孫たちの学校へ通う～ 1～11」（電撃文庫）

本書に対するご意見、ご感想をお寄せください。

ファンレターあて先
〒102-8177　東京都千代田区富士見 2-13-3
電撃文庫編集部
「秋先生」係
「しずまよしのり先生」係

本書はインターネット上に掲載されていたものに加筆、修正しています。

電撃文庫

魔王学院の不適合者 11
～史上最強の魔王の始祖、転生して子孫たちの学校へ通う～

秋

2022年3月10日　初版発行

発行者　青柳昌行
発行　株式会社KADOKAWA
〒102-8177　東京都千代田区富士見2-13-3
0570-002-301（ナビダイヤル）
装丁者　荻窪裕司（META＋MANIERA）
印刷　株式会社暁印刷
製本　株式会社暁印刷

ISBN978-4-04-914145-0　C0193　Printed in Japan

電撃文庫　https://dengekibunko.jp/

電撃文庫創刊に際して

文庫は、我が国にとどまらず、世界の書籍の流れのなかで〝小さな巨人〟としての地位を築いてきた。古今東西の名著を、廉価で手に入りやすい形で提供してきたからこそ、人は文庫を自分の師として、また青春の想い出として、語りついできたのである。

その源を、文化的にはドイツのレクラム文庫に求めるにせよ、規模の上でイギリスのペンギンブックスに求めるにせよ、いま文庫は知識人の層の多様化に従って、ますますその意義を大きくしていると言ってよい。

文庫出版の意味するものは、激動の現代のみならず将来にわたって、大きくなることはあっても、小さくなることはないだろう。

「電撃文庫」は、そのように多様化した対象に応え、歴史に耐えうる作品を収録するのはもちろん、新しい世紀を迎えるにあたって、既成の枠をこえる新鮮で強烈なアイ・オープナーたりたい。

その特異さ故に、この存在は、かつて文庫がはじめて出版世界に登場したときと、同じ戸惑いを読書人に与えるかもしれない。

しかし、〈Changing Times,Changing Publishing〉時代は変わって、出版も変わる。時を重ねるなかで、精神の糧として、心の一隅を占めるものとして、次なる文化の担い手の若者たちに確かな評価を得られると信じて、ここに「電撃文庫」を出版する。

1993年6月10日
角川歴彦

電撃文庫DIGEST　3月の新刊

発売日2022年3月10日

第28回電撃小説大賞《金賞》受賞作
この△ラブコメは幸せになる義務がある。
【著】榛名千紘　【イラスト】てつぶた

平凡な高校生・矢代天馬はクールな美少女・皇凛華が幼馴染の椿木麗良を溺愛していることを知る。天馬は二人がより親密になれるよう手伝うことになるが、その麗良はナンパから助けてくれた彼を好きになって……!?

第28回電撃小説大賞《金賞》受賞作
エンド・オブ・アルカディア
【著】蒼井祐人　【イラスト】GreeN

究極の生命再生システム《アルカディア》が生んだ“死を超越した子供たち”が戦場の主役となった世界。少年・秋人は予期せず、因縁の宿敵である少女・フィリアとともに再生不能な地下深くで孤立してしまい――。

アクセル・ワールド26
―裂天の征服者―
【著】川原 礫　【イラスト】HIMA

黒雪姫のもとを離れ、白の王の軍門に降ったハルユキは、《オシラトリ・ユニヴァース》の本拠地を訪れる。そこではかつての敵《七連矮星》、そしてとある《試練》が待ち受けていた。新章《第七の神器編》、開幕！

Fate/strange Fake⑦
【著】成田良悟　【イラスト】森井しづき
原作／TYPE-MOON

凶弾に頭部を打ち抜かれたフラット。だが彼は突如として再生する。英霊以上の魔力を伴う、此度の聖杯戦争における最大級の危険因子として。そして決定された黒幕の裁断。――この街が焼却されるまで、残り48時間。

七つの魔剣が支配するⅨ
【著】宇野朴人　【イラスト】ミユキルリア

奇怪な「骨抜き事件」も解決し、いよいよオリバーたちは激烈なリーグ決勝戦へと立ち向かうことに。しかし、そんな彼らをじっと見つめる目があった。それは、オリバーが倒すべき復讐相手の一人、デメトリオ――。

魔王学院の不適合者11
～史上最強の魔王の始祖、転生して子孫たちの学校へ通う～
【著】秋　【イラスト】しずまよしのり

エクエスを打倒し生まれ変わった世界。いままで失われた《火露》の行方を追い、物語の舞台はついに“世界の外側”へ!?
第十一章《銀水聖海》編!!

ギルドの受付嬢ですが、残業は嫌なのでボスをソロ討伐しようと思います4
【著】香坂マト　【イラスト】がおう

四年に一度開かれる「闘技大会」……その優勝賞品を壊しちゃった!!!?　かくなる上は、自分が大会で優勝して賞品をゲットするしかない――!!

男女の友情は成立する？（いや、しないっ!!）
Flag 4. でも、わたしたち親友だよね？〈下〉
【著】七菜なな　【イラスト】Parum

一番の親友同士な悠宇と凛音は、東京で二人旅の真っ最中！
ところが紅葉の横槍から両者譲らぬ大喧嘩が勃発!?　運命の絆か、将来の夢か。すれ違いを重ねる中、悠宇に展覧会へのアクセ出品の誘いが舞い込んで――。

シャインポスト②
ねえ知ってた？ 私を絶対アイドルにするための、ごく普通で当たり前な、とびっきりの魔法
【著】駱駝　【イラスト】ブリキ

紅葉と雪音をメンバーに戻し、『TiNgS』を本来の姿に戻すため奮闘する杏夏、春、理王とマネージャーの直輝。結果、なぜか雪音と春が対決する事態となり……？　駱駝とブリキが贈る、極上のアイドルエンタメ第2弾！

楽園ノイズ4
【著】杉井 光　【イラスト】春夏冬ゆう

華園先生が指導していた交響楽団のヘルプでバレンタインコンサートの演奏をすることになったPNOのメンバーたち。一方の真琴は、後輩の伽耶を連れ、その公演を見に行き――？　加速する青春×音楽ストーリー第4弾。

死なないセレンの昼と夜 第二集
―世界の終わり、旅する吸血鬼―
【著】早見慎司　【イラスト】尾崎ドミノ

「きょうは、死ぬには向いていない日ですから」人類が衰退した黄昏の時代。吸血鬼・セレンは今日も移動式カフェの旅を続けている。永遠の少女が旅の中で出会う人々は、懸命で、優しくて、どこか悲しい――。

日和ちゃんのお願いは絶対5
【著】岬 鷺宮　【イラスト】堀泉インコ

終わりを迎えた世界の中で、ふたりだけの「日常」を描く日和と深春。しかし、それは本当の終わりの前に垣間見る、ひとときの夢に過ぎなかった……終われない恋の果てに彼女がつぶやく、最後の「お願い」は――。

新作
タマとられちゃったよおおおぉ
【著】陸道烈夏　【イラスト】らい

犯罪都市のヤクザたちを次々と可憐な幼女に変えた謎の剣士。その正体は平凡気弱な高校生で!?　守るべき者のため、兄（高校生）と妹（元・組長）が蔓延る悪を討つ。最強凸凹コンビの任侠サスペンス・アクション！

悪徳の迷宮都市を舞台に
一人のヒモとその飼い主の生き様を描く
衝撃の異世界ノワール

第28回
電撃小説大賞
大賞
受賞作

姫騎士様のヒモ

He is a kept man for princess knight.

白金 透

Illustration
マシマサキ

姫騎士アルウィンに養われ、人々から最低のヒモ野郎と罵られる
元冒険者マシューだが、彼の本当の姿を知る者は少ない。
「お前は俺のお姫様の害になる——だから殺す」
エンタメノベルの新境地をこじ開ける、衝撃の異世界ノワール！

豚になった俺が、異世界で美少女といちゃラブ(!?)するファンタジー

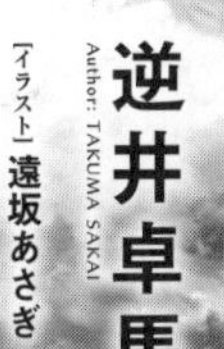

逆井卓馬
Author: TAKUMA SAKAI

[イラスト] 遠坂あさぎ
Illustrator: ASAGI TOHSAKA

豚のレバーは加熱しろ

Heat the pig liver

the story of a man turned into a pig.

純真な美少女にお世話される生活。う〜ん豚でいるのも悪くないな。だがどうやら彼女は常に命を狙われる危険な宿命を負っているらしい。

よろしい、魔法もスキルもないけれど、俺がジェスを救ってやる。運命を共にする俺たちのブヒブヒな大冒険が始まる！

電撃文庫

ある中学生の男女が、永遠の友情を誓い合った。1つの夢のもと運命共同体となったふたりの仲は、特に進展しないまま高校2年生に成長し!? 親友ふたりが繰り広げる、甘酸っぱくて焦れったい〈両片想い〉ラブコメディ。

電撃文庫

フリーター魔王さまの庶民派ファンタジー!

世界征服間近だった魔王が、勇者に敗れて辿り着いた先は、異世界"東京"だった!?
六畳一間のアパートを仮の魔王城に、フリーターとして働く魔王の明日はどっちだ!!

電撃文庫

七つの魔剣が支配する

宇野朴人

illustration ミユキルリア

運命の魔剣を巡る、
学園ファンタジー開幕!

春——。名門キンバリー魔法学校に、今年も新入生がやってくる。黒いローブを身に纏い、腰に白杖と杖剣を一振りずつ。胸には誇りと使命を秘めて。魔法使いの卵たちを迎えるのは、満開の桜と魔法生物のパレード。喧噪の中、周囲の新入生たちと交誼を結ぶオリバーは、一人に少女に目を留める。腰に日本刀を提げたサムライ少女、ナナオ。二人の、魔剣を巡る物語が、今始まる——。

電撃文庫

SWORD ART ONLINE
ソードアート・オンライン
川原 礫
イラスト／abec
「これは、ゲームであっても遊びではない」
《黒の剣士》キリトの活躍を描く
究極のヒロイック・サーガ！
電撃文庫

アクセル
ワールド